KB092390

너의 아픔
나의 슬픔

누구나 저마다의
사연이 있다

너의 아픔
나의 슬픔

누구나 저마다의
사연이 있다

延 series

양성관

프롤로그

화면 속의 의사 가운은 첫눈처럼 하얬다. 그 안에 입은 흰 와이셔츠는 눈이 부셨고, 검정 구두 끝은 반짝반짝 빛이 났다. 하지만 현실에서 우리는 올이 풀린 녹색 수술복 위에 소매와 목 부분이 누렇다 못해 검게 변한 가운을 입고 있었다. 신발은 구두 대신 모두 약속이나 한 듯 맨발에 뒤가 닳은 크록스 슬리퍼였다.

우리는 드라마를 보는 내내

"어떻게 저렇게 매일 머리를 감지?"

"오빠, 티브이에 나오는 남자 의사들은 어떻게 저렇게 키 크고 잘 생겼노?"

"야, 저기 나오는 여의사랑 간호사들은 어떻고?"

"우리도 저렇게 여유롭게 커피 한 잔 마시고 싶다."

"담당 환자가 5명밖에 없는가 보다. 좋겠다. 소화기 내과 김종하 교수님은 입원 환자만 30명 넘는데."

"레지던트가 환자 집까지 찾아갈 시간이 어딨노? 자기 집에도 못 가는데. 내가 마지막으로 집에 들어 간 지 보름이 넘었다."

"와, 집 봐라. 나는 병원 앞 천에 사십인 원룸에 사는데, 저긴 40평도 넘겠다."

_『의사를 망치는 의학 드라마』 중에서

이 책에는 <하얀 거탑>의 김영민, <뉴하트>의 조재현부터 <슬기로운 의사 생활>에 나오는 정경호나 유연석 같은 의사는 없다. 대신 그런 의학 드라마를 보는 리얼 의사가 있다. 동시에 어디에서도 들어보지 못한 생생한 직장인 의사의 애환이 드러난다.

"과장님, 제가 오늘 아침에 일어났는데 열이 심하게 나고 몸이 심하게 아픕니다."

"그래, 그럼 병원 들렀다 와. 아프면 안 되니까. 너무 힘들면 쉬고."

일반 직장이었으면 이러지만, 병원은 다르다.

"야, 그럼 빨리 병원에 와. 진료 보고, 정 힘들면 수액 맞자."

쉬라고 하기는커녕 더 빨리 출근해야 한다. 병원 가서 수액 맞으면서 일한다.

_『직장이 병원이라 슬플 때』 중에서

그리고 무엇보다도 사람의 고통에 슬퍼하는 평범한 의사가 있다.

아이가 그렇게 된 이유는 알 수 없다. 그 어떤 의사도 속 시원하게 답하지 못했을 것이다. 하지만 엄마에겐 아이에게 생긴 모든 문제는 자기 탓이다. 엄마는 아이가 그렇게 된 게, 자신의 나쁜 피를 받아서 그런지, 임신했을 때 뭘 잘못 먹은 탓인지, 살아오면서 나쁜 짓을 해서 벌을 받는 건지, 수천 번, 수만 번 생각하고 곱씹고 후회한다. 이번 생애를 넘어서 알 수도 없는 전생까지도 반추할 것이고, 앞으로도 영원히 풀 수도 풀리지도 않을 문제의 답을 찾으려 노력할 것이다.

거기다 내가 저 고통을 대신할 수 있다면, 열 번이고, 백 번이라도 그렇게 하겠다고 빈다. 기적적으로 아이가 회복될 수 있기를. 그것도 안되면 적어도 내가 저 아이보다 더 오래 살 수 있도록. 기도하고, 염원하고, 소원하고, 애원하고, 구걸하고, 간청한다. 엄마는 아이가 아픈 걸 알게 된 때부터 죽는 순간까지 응답 없는 기도를 멈추지 않을 것이다.

12년 전, 그때 아이가 5살이었다. 침조차 제대로 삼킬 수 없으니, 침이나 음식물이 자주 폐로 넘어가 염증을 일으켰을 것이다. 저절로 좋아지기도 하고, 심하면 숨이 차고 열도 나고 가래도 끓는 흡인성 폐렴으로 수십 차례 병원을 다녔겠지. 그 수많은 고비를 무사히 넘겼다면 지금 17살이다. 부디 엄마의 소원이 이루어졌기를…… 그 때 하지 못한 기도를 지금에서야 해 본다.

_『한 시간 전에 응급실에 왔던 아이가 다시 왔다』중에서

환자는 의사 앞에서 울지만, 의사는 환자 앞에서 울지 못한다. 고통에 비명을 지르는 환자 앞에서 의사는 특정 질환을 감별하기 위해 무슨 검사를 하고, 앞으로 취할 조치부터 생각한다. 의사는 환자의 고통이나 감정에 젖어 들면, 올바른 진단과 치료를

하는데 필요한 냉철한 이성이 무뎌질까 염려한다. 날카로워야 할 메스 날에 녹이 스는 것처럼.

거기다 눈물을 흘리는 사람을 나약하다고 여긴다. 고등학교 때부터 나는 부모님 앞에서 눈물을 흘린 적이 단 한 번도 없는데 같은 이유였다. 감정을 나타내기가 부끄러운 것도 있었지만, 내가 울어 부모님께 걱정을 끼쳐 드리기 싫었기 때문이다. 의사로서 살아온 10년이 넘는 시간 동안 환자와 보호자 앞에서 단 한 번도 울지 않았다.

하지만 의사도 사람이다. 나도 의사이기 앞서 한 인간으로서 두렵기도 하고 울고 싶기도 했다. 응급실에서 교통사고로 머리 형태를 알아볼 수 없는 50대 김정순 씨를 처음 보았을 때는 다리가 후들거렸고, 내 동생뻘인 아들과 딸이 와서 그런 어머니를 보고 오열할 때, 갑작스레 찾아온 죽음과 가족들의 슬픔 앞에선, 정말 견디기 힘들었다. 또한 중환자실에서 하루에도 몇 번씩 인사를 하며 꼭 좋아질 거라고 약속했던 최명순 할머니가 갑작스레 밤에 돌아가셨을 때는, 환자 앞에서 울지 않겠다는 다짐이 거의 무너질 뻔했다. 병원의 하얀 형광등 아래서 억지로 울음을 참고 눈물을 숨겼다. 그러나 결국 집에 돌아와서 어둠 속에서 혼자 울음을 터트리고 말았다.

마음 속에 혼자 품고 있던 상처는 몸에 드러난 상처와 다르게 아물지 않았다. 불쑥 이유 없이 내가 잃고 또 놓친 환자들이 떠올랐다. 결국 나는 잊으려고 노력하기 보다는, 메스가 아닌 펜을 들기로 했다. 그렇게 아픔을 드러내자, 수많은 독자들의 응원과 격려, 그리고 위로가 쏟아졌다.

글을 쓰면서 상처가 조금씩 아물고 또 몇 개는 흉터가 되었다. 병원에서 의사로서 울 수도 웃을 수도 없었지만, 작가로서 글을 쓰면서 많이 울고 또 많이 웃었다. 글로 나 자신을 치료했다.

의사이자 양성관이라는 한 사람, 그리고 그가 만난 사람들 이야기가 시작된다. 이 책을 읽으며 여러분들도 많이 울고 또 웃으며 마음 속 상처가 치유되기를…….

2021년
의사를 위해 살아온 20년의 삶을 되돌아 보며
빛나는 의사, 양성관 쓰다.

프롤로그 ... 6

1장. 태어나 살다

_____

그 아이들은 자주 아팠다 ... 19

엄마를 닮으면 안 되는 아이 ... 25

한 시간 전에 응급실에 왔던 아이가 다시 왔다 ... 31

사람을 살리는 이야기 ... 38

울면서 웃는 남자 ... 46

소아과의 죽음, 그리고 10년 후 ... 51

보일러 놔 드려도 아무 소용없다 ... 56

응급실에서 명절을 쇠는 사람 ... 61

세상에서 가장 위험한 사람 ... 65

왜 죽지 않고 살아야 하는가 ... 68

선생님, 저 모르시겠어요? ... 74

2장. 의사이자, 직장인으로

의대만 가면 고생 끝, 행복 시작인 줄 알았다 ... 83

의사만 되면 고생 끝, 행복 시작인 줄 알았다 ... 91

의사를 망치는 의학 드라마 ... 98

아이스 라떼, 내과 전공의의 필수품 ... 104

골든 타임을 놓치다 ... 116

한라봉은 달콤했지만, 내 입에는 쓰기만 했다 ... 121

의사가 비행기에서 찾는 것은 탈출구가 아니다 ... 128

어느 회사의 비밀 회의 ... 134

직장이 병원이라 슬플 때 ... 140

누군가 녹음기를 들이댈 때 ... 145

당신이 의사야? ... 149

나는 하수였다 ... 154

그분을 찾게 만드는 비뇨기과 체험기 ... 159

3장. 아파서 슬프다

마스크로 알 수 있는 인간관계 ... 169

선생님, 참 잘생기셨어요. 영화배우 하세요 ... 172

당신이 아파도 세상은 잘 돌아간다 ... 177

잠이 문제가 아니었다 ... 180

환자 가슴에 편하게 못을 박는 싸늘한 의사에게 ... 184

두 계절을 품은 남자 ... 192

82년생, 이정민 ... 196

하나님을 찾는 응급실 ... 200

완월동 그녀 ... 207

그 환자 사라졌어요 ... 211

30년 만에 종이학을 접는 남자 ... 219

코로나 바이러스가 바꿔놓은 진료실 진풍경 ... 225

양관장의 관장법 ... 228

4장. 누구나 죽는다

죽은 사람 심전도 찍기 ... 243

그녀를 보자 구구단이 떠올랐다 ... 249

그녀의 이름을 끝까지 부르지 못했다 ... 255

명절 효자 ... 263

코로나로 운이 좋은 줄 알았다 ... 267

은하수에 별빛 하나 ... 272

할머니들의 거짓말 ... 277

보호자가 전화를 받지 않았다 ... 281

살기 위해서가 아니라, 죽지 않기 위해서 ... 288

38주 임산부가 눈물을 흘렸다 ... 294

에필로그 ... 298

1부

태
어
나

살
다

그 아이들은 자주 아팠다

'도대체 왜 열이 나지?'

한 명도 아니고, 같은 곳에서 생활하던 아이 세 명이 동시에 열이 났다. 입원한 지 벌써 48시간이 지났지만, 의사인 나는 이유를 찾지 못했다. 가장 흔한 기침이나 콧물 같은 호흡기 증상도 없고, 설사를 하지도 않았다. 하얗다 못해 투명한 아기 피부에는 발진은커녕, 점 하나 없었다. 림프절이 부었을까 봐 버둥거리는 아이의 귀 뒤부터 시작하여, 턱 아래, 목, 겨드랑이와 사타구니까지 샅샅이 훑어 내렸지만 모두 정상이었다. 가슴 사진, 소변 검사도 멀쩡했고, 피검사 결과는 '몸에 염증이 있다.'라고 말할 뿐, 어디에 염증이 있는지는 알려주지 않았다.

열이 나면, 세 아이 모두 축 쳐졌다 해열제를 먹고 한두 시간 후 열이 내리면 살아났다. 내가 뭔가 놓치고 있지는 않은지, 이대로 가다 아이들 상태가 더 나빠지지 않을지 혼자 조마조마했다. 선택을 해야 했다.

'그냥 기다릴까?'

'검사를 더 해 볼까?'

아이들 컨디션이 괜찮아서 조금 더 기다려볼 수도 있었다. 하지만 이번에는 특별한 사정이 있어 마음이 급했다. 어떻게든 원인을 찾아 빨리 해결해야 했다.

더 할 수 있는 검사는 많았다. 가장 먼저 머릿속에 떠오른 건 척수 천자였다. 뇌수막염 확인을 위한 척수 천자는 뚜렷한 발열의 원인을 찾지 못한 갓난아이들에게 종종 하는 검사였다. 아이의 가느다란 척추뼈에 송곳 같은 바늘을 찔러 넣어 뚝뚝 떨어지는 뇌척수액을 받아야 한다. 그것도 한 명이 아니라, 세 명씩이나. 목이 뻣뻣하게 굳어 있지도 않고, 전반적인 컨디션이 나쁘지 않아 보류했다. 면역 기능 이상을 감별하기 위한 면역혈청학 검사도 있었으나 아이의 가느다란 실핏줄에서 또 피를 뽑아야 했고, 한 명은 몰라도 3명이 동시에 면역계이상이 생기는 건 극히 드물었다. 아이들이 기침을 하지는 않았지만, 같은 곳에 있던 3명이 동시에 열이 났으므로 호흡기 바이러스에 의한 감염 가능성이 가장 높았다. 호흡기 바이러스 검사를 하기로 했다. 13만 원이나 했지만, 면봉으로 코와 입을 찌르기만 하면 무려 10가지가 넘는 호흡기 바이러스에 걸렸는지 알 수 있었다. 검사를 시행하고, 아이 상태를 면밀히 주시하며 초조하게 다음날 결과를 기다렸다.

아이들은 쉽고도 어려웠다. 금세 나빠졌다, 금방 좋아졌다. 엄마 품에 안긴 채, 칭얼대며 입원해서는 며칠 후면 생글거리며 퇴원했다. 말을 못 하는 대신 몸으로 표현했다. 아플 땐 팔다리가 힘없이 축 늘어졌다가 좋아지면 팔다리를 깃발처럼 흔들었다. 그 어린것들은 온몸으로 울고, 온몸으로 웃었다.

아이가 몸이 아프면, 부모는 마음이 아프다. 의사인 나는 아이의 아픈 몸을 살피며 동시에 부모의 아픈 마음을 달래야 했다. 주먹만한 아이 가슴에 청진기가 닿을 때 아이가 놀라지 않도록 청진기를 손으로 문질러 온기를 담았고, 불안해 하는 부모와 이야기할 때는 따뜻한 말로 위로를 전했다.

4월이었다. 나는 3월부터 대학병원 가정의학과에서 1년 차로 수련을 시작했는데, 첫 두 달이 소아과였다. 집에는 갓 출산하고 몸을 푼 아내와 태어난 지 한 달도 되지 않은 건강한 주희가 있었고, 병원에는 열 명 초반에서 많게는 열대여섯 명의 아픈 아이가 있었다. 아이들 대부분이 생후 2~3개월 남짓으로 주희보다 생일이 한 두 달 빨랐다. 대개는 열이 나서 입원했다. 기관지염, 폐렴, 장염, 요로 감염이었고 짧게는 4~5일, 길게는 일주일 정도 병원에서 치료를 받다 퇴원했다. 당시 내가 수련 받던 대학병원이 아동복지시설과 연결되어 있어, 입원한 아이 중 3~4명은 부모가 없었다. 그리고 이번에 같은 날, 같은 시간, 나란히 열이 나서 입원한 세 명 모두 '시설 아이들'이었다.

아이가 세상에 태어난 후, 부모는 100일까지 아이를 집 밖으로 데리고 나가지 않는다. 그 어린것을 데리고 밖에 나갔다가 혹여 찬 바람을 맞아서 기침을 하고 아플까 염려해서이다. 아이가 백일이 될 때까지 외출이라고는 예방접종을 위해서 소아과를 방문하는 게 전부다. 내 딸 주희도 그러고 있었다.

하지만 시설 아이들은 태어나자마자 가족도 없이 세상 밖에 던져졌다. 피가 섞인 사람은 세상 어딘가에 있겠지만 옆에 없었다. 부모가 부재했으니, 나라가 아이를 떠맡았다. 부모는 자신의 아이를 사랑으로 키우지만, 국가는 아이를 관리할 뿐이다.

아이들은 자주 아팠다. 한 아주머니가 여러 아이를 돌봐야 했기에 한 아이가 아프면, 손을 타서 다른 아이도 아팠다. 그리고 내 앞에는 똑같이 열이 나서 누워있는 세 명의 아이가 있었다.

두 명은 남자 아이였고 한 명은 여자 아이였는데, 이름이 혜진이었다. 김혜진. 김씨가 누구 성인지, 혜진이란 이름을 누가 지었는지 나는 굳이 알려 하지 않았고 알고 싶지도 않았다. 혜진이는 순했다. 다른 아이들이 "으앙, 으앙." 큰 소리로 길게 울었다면, 혜진이는 "응애, 응애." 작은 소리로 짧게 울었다. 모유를 단 한번도 먹어본 적 없는 혜진이는 분유를 다 먹고 나면 유난히 큰 소리로 "꺼억."하고 트림을 하고 방긋 웃었는데, 그 모습과 소리에 나와 간호사는 같이 입을 벌리며 소리 내어 웃었다. 바라보는 사람을 기분 좋게 만드는 마법과 같은 미소였다.

시설의 아이들이 소아과에 입원하면 면회 오는 사람이 없다. 그런 혜진이에게 한 부부가 찾아왔다. 혜진이를 낳은 생모와 생부가 아니라, 혜진이를 입양할 새 부모였다. 그 부부는 의사인 나에게 혈액형과 몇 가지 피검사를 추가로 요청했다. 남편이 A형, 아내가 O형이어서, 혜진이는 반드시 A형이거나 O형이어야만 했다. 혜진이는 A형으로 알고 있었지만, 다시 한번 확인이 필요했다. 결과는 한 시간도 안 되어서 나왔다. A형이었다. 그 외에도 B형 간염이나 에이즈 같은 질환도 없었다. 다행이었다. 첫 번째 관문을 통과했으니, 두 번째 관문이 남았다. 혜진이는 빨리 나아야 했다. 혹시나 지금 열나는 이유가 큰 병이거나, 뚜렷한 원인도 없이 계속 아프기라도 하면 혜진이를 입양하려는 부부의 마음이 언제 바뀔지도 몰랐다. 호흡기 바이러스 검사는 원래 잘 하지 않는다. 검사비가 13만원이나 하고, 설령 OO 바이러스가 나와도 치료가 달라지지 않기 때문이다. 하지만 난 마음이 급했다.

　　호흡기 바이러스 검사 결과가 나왔다. 세 아이 모두 파라인플루엔자 바이러스였다. 나는 곧 혜진이의 부모가 될 사람에게 친절히 설명했다. 혜진이가 열이 나는 이유는 파라인플루엔자 바이러스 때문이며, 이 바이러스는 아주 흔히 어린아이들에게 감기를 일으키는데 특별한 치료도 필요하지 않고 저절로 금세 좋아진다며 얼굴에 환한 미소를 띠며 설명했다. 부모는 내 설명을 들으며 밝은 얼굴로 혜진이를 쳐다보았다. 혜진이는 그런 내 마음을 아는지 모르는지 곤히 잠들어 있었다.
　　나는 혜진이와 혜진이의 새엄마를 보면서 뿌듯한 마음으로 뒤돌아섰다. 혜진이 옆에는 같은 시설에서 온 다른 두 아이가 눈에 들어왔다. '내가 너희가 아픈 이유를 찾았어. 너희들도 곧 좋아질 거야.'라고 말하고 싶었지만, 두 아이를 대신해 들어줄 사람이 없었다. 달아올랐던 내 마음이 식었다.

　　세 아이들은 같은 시설에 있다가 같은 바이러스와 동일한 증상으로 입원을 했다. 혜진이는 이제 여러 아이가 뒹굴던 방에서 나와 자기만의 방과 가족이 생길 예정이었다. 두 아이는 원래 있던 곳으로 돌아갈 것이다. 부모가 없는 아이들은 더 자주 아프고, 조금 더 크면 몸뿐만 아니라 마음도 자주 아플 것이다.

　　혜진이가 퇴원한 이 후로 방송에서 입양아 학대 사건이 나오면 나는 마음을 졸이며 아이의 성별과 나이부터 확인한다. 혹시나 혜진이일까 마음을 졸이며….

나에게는 3초의 여유가 있었다.

<김정예, 여, 6세 9개월>

<김수예, 여, 4세 3개월>

<김민예, 여, 4세 3개월>

거의 동시에 3명이 접수된 걸 봐서, 자매인 것 같다. 수예와 민예는 나이가 같은데다 주민등록 앞 6자리가 같은 걸로 봐서 틀림없이 쌍둥이다. 정예의 차트가 뜬다. 어른은 먹고 있는 약이나, 앓고 있는 질환 등의 과거가, 아이는 체온과 체중 등의 현재가 중요하다.

만 6세 9개월로 7살이었다. 열은 없고, 체중이 16.5kg? 어? 19.5kg가 아니고? 내 딸 주희가 만으로 6세 8개월이니 딱 정예 나이다. 우리 딸 주희는 어렸을 때부터 체중이 적게 나가서 항상 아내와 나는 걱정이었다. 그런 우리 딸이 18.8kg인데 정예가 16.5kg이라고? '간호사가 입력을 잘못 했겠지.' 아이들이 진료실로 들어오기 전 3초간 차트를 보며 생각했다.

문이 열리고 우르르 몰려 들어온 아이를 보자마자 내 미간이 찌푸려졌다. 정예는 단순히 작은 걸 넘어, 병적으로 왜소했다. 뒤

따라 들어온 어머니도 키가 많이 작았다. 피부는 짙었고, 작은 얼굴에 광대뼈가 튀어나오고 큰 눈이 움푹 들어가 있었다. 동남아시아 사람 같았다. 정예도 그런 엄마를 닮아 피부가 어두워서, 하얀 큰 눈이 더 크게 보였다. 그래도 다행이었다. 저 나이에 저 체중이면, 심각한 질환이나 발달 장애가 있을 수도 있는데 정예는 괜찮아 보였다.

"자, 언니부터. 정예 앉아볼까요? 어디가 불편해서 왔어요?"

정예 대신 어머니가 대답했다.

"코가 막혀요."

"언제부터 그랬어요?"

"?"

"언제부터요?"

"어, 어, 2~3일?"

어머니가 말을 더듬었다. 이래서는 진료가 안 될 것 같았다.

"어느 나라 말 쓰세요?"

"베트남요."

인터넷에서 번역기를 켜고 한국 말로 설명을 하는 동시에, 베트남어로 번역해서 보여주었다. 여전히 불편했다. 다른 방법을 쓰기로 했다.

"정예, 아픈 데 있어요?"

7살 정예가 엄마보다 훨씬 한국말을 잘했다. 다행히 단순 감기였다. 하지만 이것으로 진료는 끝이 아니었다. 오히려 본격적인 진찰은 이제부터 시작이었다.

첫째로 구강을 진찰할 때 얼핏 보이는 치아 상태가 심각했다. 어금니는 물론이고 앞니 8개 모두 절반이 썩어 있었다. 거기다 치열이 불규칙해서 교정도 필요할 것으로 보였다.

"어머니, 이빨이 많이 썩었어요."

"??"

"이빨, 충치." (hàm răng, sâu răng)

어머니가 고개를 끄덕인다. 나는 이 닦는 흉내를 내면서 말을 했다.

"정예야 이빨 잘 닦아야 해."

두 번째가 더 심각했다.

나는 컴퓨터에 있는 성장 발달 평가 프로그램을 실행시켰다.

"어머니, 정예 몸무게가 너무 적게 나가요."

"네?"

"체중" (trọng lượng cơ thể)

"적어요." (nhỏ)

"100명 중에 1등이에요."

"네, 맞아요."

정예 몸무게인 16.5kg은 만 4세 4개월 여아 체중이었다. 106cm의 키도 만 4세 6개월 정도로 키와 몸무게 모두 1% 미만이었다. 나이는 만 6세 9개월인데, 몸이 만 4세 6개월이니 심각한 수준이었다. 이대로 간다면 20살이 되어도 148cm 밖에 안 되는 것으로 나왔다.

키는 80%가 유전이다. 특정 질환이나, 영양 결핍이 없는 한 부모의 키를 따라간다. 나는 다시 어머니를 보았다. 뻐드렁니에 얼굴은 작고 동그랬다. 키에 비해 몸집이 있어 오뚝이 같았다. 머리를 뒤로 넘겨 하나로 묶었으나 어딘가 느슨하고 푸석푸석한 머릿결은 조금만 힘을 줘도 끊어질 듯 가늘었다.

어머니도 작았기에 나는 가장 먼저 유전을 떠올렸다. 언니를 따라 들어온 쌍둥이 동생인 수예와 민예는 키나 몸무게가 겨우 정상 범주에 들었다.

어머니 말로는 정예는 특별히 아팠던 적도 없고 잘 먹는데 안 큰다고 했다. 의사인 내가 봐도 특별한 문제는 없었지만 한 번은 정밀 검사가 필요했다. 몇 번이나 하는 영유아 검진을 했다면 더 빨리 알아차렸을 텐데, 단 한 번도 한 적이 없다고 했다. 나는 나름 열심히 설명을 했지만 어머니가 얼마나 알아듣고 있는지 알 수 없었다. 거기다 정예 가족은 의료 급여 1종이었다.

문득 10년 전, 산청에서 있었던 일이 생각났다. 하루는 70대 할머니와 50대 아저씨, 20대 여성이 보건지소에 나란히 독감 접종을 하러 왔다. 20대 여성은 짙은 피부와 선명하고 뚜렷한 눈에 두꺼운 입술로 전형적인 동남아 사람이었다. 파마 머리를 한 할머니가 나에게 물었다.

"우리 애가 임신을 했는데, 접종해도 괜찮을란가?"

"임신 몇 개월인데요?"

"4개월."

"네, 3개월 넘어가면 괜찮아요."

예진을 하는데 임산부인 여성은 한국말을 전혀 하지 못했다. 겨우겨우 바디 랭귀지로 간단한 질문을 몇 개하고, 주사실로 안내를 했다. 할머니와 둘이 남게 된 나는 물었다.

"할머니 아들이에요, 딸이에요?"

"딸이래."

"축하드려요. 딸이 어머니를 닮으면 예쁘겠네요."

그러자 할머니는 들릴 듯, 말듯한 목소리로 중얼거렸다.

"자식이 에미를 닮으면 안 되는데……."

'할아버지의 재력과 어머니의 정보력'이 대학을 결정한다는 대한민국이다. 정예는 의료 급여 1종이니, 할아버지의 재력은 기대할 수 없다. 거기다 베트남 사람인 어머니는 유치원 다니는 딸보다 한국말이 서투르니, 정보력이 있을 리 만무했다. 동그랗고 하얀 큰 눈이 사랑스러운 정예였지만, 누가 봐도 생김새가 남들과 조금은 달랐다. 거기다 키와 몸무게마저 100명 중에 꼴등이었다.

내년이면 학교를 가는 정예가 걱정 되었다. 학교에서 친구들로부터 생김새 때문에 놀림을 받거나, 몸이 작아 괴롭힘을 당하지는 않을까, 한글을 제대로 뗐는지…… 가족들이 진료실을 나간 후, 나는 정예가 부디 건강하고 씩씩하게 자라서 어린 두 동생을 잘 이끌어 주기를 마음속으로 기도했다.

　　2018년 기준으로, 한국의 다문화 가정 자녀 수는 23만 7,506명이다.

한 시간 전에 응급실에 왔던 아이가 다시 왔다

　환자 접수 창에 '금일 두 번째 방문'이라는 메모가 뜨면, 내가 뭘 잘 못했나, 약 용량이 틀렸나, 혹여 불만에 찬 환자가 목소리를 높여 따지지는 않을까 괜히 불안해지고 생각이 많아진다. 시험을 한 번에 통과하지 못해 재시험을 치는 느낌이라고나 할까. 하지만 그 아이가 병원에 다녀간 지 한 시간 후에 다시 내원했을 때 대수롭지 않게 생각했다.

　'또 빠졌나? 1분이면 되겠지.'

　하지만 그건 나의 오판이었다. 1분이 아니라, 100분 동안 처절한 사투를 벌이게 될 거라고는 상상도 못 했다.

　지리산 아래 마을 산청은 푸른 산이 높아, 검은 밤이 길고 또 깊었다. 전날 당직을 서고, 저녁 무렵에 일어나 지하에 있는 직원 식당으로 내려갔다. 회사 식당에서 점심과 저녁을 둘 다 먹어본 사람은 안다. 점심이 화장 후라면, 저녁은 화장 전이라는 것을. 텅 빈 식당에서 고기 반찬 조차 없는 밥을 혼자 먹던 내가 안쓰러워 보였는지, 식당 아주머니는 계란 프라이 두 개를 해 주셨다. 내 마음이 노른자처럼 고소해졌다.

밥을 다 먹고 양치를 막 끝냈을 때였다. 당직실에 전화가 두 번 울리고 끊겼다. 응급실에 환자가 왔다는 뜻이었다. 오늘의 첫 환자였다.

눈에 가장 먼저 들어온 건, 아이의 작은 몸과 머리였다. 4~5살이나 되었을까, 아이는 나처럼 머리카락이 하나도 없었다. 거리가 가까워지자, 가릴 게 없는 아이 머리를 절반 넘게 가로 지르는 커다란 흉터가 보였다. 수술 자국이었다. 아이 몸은 마르고, 피부는 창백하다 못해 시릴 정도였다.

보통 그 나이의 아이들은 머리카락이 없는 나를 보고 신기해하며, "와, 대머리다!" "선생님은 왜 머리가 없어요?" "머리 한 번 만져봐도 돼요?" 같은 반응을 보이는데, 아이의 커다란 눈은 나를 응시하지 못한 채, 방황하고 있었다. 다물지 못한 입에서는 조금씩 침이 흘렀다. 머리의 흉터가 아니더라도 아이가 많이 아프다는 것을 알 수 있었다. 그것도 하루 이틀이 아니라, 몇 달 또는 몇 년, 어쩌면 태어나서부터 였을지도 몰랐다.

"으, 흠, 어떻게 오셨어요?"

하루에도 수십 번 하는 말이었지만, 이번에는 나오다 목에서 걸렸다.

"아이에게 음식을 넣어줘야 하는데, 엘튜브가 빠져서요."

아주머니는 작은 엘튜브를 내밀었다. 남자아이는 아주 어렸을 때 뇌수술을 받았으며 그 후로 삼키지 못한다고 했다. 뇌종양 아니면 선천성 기형이었다. 나는 감당할 수 없는 아이의 과거와 미래를 알고 싶지 않아 더 이상 묻지 않았다. 오로지 현재에만 충실하기로 했다. 엘튜브만 꽂으면 되었다. 엄마가 아이를 뒤에서 앉고 의자에 같이 앉았다. 아버지는 없었다.

엘튜브, 일명 콧줄로 코에서 위를 연결해주는 작고 기다란 관이다. 대개는 음식을 잘 삼킬 수 없는 사람들에게 죽이나 유동식을 넣어주기 위해 삽입한다. 의사에게는 주사를 놓는 것보다 더 쉽고 간단한 시술이다. 플라스틱으로 잘 휘어지는 관을 코로 튜브를 넣어 위까지 밀어 넣으면 된다. 하지만 환자 입장은 다르다. 매우 고통스럽다. 코로 튜브가 들어가면 머리를 관통하는 듯한 통증과 함께 자기도 모르게 재채기가 튀어나온다. 끝이 아니다. 관이 목으로 넘어가면 반사적으로 심한 구역질이 치밀어 오른다. 환자는 자기도 모르게 시술하는 의사의 손을 잡기도 하고, 코로 들어간 튜브를 뽑아 버리기도 한다.

이미 의대생 때 수십 번은 해보았지만 아이는 처음이었다. 못한다고 하고 진주로 보낼까 잠시 망설였지만, 하기로 했다. 아이나 어른이나 몸 구조가 다를 리 없었다. 산청에서 밤에 문을 여는 병원은 이곳 산청 의료원 뿐이었고, 내가 안 하면 보호자는 아이를 데리고 40km나 떨어진 진주까지 가야한다.

어른용 튜브는 다 큰 지렁이 몸통 두께였는데, 처음 보는 소아용 엘튜브는 실지렁이만 했다.

"조금 아프지만 금세 끝난단다. 목으로 넘어갈 때 꿀떡 하고 삼켜."

　코로 튜브가 들어가면 아이가 고개를 흔들거나 손으로 튜브를 잡는 등 난리를 치지 않을까 걱정했다. 하지만 생각보다 뇌손상이 심한 듯 아이는 손을 들어 올리지도, 소리 내어 울지도 못했다. 예상외로 간단히 끝났다. 어머니는 "감사합니다."며 고개를 숙여 인사를 했다. 나는 섣불리 말을 건네지도 못하고, 어정쩡하게 인사를 받았다. 그걸로 끝인 줄 알았다.

　한 시간이 지나지 않아, 다시 엄마가 아이를 안고 왔다. 집에서 유동식을 주는데, 유동식이 코로 나왔다고 했다. 콧구멍은 작지만, 코 안은 생각보다 넓다. 어른용 엘튜브는 두꺼워서 비강 안에서 꼬이는 경우가 거의 없지만, 소아용 엘튜브는 매우 가늘고 쉽게 휘어져서 그럴 수도 있었다. 제대로 확인해보지 않은 내 책임이었다. 원래는 엑스레이를 찍어, 튜브 끝이 위로 들어갔는지 확인을 하지만 산청 의료원은 밤에 엑스레이 촬영이 불가능했다. 배에 청진기를 대고 주사기로 튜브에 공기를 불어넣으며 소리를 확인하는 방법도 있었으나, 튜브가 너무 작아 소리도 들리지 않았다.

　"그래요. 다시 해 보죠."

　끊임없이 되풀이되는 악몽이 시작되었다. 한 시간 동안 수십 번을 했으나 모조리 실패했다. 아이는 몸으로 저항하지 못했고, 소리 내어 울기는커녕 말도 못 했다. 아이는 커다란 눈을 껌뻑이며 눈물을 흘릴 뿐이었다. 아이가 차라리 보통 아이들처럼 소리를 지르거나 팔다리를 휘둘렀으면 내 몸은 힘들겠지만 마음은 편했을 것이었다. 나는 같은 동작을 끊임없이 반복했다. 가느다란 관은 아이 코 안에서 똬리를 튼 뱀처럼 말리거나, 코로 잘 넘어갔다 싶으면 목으로 넘어가지 않고 입으로 튀어나왔다. 수도 없이 꺾인 튜브는 아이 콧물과 침으로 끈적이는 동시에 흐물흐물 거렸다. 그동안 다른 환자라도 왔으면, 잠시 쉬다 했겠지만 환자도 없었다. 계속되는 실패에 처음에는 화가 치밀어 오르더니, 나중에는 악이 받쳤다. 어려우면 포기했을 텐데 너무 간단해 그만두지 못했다.

덥지도 춥지도 않는 응급실이었지만, 나는 혼자 사우나에 온 것 같았다. 얼굴이 잔뜩 상기되고, 몸은 땀에 흥건히 젖었으며, 코에 걸친 안경이 자꾸 미끄러지며 렌즈에 뿌옇게 습기가 차 앞이 잘 보이지 않았다.

"잠시만 쉬었다 할게요."

어머니는 말없이 고개를 끄덕였다.

나는 몸도 식히고 머리도 식힐 겸, 응급실 밖으로 나갔다. 그리고 전화를 걸었다.

"형, 밤 늦게 죄송한데요."

소아과 전문의인 아는 형에게 상황을 설명하고 특별한 방법을 물었으나 없다고 했다. 경상대 응급실로 보내면 방법이 있을지 물어봤지만 거기 가도 똑같을 거라고 했다. 고맙다고 전화를 끊고 다시 한번 마음을 가다듬었다.

내가 다시 응급실로 들어가자 어머니는 새 엘튜브를 건넸다. 엘튜브가 차가웠다. 내가 전화를 받으러 나간 동안, 하나 더 있는 튜브를 냉동실에 잠시 넣어 두었던 것이다. 그러면 어머니는 조금 더 딱딱해서 잘 들어간다고 차분히 말했다.

'이번이 진짜 마지막이다. 이번에 안 되면 포기하자.'

하지만 마지막은 한 번으로 끝나지 않고, 또 다른 마지막으로 이어졌다. 나는 껌뻑이며 눈물만 흘리는 아이 눈을 쳐다볼 수 없어, 아이 코만 보았다. 그렇게 다시 30분 넘게 시도했을 때였다.

"쑥~"

튜브가 목 안으로 들어갔다. 믿을 수가 없었다. 공기도 넣고 물도 넣어보았다. 아무 문제가 없었다. 성공이었다. 이 간단한 걸, 한 시간 넘게 했다니. 어이가 없었다. 아이에게 미안했고, 잘 참아줘서 고마웠다.

2009년에 있었던 일이었다. 나는 결혼을 했고, 딸아이의 아빠가 되었고, 조만간 둘째가 태어난다. 그때를 회상하니 이제야 아이와 나 외에 아이를 뒤에서 잡고 있었던 어머니가 보였다. 아이 어머니는 내가 수십 번이나 실패했을 때 단 한 번도 성을 내거나, 불평하지 않았다.

아이가 콧물과 눈물을 쏟아내고, 나는 땀에 젖어갈 때, 어머니는 마음속으로 피눈물을 흘렸을 거다. 작은 관이 아이 코와 입 안과 식도를 후벼 대는 동시에 아이 엄마의 가슴을 파 들어가고 있었겠지. 아이는 눈물을 흘렸지만, 엄마에게는 그 눈물마저 허락되지 않았다.

아이가 그렇게 된 이유는 알 수 없다. 그 어떤 의사도 속 시원하게 답하지 못했을 것이다. 하지만 엄마에겐 아이에게 생긴 모든 문제는 자기 탓이다. 엄마는 아이가 그렇게 된 게, 자신의 나쁜 피를 받아서 그런지, 임신했을 때 뭘 잘못 먹은 탓인지, 살아오면서 나쁜 짓을 해서 벌을 받는 건지, 수천 번, 수만 번 생각하고 곱씹고 후회한다. 이번 생애를 넘어서 알 수도 없는 전생까지도 반추할 것이고, 앞으로도 영원히 풀 수도, 풀리지도 않을 문제의 답을 찾으려 노력할 것이다.

거기다 내가 저 고통을 대신할 수 있다면, 열 번이고, 백 번이라도 그렇게 하겠다고 빈다. 기적적으로 아이가 회복될 수 있기를. 그것도 안되면 적어도 내가 저 아이보다 더 오래 살 수 있도록. 빌고, 기도하고, 염원하고, 소원하고, 애원하고, 구걸하고, 간청한다. 엄마는 아이가 아픈 걸 알게 된 때부터 죽는 순간까지 응답 없는 기도를 멈추지 않을 것이다.

12년 전, 그때 아이가 5살이었다. 침조차 제대로 삼킬 수 없으니, 침이나 음식물이 자주 폐로 넘어가 염증을 일으켰을 것이다. 저절로 좋아지기도 하고, 심하면 숨이 차고 열도 나고 가래도 끓는 흡인성 폐렴으로 수십 차례 병원을 다녔겠지. 그 수많은 고비를 무사히 넘겼다면 지금 17살이다. 부디 엄마의 소원이 이루어졌기를……. 그 때 하지 못한 기도를 지금에서야 해 본다.

사람을 살리는 이야기

응급실 밖에서 녹색 불이 깜빡였으나, 소리가 들리지 않았다. '심각한 환자는 아니군.' 응급실 인턴이었던 나는 마음을 놓았다. 곧바로 응급실 자동문이 양쪽으로 활짝 열리며 119 직원이 주황색 침대를 끌고 응급실 안으로 들어왔다. 헐렁한 검은 원피스에 두 눈을 감은 20대 여자였다. 성인 남성보다 더 큰 덩치 외에는 특별한 점은 없었다.

응급구조사가 가장 먼저 119와 환자를 맞이했다.

"어떻게 왔어요?"

"심하게 술 취한 상태로 택시를 타고 가다가 접촉 사고가 났다고 합니다. 안전벨트는 하고 있었고, 다른 동승객 모두 괜찮은데, 이 여자분만 몸을 가누지 못해서 응급실로 왔습니다. 바이탈은 정상입니다."

"C 구역으로 옮겨주세요."

119가 건넨 출동 확인서가 응급 구조사를 거쳐 인턴인 나에게 전해졌다. 바톤 터치다. 이제는 내가 뛸 차례였다.

응급실에 들어오는 순간 환자는 중증도에 따라, 즉시 분류되어 정해진 구역으로 들어간다.

S : 심폐 소생술이 필요한 환자 및 심한 외상 환자 구역

A : 중증 응급 환자 구역

B : 응급 환자 구역

C : 경증 환자 관찰 구역

P: 소아 환자 구역

25세의 김미영 씨는 치료가 급하지 않은 C 구역으로 배정되었다.

"어떻게 오셨어요?"

그녀는 내가 묻는 말에 눈을 뜨지도, 입을 열어 대답을 하지도 않았다. 몸에서 술 냄새가 진동을 했고, 보호자도 없었다. 숨을 들이 쉴 때마다 가슴과 배가 밀물 때 바다처럼 부풀어 오르며, 그르렁 뱃고동 같은 코 고는 소리가 들렸다.

'어휴, 도대체 얼마나 마신 거지?'

술 취한 환자가 작은 병원 응급실로 오면, 대개는 포도당 수액 하나 달아놓고 깰 때까지 그냥 놔둔다. 그러면 나중에 잠에서 깬 환자가 부스스하게 일어나서

"여기 어디에요? 제가 어떻게 왔어요?"

묻고는 머리를 긁적이거나 흔들며 응급실 문을 나가는 게 다반사였다. 괜히 의식 저하가 있다고, 각종 혈액 검사와 뇌출혈 감별을 위해 뇌 CT까지 찍었다가는 술에 깬 환자가 "왜 마음대로

검사 했어요?" 또는 "난, 돈 없어요. 돈 못 내요."하고 다투는 경우가 많아 병원으로서는 주취자가 항상 골치였다. 그렇다고 술 취한 환자를 안 받을 수도 없었다. 술은 환자가 마셨는데, 숙취는 나에게 온다. 머리가 지끈거렸다.

'여기는 대학병원이니까, 쭉 검사하지 뭐.'

나는 대수롭지 않게 생각을 하고 환자에게서 등을 돌릴 찰나였다. 그 때 며칠 전 같이 응급실을 돌던 여자친구가 해준 이야기가 내 발목을 붙잡았다.

"자기야, 자기야, 어제는 50대 남자가 술에 취한 채, 응급실로 실려 온 거야. 남자는 머리에서부터 발끝까지 피범벅이었고, 고래고래 소리를 질러대고 난리도 아니었어. 119 말로는 환자가 삽에 맞았다고 했는데, 누가 때렸는지도 알 수 없대. 일단 환자를 S 구역에 눕히긴 했는데 이게 뭐 협조가 돼야지. 수액 줄 뽑고, 피가 줄줄 흐르는 채 응급실 돌아다니면서 팔을 막 휘둘러 사방으로 피가 튀고, 욕하고 엉망진창이었어."

"아, 진짜? 최악이다. 으, 싫어."

"심지어는 응급실에서 사람들 다 보는 앞에서 바지 내리고 오줌까지 샀어."

"어휴, 진상."

"근데, 더 최악이 뭔지 알아?"

"아니 그것보다 더 심한 게 있어? 누구 때렸어?"

"아니. 그 환자, 그러다 얼마 안 있어 조용해 졌어."

"뭐, 그랬겠지. 술 먹고 난리 치다 자는 거야 뭐 한 두 번인가. 응급실 일상이지."

"아니, 아니. 그러면 내가 말도 안 꺼냈지."

"왜왜, 어떻게 됐는데?"

"그 환자, 죽었다. 어느 순간, 환자가 조용해져서 누가 가봤는데, 환자가 숨을 안 쉬는 거야. 그래서 심폐소생술하고, 나중에 뇌 CT 찍었는데, 뇌출혈이었어. 진짜 최악이지?"

"……"

환자가 술에 취했다고 제대로 보지도 않고 나중에 환자가 잘 못되면 어떡하지? 라는 생각에 나는 발걸음을 멈추고 몸을 돌려, 다시 김미영 씨에게 향했다.

"김미영 씨, 김미영 씨."

환자의 어깨를 흔들어 보았으나, 뱃살만 출렁일 뿐 눈을 뜨지 않았다. 이번에는 검은 치마 아래로 드러난 두꺼운 종아리를 꼬집 었다.

"……"

환자는 반응이 없었다. 술을 너무 많이 마신 거야, 아니면 내 가 너무 살짝 꼬집었나? 이번에는 비명을 지르도록 힘껏 꼬집기 로 했다. 나는 종아리 살을 잡고서, 잘 안 열리는 페트병 뚜껑을 따 듯, 있는 힘껏 비틀었다. 아무리 술에 취했다고 하더라도 번쩍 일어날 정도였다.

"……"

그녀는 죽은 사람 마냥 미동조차 없었다. 내 몸에서 소름이 돋고 가슴이 쿵쾅거렸다. 나는 다리 대신 얼굴을 쳐다보았다. 그녀는 여전히 깊은 잠에 빠져 있었다. 나는 환자의 뺨을 사정없이 내리쳤다.

"김미영 씨, 정신 좀 차려봐요."

긴장으로 높아진 내 목소리와는 다르게 그녀는 긴 잠에서 깬 듯 서서히 눈을 떴다.

"여기 어딘지 알겠어요?"

"어디…… 에요?"

"병원이에요. 제가 다리를 꼬집어 볼 테니까, 아프면 말씀하세요."

이번에는 주먹을 쥔 다음 중지 가운데 마디만 튀어나오게 뾰족하게 세운 다음, 그녀의 종아리를 세게 누른 채 돌렸다. 그녀의 두꺼운 다리 살이 움푹 들어갔지만, 그녀는 소리는커녕 발을 움직이지 않았다. 섬뜩했다.

"느낌이 나요?"

"선생님, 아무 느낌이 없어요. 목 아래로 아무 느낌이 없어요. 몸도 안 움직여요."

'젠장.'

5년 전이었다. 의대에서 아웃사이더였던 나는 거의 매일 자취방에서 영화를 보았다. 장르를 가리지 않았고, 마음에 드는 영화가 있으면 대사를 외울 정도로 반복해서 보았다. 가장 많이 보았던 영화가 <쇼생크 탈출>과 <폭풍 속으로>였다. 나는 키아누 리브스가 서핑 보드를 사러 간 가게에서 초등학생 남자아이가 말한 대사를 아직도 기억한다.

"Surfing's the source. It can change your life."

(서핑은 근원이에요. 당신의 삶을 바꿀 수 있죠.)

그리고 키아누 리브스가 여자 주인공에게 서핑을 가르쳐 달라고 하면서 한 말도.

"I'm gonna learn to surf or break my neck."

(목이 부러져도 서핑을 배우겠어.)

나 또한 서핑을 배우고 싶었다. 의사와 여행작가를 꿈꾸던 나는 기회가 된다면 한 달간 영화 <폭풍 속으로>의 촬영지인 호주의 벨스 비치에서 오로지 파도만 타고 싶었다. 그러다 여행 마지막 날에는 피날레로 스카이다이빙을. 상상만 해도 가슴이 두근거렸다. 보증금 천만 원에 월세 10만 원으로 화장실은 실외에 공용으로 써야 하는 자취방에서 나는 서핑하는 날을 꿈꾸며, 힘든 의대 생활을 버텼다. 그러던 어느 날, 본과 3학년 때 신경과 정하준 교수님 수업 시간이었다.

"20대 젊은 여자들이 해운대에서 튜브를 타고 파도를 맞으며 놀다가, 한 번은 파도를 맞고 뒤집어졌어. 다들 짠물 한 번 먹고서 멀쩡하게 일어나서 깔깔대며 재밌다고 웃는데, 한 여자만 못 일어나는 거야. 튜브가 뒤집힐 때 머리를 바닥에 부딪히면서 경추가 완전히 꺾여 목 아래가 마비된 거지. 허리를 다쳤으면 휠체어라도 탈 텐데, 그녀는 목을 다쳐서 죽을 때까지 침대에 누워서 지내게 된 거야. 움직일 수 있는 건, 눈과 입이 전부였지. 20대 젊은 여자가 말야. 그리 큰 파도도 아니었어. 그냥 운이 없었던 거지."

　　영화 <폭풍 속으로>에서 키아누 리브스는 목이 부러져도 서핑을 배우겠다고 했지만, 겁 많은 나는 그 사연을 듣고서는 서핑을 하겠다는 생각을 바로 접었다. 한 학기 동안 신경과 수업을 듣는 동안 머리 속에 남은 신경과 질환은 단 하나도 없었지만, 그 에피소드만은 가슴에 박혀 있었다. 김미영 씨가 딱 그 경우였다.

　　나는 급히 신경외과 선생님을 호출했다.

　　"네, 신경외과 신재영입니다."

　　언제나 그렇듯 신재영 선생님은 잠에 취한 목소리였다.

　　"선생님, 응급실 인턴입니다. 25세 젊은 여자, 술에 취한 상태이며 택시에서 접촉 사고가 난 후로, 목 아래로 운동 및 감각 신경 저하 있습니다. 목 과신전(neck hyperextention: 목이 과도하게 뒤로 꺾어지면서 신경이 눌리는 현상)에 의한, 신경 손상 같습니다."

　　신경 손상이라는 내 말을 듣고, 성질 더럽고 게으르기로 유명한 신재영 선생님도 정신이 뻔쩍 들었는지

　　"그래요, 바로 내려 갈게요."

　　전화를 끊고, 1분도 안 되어서 응급실로 내려왔다. 그는 오늘

도 어김없이 헝클어진 머리에 눈에는 눈곱이 잔뜩 껴 있고, 몸에서는 홀아비 냄새가 풀풀 뿜어져 나왔다.

"목 보호대 하고 바로 MRI 찍읍시다."

"네."

나는 전투를 앞둔 병사처럼 잔뜩 기합이 들어간 목소리로 대답했다. 예상대로였다. 술에 취해 의식이 저하된 상태로 택시가 충돌하자 안전벨트를 해서 몸은 그대로 있는데 목이 심하게 뒤로 젖혀지면서 신경이 눌렸던 것이었다.

"오, 선생님, 잘했어요. 대단하네."

평소 입에 욕을 달고 살았던 신재영 선생님이 나를 치켜세웠다. 하지만 나는 우쭐하기보다 가슴을 쓸어내렸다. 여자 친구와 교수님이 들려준 이야기가 아니었다면 나는 전혀 쓸모없는 피검사와 뇌 CT를 촬영하고, 포도당 수액 하나 달아놓고 몇 시간 동안이나 김미영 씨를 응급실에 방치했을지도 모른다. 김미영 씨는 다행히 며칠 후, 큰 후유증 없이 잘 퇴원했다. 이야기가 사람을 살렸다.

울면서 웃는 남자

오늘도 그가 왔다. 내가 이 병원에 처음 취직했을 때부터 4년째 매주 한 번도 빠지지 않고 나를 찾아왔다. 그는 불치병이 있는 것도 아니었고, 어디가 아프지도 않았다. 나이는 30대 후반으로 나와 비슷했고, 키는 나보다 한 주먹 컸다. 머리는 볼륨을 주었으나 바람이 불어도 흔들리지 않게 딱 고정된 7:3 가르마에, 몸에 딱 맞는 남색 정장이 잘 어울렸다. 모델로는 조금 부족하지만, 일반인이라고 하기에는 멋이 차고 넘쳤다. 검은 구두 끝은 주인에게 사랑받는 강아지 코처럼 윤기가 흘렀다.

"과장님, 오늘 원장님과 점심 식사 준비했습니다."

나는 다이어트한다고 점심을 안 먹은 게 2년이 넘었는데, 그는 아랑곳하지 않고 한 달에 한 번씩 병원 근처 맛집을 물색해 음식을 포장해 온다. 지난달에는 초밥에, 이번에는 떡갈비란다.

"아, 오늘은 집에 청소기가 고장 나서 점심시간에 수리점 가야 해서 힘들 것 같습니다."

나는 정중히 거절을 했다.

"선생님, 제가 대신 갔다 오겠습니다. 맡겨주십시오. 그런 건

제가 해야죠."

"아뇨, 괜찮습니다."

"점심 같이 드시고, 제가 맡겨놓고 선생님 퇴근하기 전에 찾아오겠습니다."

"아뇨, 아뇨, 괜찮습니다. 오늘 점심은 정말 안 되겠네요."

"선생님, 그런 건 부담 없이 저를 시켜주십시오."

"아닙니다. 원장님과 식사 맛있게 하십시오."

그는 다름 아닌 영원한 '을'인 제약회사 영업 직원, 이른바 '영맨'이다.

사람의 관계란 <기브 앤 테이크>이다. 세상에 공짜는 없고, 대가성 없는 뇌물은 없다. 내가 그에게 부탁을 하면, 나는 그의 요구를 들어줘야 한다. 의사가 영맨에게 할 수 있는 부탁은 여러 가지다. 청소기 수리나 자동차 정기 점검일 수도 있고, 돈일 수도 있다. 심지어 예비군 훈련을 의사 대신 가 준 영맨도 있었다.

반대로 영맨이 의사에게 요구하는 건 딱 하나다. 자기 회사 제품을 써 주는 것. 매출은 그의 '알파'이자 '오메가'이다.

약은 두 종류가 있다. 특허를 받은 신약, 일명 '오리지널'과 20년간의 특허가 풀리자 똑같이 만들었다는 '제네릭'. 말이 좋아 제네릭이지, 그냥 짭, 짝퉁, 카피약이다. 오랫동안 독점을 누리던 신약의 특허가 풀리면, 시장에는 수많은 카피약이 등장한다. 2009년 강력한 진통제인 '울트라셋'의 특허가 만료되자, 국내에서 오르펜, 하이퍼셋, 트라미펜, 도라셋, 듀얼셋, 메가셋 등 무려 67개 카피약이 등장했다.

명품 구찌 가방의 정품 가격이 100만 원이라면, A급 짝퉁은 대략 10~20만 원 선이다. 하지만 정부가 가격을 일방적으로 정하는 약값은 오리지널이 100원이면 카피약은 70원이다. 다른 나라도 카피약 가격을 국가가 결정하지만, 유독 한국은 카피약 가격이 비싸다. OECD 평균보다 2.2배, 가장 싼 터키에 비해서는 무려 5배가 높다.

그럼 카피약 원가는 얼마일까? 업계 비밀이지만, 판매가의 10%도 안 된다. 100원 하는 오리지널 약을 그대로 카피한 70원짜리 약을 팔면, 60원 넘게 남는다. 공장을 세워 직접 만들기조차 귀찮으면, 다른 회사에 약 생산을 맡기고 버젓이 자기 회사 상표만 부착해서 팔아도 된다. 이를 그럴듯하게 OEM(Original Equipment Manufacturing), 주문자 상표 부착 생산 방식이다. 일종의 하청이다.

속된 말로 팔기만 하면 남는 장사다. 그 결과, 한국에는 현재 200개가 넘는 제약회사들이 난립하고 있다. 제대로 된 신약 하나

없이, 수많은 제약회사들이 오로지 카피약만 팔아 돈을 번다.

정부가 카피약 가격을 매우 높게 정해, 세금의 일종인 건강보험료로 제약회사 배를 불려주고 있다. 누군가 이익을 보면 누군가는 손해를 봐야 하는 법. 이익은 제약 회사가, 손해는 국민이 본다. 그럼 또 누가 이득을 볼까? 약 가격만 높으면 어마어마한 수익을 거두는 제약회사가 가격을 결정하는 고위 관료를 찾아가지 않을 리 없다. 보험회사는 고위 관료에게 신약 허가를 해달라고 청탁하고, 약 가격을 높게 해달라고 뇌물을 바치기도 한다.

제약회사와 약 가격을 매기는 고위 관료에게는 이보다 더 좋을 수 없지만, 약을 팔아야 하는 영맨으로서는 이보다 더 나쁠 수 없다. 그가 팔아야 하는 제품과 성능에 가격까지 같은 약들이 수십 개가 이미 시장에 나와 있다. 차이점이라고는 고작 제약회사 이름뿐이다. 거기다 제약 회사는 영업 직원에게 매출에 따른 성과급을 주며 이렇게 말한다.

"모든 게 너에게 달려 있다. 매출이 안 나오는 건 다 네 능력이 부족해서 그렇다. (약이 안 좋거나, 회사가 안 좋아서 그런 건 아니다.)"

물건이 거기서 거기고, 가격까지 같은 상황에서, 영맨이 취할 수 있는 전략은 단 하나다. 약을 차별화하는 대신 약을 파는 자신을 차별화 시키기. 매주 부지런히 병원을 찾아와서 의사에게 눈도장 받고, 뭔가를 건넨다. 볼펜이나 포스트잇은 기본이고, 커피, 커피를 싫어하면 주스를 들고 온다. 기꺼이 잔심부름을 도맡아 하려 하고, 심지어 누구는 예비군 훈련마저 대신 다녀온다.

　　원장님과 나, 그리고 영맨과 회식을 한 다음 날이었다. 전날 나와 원장님이 대리 기사를 불러 차를 타고 가는 걸 배웅하고 제일 늦게 퇴근한 영맨이 가장 먼저 병원에 나와 원장님을 기다리고 있었다. 그는 나를 보자 고개를 숙이며 숫자가 새겨진 숙취해소제를 두 손으로 공손히 내밀었다. 그에게서 꼬릿한 땀과 시큼한 위산 냄새가 풍겼다.

　　내가 음료를 건네받자 그가 고개를 들었다. 술이 덜 깬 듯 얼굴이 벌건 데다, 눈마저 붉은 핏대가 솟아올랐다. 눈꼬리는 내려가고, 입꼬리는 올라가 있었다. 그의 눈은 울면서 웃고, 웃으며 울고 있었다. 속이 쓰려 눈물짓고, 처자식을 떠올리며 웃음 지었으리라. 잔뜩 힘을 준 눈꼬리가 끝내 견디지 못하고 파르르 떨렸다.

중환자실은 크게 4개로 구분한다. 신경외과 중환자실, 외과계 중환자실, 내과계 중환자실, 그리고 마지막은 신생아 중환자실이다.

환자들은 대부분 수술실이 아니라, 중환자실에서 죽어 나가기에 중환자실 치고 안 힘든 곳은 없다. 그러나 신생아 중환자실은 가히 그 비교조차 거부한다. 머리를 열어 수술하면 모두 의식을 잃기에 수술한 환자는 모두 중환자가 되는 신경외과 의사도, 의사 중에 의사라 불리며 병원에서 가장 많은 사람을 살려내며 "내과 의사야 말로 사람을 살리는 진정한 의사지."라며 바이탈 부심에 쩌는 내과 의사도, 신생아 중환자실이라면 고개를 절레절레 흔든다.

살 가능성이 절반 밖에 안되는 임신 24주의 초미숙아. 머리는 당구공보다 약간 작고, 몸무게는 1kg이 채 안 된다. 몸속에 있는 피라고는 작은 요구르트 병에 담을 수 있을 정도다. 혈관에 연결할 링거 하나 꽂는 게 어지간한 시술보다 더 어렵고, 피검사를 할 때마다 의료진의 손이 떨린다. 초미숙아부터 태어나자마자 심각한 질환을 가진 신생아까지. 작으면 성인 한 뼘 만한 아이가 신생아 중환자실에서 치료를 받는다.

그런데 신생아 중환자실에 심각한 문제가 생겼다. 2020년 전국 소아과 지원율이 69%에서, 2021년에는 32%로 처참하게 떨어졌다. 소아과 레지던트 2, 3년 차가 신생아 중환자실을 담당하기에 조만간 신생아 중환자를 볼 의사가 없어진다는 뜻이다.

어쩌다 이렇게 되었을까?

소아과에 미래가 없기 때문이다. 의사도 돈을 벌어야 한다. 하지만 터무니없는 저수가에 소아과는 성인처럼 영양제 같은 비급여도 없고, 그렇다고 아이에게 검사를 많이 할 수도 없다. 오로지 많은 환자를 보는 것으로 버텼는데 출산율이 전 세계에서 가장 빠른 속도로 감소하고 있다. 즉, 잠재 고객이 줄어든다는 뜻이다.

출산율 감소로 소아는 줄지만, 산모가 고령화되면서 오히려 고위험 분만은 는다. 40주를 채우지 못하고 태어나는 미숙아가 증가한다. 하지만 '이대 목동 병원 신생아 사망 사건'에서 볼 수 있듯이 결과가 나쁘면 열악한 신생아 중환자실 상황은 전혀 고려하지 않은 채 일방적으로 의료진에게만 책임을 지운다. 그러다 보니 의사들은 위험한 과를 기피한다.

그뿐 아니다. 신생아 중환자실은 1년에 병상 하나당 1억에 가까운 적자가 난다. 병원은 어쩔 수 없이 구조조정을 통해 병상 수를 줄인다. 신생아 사망 사건으로 신생아 중환자실이 텅 비어버린 이대 목동 병원은 오히려 적자가 줄었다는 웃지 못할 이야기가 들린다. 구속될 위험마저 무릅쓰고 아이를 살리려는 의사조차 이제

일할 곳이 없다.

　엎친 데 덮친 격으로 코로나로 아이들이 항상 마스크를 쓰고 다니니, 소아 환자가 절반, 아니 반의반으로 줄었다. 폐업하는 소아과와 소아 병원이 부쩍 많아졌다. 소아과를 하면 먹고 살 길이 없다는 것을 가장 풋내기 의사인, 군대로 따지자면 신병 훈련소에 있는 인턴들이 먼저 알아차리고 소아과에 지원을 하지 않게 된 것이다.

　소아과 레지던트는 4년간 수련을 받는다. 1년 차는 이등병, 2년 차는 일병, 3년 차는 상병, 4년 차는 병장이다. 1년 차가 지원율 32%로 미달이라는 말은 원래 3명인 이등병이 나 뿐이라는 뜻이다. 3명이서 하던 일을 동기가 없어 혼자 해야 하니, 죽을 맛이다. 목숨을 위협하는 수많은 질병과 힘을 합쳐 싸워도 힘든데, 힘을 합쳐 나갈 동기가 없다.

　군대라면 어떻게든 버텨야 하지만, 레지던트는 언제라도 그만둘 수 있다. 1년 차 입장에서는 재수해서 더 좋은 과, 더 좋은 병원에 갈 수 있는데 굳이 힘들고 미래도 없는 소아과를 계속할 이유가 없다. 거기다 어떻게 1년을 버텨 내년에 2년 차가 된다고 하더라도, 앞으로 자기 밑에 들어올 1년 차가 없다. '야, 거기 작년에 미달이었다더라.'는 소문이 퍼지면, 아무도 그곳에 지원하지 않는다. 아무리 생각해도 앞으로 남은 4년을 버틸 자신이 없다. 어떻게 버텨서 전문의를 따도 상황은 나아지지 않는다. 미달을 각오하고, 온갖 어려움을 예상하고 들어온 소아과 1년차 중에서도 포기하는 사람이 속출하고 있다.

　한 연차가 없으면, 그것으로 끝이 아니다. 도미노다. 내년에도 미달, 내후년에도 미달이다. 일단 미달이 나기 시작한 소아과는 특단의 조치가 나오지 않는 한 최소 5년 이상, 어쩌면 영원히 정원을 채우지 못한다. 앞으로 몇 년간 소아과 의사가 나오지 않으면 어떻게 될까? 동네에 소아과 의원이 없어 아픈 아이가 갈 곳이 없어 쩔쩔매게 될까? 그건 그리 큰 문제가 아니다. 더 심각한 상황이 우리를 기다리고 있다.

　임신 27주인 진아 씨는 갑작스러운 통증에 잠에서 깼다. 하의가 축축이 젖었다. 양수가 예정보다 무려 3개월이나 빨리 터진 것이다. 다급한 마음에 휴대전화로 119를 불렀다. 5분 안에 도착한 119 대원이 원래 진아 씨가 다니던 병원으로 간다. 병원에서는 응급 분만이 필요하지만, 27주된 미숙아는 신생아 중환자실이 있는 대학병원으로 가야 된다며 아예 받아주지 않는다. 119 대원은 다시 진아 씨를 앰뷸런스에 태우며 A대학병원으로 전화를 한다. 산모가 27주라는 말을 수화기 너머로 들은 A대학병원에서는 신생아 중환자실이 현재 모두 차 있다는 이유로 환자를 받을 수 없다고 거절한다. 초조한 119 대원은 식은땀을 흘리며 B 병원으로 전화를 하지만, B 병원도 신생아 중환자실에 자리가 없다는 똑같은 이유로 받을 수 없다고 할 뿐이다. 주위의 C 병원도, D 병원도 마찬가지다. 갈 곳을 잃은 앰뷸런스가 도로 위를 헤매는 가운데 산모 뱃속에 있는 태아의 심박수는 점점 떨어지고, 진아 씨의 의식도 가물가물해진다.

보일러 놔 드려도 아무 소용없다

"타닥, 타닥…… 타닥, 타닥, 타닥……"

진료실 밖에서 정체를 알 수 없는 소리가 들렸다.

"들어오세요."

"잠시만요."

50대 아주머니가 진료실 문을 열고 잠시 얼굴을 비추나 싶더니 다시 문밖으로 사라졌다. 뒤이어 사람은 보이지 않고 다시 타닥, 타닥 소리만 들리더니 얼마 지나지 않아 은색 보행기에 몸을 지탱한 할머니가 나타났다. 할머니는 보행기를 들어 올려 땅을 짚고 나서 발을 끌 듯이 내디뎠다. 갓 돌이 지난 아기 걸음을 지켜보는 것처럼 마음이 조마조마했다. 나는 의자에서 일어나 할머니 팔꿈치 옆에 손을 뻗어, 혹시나 발생할지도 모르는 불상사에 대비했다. 진료실 문에서 의자까지는 네다섯 발자국 거리였지만, 열 번 넘게 보행기가 움직여서 겨우 진료실 의자에 앉을 수 있었다. 할머니 얼굴의 주름들이 꿈틀거렸다.

"휴우~"

할머니가 진료실 의자에 앉자, 할머니도, 나도, 같이 온 아주머니도 긴 한숨을 같이 내쉬었다. 그제야 아주머니는 손에 있던 검진 종이를 나에게 건넸다.

　　김애순. 34년생. 고혈압 외 특이력 및 가족력 없고, 술, 담배 안 하고, 운동은 따로 하지 않았다. 다시 고개를 들어 할머니를 보았다. 머리가 모두 세어 하얗다 못해 시렸다. 적은 숱을 감추려고 파마를 했지만, 바람이라도 불면 그대로 날아갈 듯 위태로웠다. 등은 새우처럼 굽어 더 이상 휘어질 수 없을 정도였다. 진한 갈색 피부에 얼굴 주름이 워낙 깊어, 낮은 코와 작은 눈이 잘 보이지도 않았다.

　　"할머니, 정정하시네요. 고혈압 말고 드시는 약도 없고."

　　"응. 괜찮아."

　　목소리가 차분했다.

　　"할머니, 날이 많이 추워요. 이런 날에는 딱 두 가지 조심하셔야 해요. 뼈, 그리고 풍. 넘어지기라도 하면 팔목이나 골반뼈 부러져요. 손이면 그나마 다행인데, 골반뼈 부러지면 절반 가까이 다시는 못 일어나세요."

　　"응, 안 그래도 병원 온다고 나왔지 거의 밖에 안 나가."

　　"비나 눈 올 때는 절대 밖에 나가지 마세요."

　　"응."

　　"겨울에는 추워서 몸이 움츠러드는데, 혈관도 좁아져서 풍이 잘 와요. 항상 따뜻하게 입으시고, 돈 아낀다고 보일러 안 틀고 그러지 마세요. 돈 몇 푼 아끼려다 풍 오면 자식만 고생시켜요."

"엄마, 선생님도 말씀하시잖아. 보일러 좀 틀고 살아. 풍이라도 오면 어떡하려고 그래?"

옆에 있던 따님이 갑자기 살짝 짜증이 섞인 목소리로 말을 거들었다.

"더운 여름에는 혈관이 넓어져서 풍이 안 와요. 근데 딱 추워지는 지금부터 봄까지 풍이 잘 오거든요. 그러니까 옷 따뜻하게 입으시고 보일러 빵빵하게 트세요. 땀날 정도로."

"응, 그럴게."

"엄마, 꼭 보일러 틀고 자."

"응, 응, 알았어."

할머니가 다시 두 손으로 보행기를 잡고 일어섰다. 작은 몸에 비해 손마디가 굵었다. 험한 일을 많이 해서 관절이 두꺼워졌으리라. 문득 어머니의 손이 떠올랐다.

당신께서는 파출부, 식당, 김치 공장, 인삼 공장까지 돈을 벌기 위해 평생 일을 하셨고, 지금도 그렇게 말려도 굳이 집에서 놀면 뭐 하냐고 은행에서 청소를 하신다. 그렇다 보니 삶이 새겨진 두 손 곳곳에 굳은살이 박혀 있다.

그런 당신께서는 겨울에 기름값이 아까워 기름보일러를 틀지 않고 전기장판만 트셨다. 추위를 많이 타는 나는 전기장판을 고온으로 켜고 자곤 했다. 어느 겨울날 아침이었다. 분명히 등이 따끈따끈한 상태로 잠들었는데, 잠에서 깨보니 추위에 몸이 떨렸다. 전기장판 전원이 꺼져 있었다. 다이얼을 돌리니깐 다시 켜졌다. '너무 뜨거워서 저절로 꺼졌나? 아니면 내가 더워서 자다가 나도 모르게 껐나?' 하지만 똑같은 일이 반복되었고, 나는 우연히 아침마다 일찍 일어난 당신께서 조용히 방에 들어오셔서 그 굵은 손으로 전기장판을 몰래 끄는 것을 알게 되었다. 몇 푼 안 되는 전기세가 아까워서 그랬을 것이었다. 나는 화를 내면서 소리를 질렀고, 당신께서는 멋쩍어하셨다.

그뿐 아니었다. 당신께서는 겨울에도 해가 잘 드는 남쪽 베란다에 커다란 갈색 대야에 물을 한껏 받아놓고, 양동이로 그 물을 퍼서 씻으신다. 하루 종일 겨울 햇빛을 받아도 물은 차갑기만 했다. 나는 당신께서 온수를 쓰면 혹여 기름값이나 가스비가 많이 나올까 봐 그러는 것을 알고는 "그깟 돈 몇 푼 아껴서 뭐 하냐? 어휴, 청승."이라며 고개를 절레절레 흔들었다. 공무원인 형이 유난히 몸에 땀이 많아 고생하시는 당신을 위해 몇 년 전에 에어컨을 안방에 놔 드렸지만, 전기세가 아까워서 혼자 계실 때는 절대로 틀지 않다가 손자가 올 때만 튼다. 여름에 날이 더우니 에어컨을 켜시라고 하니, 35도 넘어가면 틀겠다고 한다. 나는 그 고집에 두 손 다 들고 말았다.

전화를 했다. 전기세, 가스비 걱정하지 마시라고 해봐야 들을 리 만무했다. 나는 전략을 바꿔 겨울에 추워지면 머리 혈관이 좁아져 풍에 걸리니, 보일러 빵빵하게 트시라고 말했다. 당신의 최대 걱정은 혹여 치매라도 걸리거나 풍에 걸려 죽지도 못하고 자식 고생시키는 것이니까. 그깟 돈 몇 푼 아끼려다 풍에 걸려 드러누우면 누구 고생 시킬 거냐고 김애순 할머니께 했던 협박 아닌 협박을 하였다. 하지만 당신께서는 내 잔소리가 듣기 싫어 "응, 그래." 건성으로 대답하고서는 "전화 요금 많이 나온다. 빨리 끊어라."며 이번에는 전화비를 핑계 대며 역공격을 펼치신다.

보일러 놔 드려도 아무 소용 없다. 전기세가 아까워 에어컨뿐만 아니라, 전기장판도 끄시는 당신이 보일러를 틀 리 없다. 더 늦기 전에 잔소리 대신 당신의 거친 손을 잡아 드려야겠다.

응급실에서 명절을 쇠는 사람

　추석을 한 시간 앞둔 밤 11시, 12개의 침대에 환자는 한 명뿐이었다. 중소 도시의 작은 응급실 데스크에서 나는 간호사와 수다를 떨었다. 우리는 명절에 집에도 못 가고 밤새 일하는 신세를 한탄했다. 나는 이상하게도 명절 사흘 중에 전날과 당일 오전까지는 환자가 없는데 꼭 오후부터 환자가 오는 건 조상들이 차례상이라도 받으려고 후손을 잠시 안 아프게 해주는 것 같다는 시시껄렁한 농담을 하며 무사히 오늘 밤이 지나가기를 빌고 있었다. 그때 환자가 접수되었다.

　57세, 김영철.

　그는 남자치고는 작은 키에, 머리숱은 얼마 없었다. 손에는 작고 검은 비닐봉지가 들려 있었다. 그에게 가까이 다가가자 냄새가 났다. 술꾼의 술 냄새와 노숙자의 쩐내가 섞여 있었다. 야윈 몸에 깊게 푹 눌러쓴 모자 아래로 충혈된 눈이 얼핏 보였다. 술에 취한 건 분명한데 걸음걸이는 다행히 비틀대지 않았다.

　"아무것도 검사하지 말고, 수액이나 하나 놔 주쇼."

　나는 그때 젊었다. 자신의 삶을 길바닥에 내버린 사람이 싫었다. 이해할 수도 없었고, 이해하고 싶지도 않았다. 그중에 술 취한 사람이 가장 싫었다. 응급실로 술 취한 환자가 오면, 필요한 최소의 조치만 취했다. 의식이 없거나, 당장 조치가 필요한 사람을 제외하고는 환자와 싸워서라도 내보냈다. 환자가 입원을 원해도, "당신은 여기가 아니라 정신병원에 입원해야 한다."며 분노와 경멸에 찬 표정으로 요청을 거절했다. 수액? 어림도 없었다.

하지만 그날은 추석 전날이었다. 잠시 밖에 나갔다가 본 검은 하늘에 휘영청 뜬 보름달이 마음을 부드럽게 했는지도 모르겠다.

"그러죠 뭐."

대수롭지 않게 500ml 수액 하나에 비타민을 처방했다. 평소와 다르게 술꾼에게 수액을 처방한 내가 못마땅했는지, 간호사는 가장 안쪽 침대로 환자를 눕혔다. 벽 하나를 사이에 두고 의사 당직실과 붙어 있는 자리였다. 벽이라고 해봤자 간이벽이라 핸드폰 버튼을 누르는 소리마저 다 들렸다.

차례상을 받고 싶은 조상들이 지켜주는지 몰라도 추석 전날 밤, 응급실은 조용했다. 새벽에 배가 아파서 온 환자 한 명 말고는 환자가 없었다. 새벽 6시에 잠이 깬 나는 화장실도 갈 겸 한 번 응급실을 쓱 둘러보았다. 김영철 씨 침대에는 커튼이 처져 있었다. 조용히 잘 자는 것 같았다. 나는 다시 잠들었다.

교대 시간인 8시를 10분 앞두고 맞춰놓은 알람에 눈을 떴다. 모처럼 만에 단잠을 잤다. 세수를 하고 퇴근을 하면서 간호사에게 물었다.

"그 환자는요?"

"한 30분 전에 일어나더니, 조용히 알아서 가던데요."

그걸로 끝이었다.

설 다음 추석은 길지만, 추석 다음 설은 짧다. 3개월이 지나 설이 되었다. 이번에도 설 전날 나는 응급실 당직을 서게 되었다. 응급실 담당 의사 중 가장 막내에 결혼도 안 했으니, 명절에 당직을 피할 수 없었다. 그리고 또다시 밤이 되었다. 역시나 환자는 적었고, 12시가 가까울 무렵이었다.

"아무것도 검사하지 말고, 수액이나 하나 놔 주쇼."

한 아저씨가 응급실에 오자마자 말했다. 뭔가 익숙한 느낌이 들어서 나는 차트를 클릭했다. 추석에 왔던 김영철 씨였다. 추석 이후로 한 번도 병원에 온 적이 없었는데, 나이를 한 살 더 먹고 추석 때와 비슷한 시간에 응급실에 온 것이었다. 나는 말없이 3개월 전과 똑같은 처방을 냈다. 수액 하나에 노란색을 띠는 비타민 하나.

응급실은 24시간 밝은 형광등을 켜 두고 있어, 자거나 쉬기에 매우 불편하다. 중간에 끊임없이 환자가 오고, 앰뷸런스라도 와서 위용위용 사이렌을 울리면 의사마저도 긴장이 되고 불안해진다. 거기다 아무리 못해도 진료비가 모텔비만큼은 나오기에 잠을 자고 쉬려면 모텔에 가는 게 훨씬 더 편했다. 500ml 포도당 수액이라고 해봐야, 콜라 500ml에 들어간 당분 정도일 뿐이고.

하지만 그는 추석에 이어, 설에 또다시 응급실에서 가족도 없이 혼자 명절을 쇠었다. 아니다. 그는 벽 하나를 사이에 두고 나와 같이 응급실에서 추석에 이어 설을 맞이했다. 나는 그가 외로워서 그랬을 거라고 생각하지만 진짜 이유는 그만이 알 것이었다.

세상에서 가장 위험한 사람

잊을만하면 미국에서 총기 난사 사건이 터진다. 평범한 지방 고등학교에서 학생 두 명이 마구잡이로 학교에서 총을 쏘았던 '콜롬바인 고등학교 총기 난사 사건'에서부터 재미 한국인 대학생이 대학교에서 총을 난사했던 '버지니아주 공과대학 총기 난사 사건'까지. 학교뿐만 아니라, 콘서트장, 고속도로, 술집, 심지어는 대형 마트에서도 끔찍한 비극이 터진다.

이렇게 세상이 흉흉하다 보니, 미국 사람은 스스로를 지키기 위해 총을 산다. 그 결과 미국에는 사람보다 총이 더 많다.

연쇄살인마도 있다. 로스쿨 재학생으로 지적일 뿐만 아니라 수려한 외모를 뽐낸 테드 번디에서부터 아예 희생자의 인육을 냉장고에 보관하고 먹기까지 했던 제프리 다머까지. 미국은 연쇄 살인범 천국이다.

미국에서 살고 있는 내가 살해당했다고 가정해 보자. 과연 범인은 누구일까? 먼저 무기는 미국답게 총이다. 축구 하프타임인 45분 동안 3명이, 하루로 따지면 100명이 총에 맞아 죽는다.

범인은 누구일까? 억지웃음을 짓는 옆집 아저씨? 아니면 영화나 드라마에 나오는 타인의 고통을 전혀 공감할 수 없는 사이

코패스? 다른 사람의 고통을 즐기며 사람을 죽일 때 쾌감을 얻는다는 연쇄 살인마?

살인자 중에 이웃은 100명 중에 한 명도 안 된다. 슬프게도 6명은 가족이다. 범죄 스릴러 드라마가 인기를 끄는 나라답게 8명 중에 한 명은 끝내 찾아내지 못한다. 그럼 나머지는 누가 살인을 저지르는 걸까?

미국에서 나를 살해한 가장 유력한 용의자는 바로 나 자신이다. 타인이 한 명을 살해할 때, 세 명은 자기가 자기를 죽인다. 총으로 인한 사망자 중, 열에 일곱은 내가 나를 쏜다. 스스로를 지키기 위해 산 총이 정당방위에 사용되는 경우는 놀랍게도 1%도 되지 않는다.

그럼 한국은 어떨까?

"더 못 죽인 게 한이다."며 90년대를 떠들썩하게 했던 지존파부터, 영화 <추격자>의 실제 모델로 2000년대 초반 스물한 명이나 살해한 유영철, 최근까지 해결되지 못한 채 미결 사건으로 남아있다가 밝혀진 '화성 연쇄 살인 사건'까지. 뉴스만 보면 우리 주위에 무시무시한 연쇄 살인범이 넘쳐난다.

하지만 한국에서 자살을 제외한 살인으로 인한 피해자는 연간 300명이다. 하루 한 명이 채 되지 않는다. 다만 자살이라면 이야기가 완전히 달라진다. 1명이 살해되는 동안, 40명이 스스로 목숨을 끊는다.

잊을만하면 총기 난사 사건이 발생하고, 연쇄 살인범이 활개를 치고 다니는 미국조차도 타살보다 자살이 더 많다. 미국에서 타인에게 살해당할 확률과 자살할 확률을 더해도 한국에서 스스로 목숨을 끊을 가능성보다 낮다. 한국에서 나를 죽이는 건 연쇄 살인범도 이웃집 사이코패스도 아니고, 바로 나 자신이다. 세상에서 가장 위험한 사람은 미국이든 한국이든 연쇄 살인마가 아니라, 항상 '나'였다.

자살 예방 상담 전화 1393
청소년 전화 1388
한국 생명의 전화 1588-9191
정신 건강 상담 전화 1577-0195

왜 죽지 않고 살아야 하는가?

30대 임정숙 씨는 살려고 받은 약을 죽으려고 먹었다. 10일 치를 한 번에 입에 털어 넣은 것이었다. 약 때문인지 졸려왔다. '이제 이 모든 게 끝이겠지.' 그녀는 눈을 감으며 생각했다. 그때였다. 갑자기 "웁" 헛구역질이 밀려왔다. 참아보려 했지만 막을 수 없었다. 화장실로 달려가 토했다. 하얀 거품이 변기에 쏟아졌다. 밀물 때의 파도처럼 구토가 쉴 새 없이 이어졌다. 머리가 깨질 듯이 아프고 속이 너무 쓰렸다. 속이 뒤틀렸다. 그녀는 어쩔 수 없이 119에 전화를 걸어, 내가 일하던 병원에 실려왔다.

"도저히 고칠 수 없다고만 생각했던 내 인생의 모든 것들이, 내가 투신했다는 사실만 빼고, 죄다 고칠 수 있는 것이었음을 퍼뜩 깨달았어요."

"처음 든 생각은 '도대체 내가 무슨 짓을 한 거지? 난 죽고 싶지 않아.'였어요."

"바로 그 순간 '안 그랬다면 좋았을 것'하는 생각이 들었어요. 하지만 뒤늦은 후회라는 걸 알고 있었지요."

몸을 던진 사람들 가운데 살아남은 자들의 증언이다.

자동차 사고로 즉사한 50대 중반 여자 사체를 검안한 적이 있다. 현장에서 즉사하여 실려 왔는데 출혈은 물론이고, 으스러진 뇌가 보였다. 내가 검안서를 작성한 지 얼마 지나지 않아, 20대 아들과 딸이 사고 소식을 듣고 울면서 병원으로 왔다. 천을 걷어 시신을 확인하는 순간, 자식들은 어머니의 일그러진 얼굴을 보고는 제자리에 주저앉고 말았다.

자살한 사람을 가장 먼저 보는 것은 대개 가족이다. 사랑하는 가족의 마지막이 물에 퉁퉁 불었거나, 피가 사방을 적신 채 몸의 한 부분이 터졌있거나, 입에 거품을 물고 검게 변한 모습을 보는 건 살아남은 사람에게 평생 충격으로 남는다.

그뿐 아니다.

'왜 우리 아버지가 고통 속에 힘들어 한 걸 난 몰랐을까?'

'우리 어머니가 죽는 걸 나는 왜 막지 못했을까?'

'왜 우리 딸이 힘들어하는 걸 난 알지 못했을까?'

'내가 괜한 말을 해서 우리 아들이 죽은 건 아닐까?'

'나는 어떻게 살라고 남편은 혼자 죽었을까?'

머릿속에 죄의식과 죄책감, 거기다 죽은 자에 대한 원망이 멈추지 않는다.

자살은 당사자뿐만 아니라 가족을 포함하는 최소한 6명 이상의 가까운 주변 사람에게 심리적인 충격과 자살 위험을 전염시킨다. 자살 유가족은 우울증이 7배, 자살 위험이 8.3배 이상 높아진다. 특히나 부부는 더 큰 영향을 받는다. 남편이 자살했을 경우, 아내가 그 뒤를 따를 확률은 16배 높아지고, 아내가 스스로

생을 마감했을 때, 남편이 그 뒤를 따라갈 가능성은 무려 46배나 높아진다.

사람은 혼자 살지 못하고, 죽어도 혼자 죽는 게 아니다.

처음으로 눈부시게 하얀 가운을 입고, 책 대신 목에 검은 청진기를 두르고 본과 3학년 2학기에 의대생 첫 실습을 나갔다. 정신과였다.

"It's not your fault. It's not your fault. It's not your fault." (너의 잘못이 아니야. 너의 잘못이 아니야. 너의 잘못이 아니야.)

영화 <굿 윌 헌팅>에서 로빈 윌리엄스가 맷 데이먼을 과거의 상처에서 꺼내며 서로 부둥켜안고 극적으로 화해하는 장면 같은 건 정신과 실습 내내 단 한 번도 없었다. 정신과의 대표적인 질환인 조현병은 호전과 악화를 반복했고, 환자들은 정신병원에 입원과 퇴원을 반복했다. 환자가 도망치는 걸 막기 위해 병원 창문마다 쇠창살이 처져 있었고, 자해나 자살을 막기 위해 유리나 거울 대신 모든 게 플라스틱이었다. 기대가 실망으로 변한 정신과 실습이 끝을 향해 달려가고 있었다. 마지막으로 김재민 교수님과의 질의 시간이 남아 있었다.

머리가 세어 은빛인 김재민 교수님은 갈색 뿔테안경에 비교적 작은 몸과 얼굴에 고민 가득한 깊은 눈빛으로 의사라기보다는 학자, 학자라기보다는 철학자에 가까웠다. 몸동작 하나하나가 말투와 같이 진지했고, 허투루 하는 말은 단 하나도 없었다. 자신을 내세우지 않았으나, 그를 한 번이라도 만나 이야기를 나눈 사람이라면, 말과 행동에서 품어져 나오는 인품에 매료되어 그를 존경했다.

사람들은 '정신과'라고 하면 폐쇄 병동 아니면 기다란 의자에 비스듬히 누워서 환자와 의사가 긴 시간 상담을 하는 것으로 생각하지만, 그렇지 않았다. 내과가 약으로 혈압이 너무 낮으면 올려주고 높으면 내려주듯이, 정신과도 그렇다. 다만 숫자가 아니라 증상을 기준으로 한다. 기분 장애의 경우 기분이 심하게 업 되면 다운시키고, 다운되면 업 시킨다. 증상 조절이 잘 되면 약을 유지하고, 효과가 부족하면 용량을 변경한다. 효과가 없다고 판단하면 다른 약으로 변경하거나 추가한다. 그러다 약이 없어도 증상이 잘 조절될 것 같으면 약을 중단한다.

그런 정신과에서 김재민 교수님은 특별했다.

환자가 들어오면,

"좀 어떠세요?"

라고 바로 묻고, 약을 처방하는 게 아니라

"오늘은 예쁜 가방을 들고 오셨네요."

라며 부드럽게 말을 건네며 진료를 시작했다. 그러면 잔뜩 긴장했던 50대 중년 아주머니 얼굴이 발그레지며 살며시 미소를 지었다. 10년 넘게 의사 생활을 하고 있는 나도 교수님처럼 되자는 다짐을 해보지만, 아직도 잘 실천하지 못하고 있다.

몇 차례 학생들의 질문과 교수님의 대답이 오가다 침묵이 찾아오자, 이번에는 교수님이 질문하셨다.

"환자가 죽고 싶다고 하면, 의사인 우리는 그 환자를 살려야 하나? 환자가 원하는 대로 죽게 놓아 둬야 하는 게 아닌가? 왜 우리는 죽고 싶어 하는 환자를 살려야 하지?"

오로지 사람을 살리는 것을 목표로 지식을 암기하기 바빴던 우리로서는 단 한 번도 생각해 보지 못한 물음이었다. 우리는 서로 고개를 갸우뚱거릴 뿐 입을 열지 못했다.

"살고 싶은 건 생명체의 본질이야. 그래서 그 어떤 사람도 죽고 싶어 하지 않아. 그러니까 의사인 우리가 사람을 살리는 거고, 사람들이 살 수 있도록 돕는 거야."

사람을 살리기 위해서 공부를 하면서도 가장 중요한 것을 잊고 있었다. 살고 싶은 것, 그건 인간 이전에 생명체의 본능이자 본질이었다. 우리가 자는 순간에도 폐는 숨을 쉬고, 심장은 뛴다. 몸이 조그만 가시에 찔려도 엄청난 통증을 느끼는 것도 모두 살기 위해서다.

30대 초반의 임정숙 씨는 우울증으로 죽으려고 약을 한 번에 털어 넣었지만, 무의식은 살려고 했다. 그래서 그녀의 의지나 의식과는 상관없이, 몸이 약을 거부해 약을 뱉어냈다.

사람은 살고 싶지, 절대 죽고 싶어하지 않는다. 스스로 목숨을 끊으려는 사람들은 암울한 현재와 달라지지 않을 미래를 벗어나고 싶을 뿐, 생을 끝내고 싶은 것이 아니었다. 김재민 교수님의 말씀 이후로 나는 자해를 하거나, 자살을 시도한 환자를 볼 때마다 환자의 목소리가 들린다. "죽고 싶어요."가 아니라, "제발 도와주세요. 살고 싶어요."라는.

명함을 건네던 젊은 여자가 나를 보며 고개를 꺄우뚱거렸다. 그것으로는 성에 안 찼는지, 갑자기 머리를 앞으로 쑥 내밀고 나를 뚫어져라 쳐다본다. 나이 든 할머니의 흙냄새와 땀 냄새에 익숙한 나는 낯선 젊은 여자 살 냄새와 분 냄새에 머리가 어찔했다. 그 순간, 핑크빛 립스틱 아래 숨겨진 그녀의 붉은 입술이 꿈틀거렸다.

"선생님, 저 모르시겠어요?"

그녀의 냄새에 '두근'거리던 가슴이 그녀의 말에 '철렁' 내려앉았다.

경기도 북부를 담당하는 Y 제약회사 영업 담당인 40대 김 차장이 30대 초반 영업 담당 여자 직원, 줄여서 영우먼과 같이 온 날이었다.

"선생님, 이번에 제가 보직을 경기 남부로 옮기게 되어, 후임과 같이 인사드리러 왔습니다."

"선생님, 안녕하세요? 처음 뵙겠습니다. Y 제약 오선영 대리입니다."

나보다 대략 10살 정도 어려 보이는 영우먼이 90도로 절을 하는 동시에 두 손을 모아 작은 명함을 내밀었다. 나는 두 손을 내밀어 명함을 받긴 했지만, 명함은 어디엔가 꽂혀 있다가 자연스럽게 잊혀질 운명이었다.

"아, 네."

두 번 다시는 볼 일이 없는 명함을 받아서, 처음이자 마지막으로 들여다보았다. 바로 그때였다. 영우먼이 나를 유심히 쳐다보며 나에게 아는 척을 했다.

몇 년 전에 맹승지라는 여자 코미디언이 예능 프로에 나와서, 남자 연예인을 인터뷰하다,

"오빠, 나 몰라?"

뜬금없이 질문을 던졌다. 잘 놀거나? 화려한? 과거가 있어 제발 저린 남자 연예인들이 맹승지를 쳐다보며 당혹스럽고 난처해하는 표정을 지었다.

딱 내가 그런 심정이었다. 다시 이름을 확인했다.

'오선영?'

모르는 이름이었다. 혹시나 해서 나도 그녀의 얼굴을 유심히 관찰했다. 키는 160cm 정도에 말상이었다. 눈, 코, 입이 크고 뚜렷했으나 서로 자기만 잘났다고 주장만 하다 난장판이 된 토론장 같았다. 두툼한 붉은 입술은 육감적이었으나, 인절미에 붙인 고물같이 두터운 하얀 분가루가 손만 대면 투둑 떨어질 것 같아 부담스러웠다. 그녀의 얼굴을 보며 의사로서 질병을 찾는 대신, 남자로서 과거를 뒤지기 시작했다.

'혹시나 내가 술 먹고 실수한 적이 있었던가?'

나에게 소주 2잔은, 남에게 소주 2병이었다. 4잔을 마시면 의식을 잃고 쓰러졌다. 어떻게 결혼은 했지만, 여자와는 별 인연이 없는 삶이었다. 사귄 걸 떠나, 미묘한 썸이라도 탄 여자는 다섯 손가락 안에 들었다. 그것조차 나만의 착각일 수 있어, 내가 썸을 탔다고 말하는 여자들은 그 썸조차 부인할 가능성이 높았다. 지금까지 아내 외에는 그 어떤 여자를 사랑한 적이 없었다. 5~10살 차이면 그나마 과외 학생일 수도 있었으나, 아무리 그래도 내가 가르친 학생이라면 알아보지 못했을 리 없다.

그녀의 오똑한 코에서 나오는 뜨거운 콧김이 내 얼굴을 간지럽혔다. 기억을 뒤져도 찾을 수 없자, 알지 못하는 실수라도 했을까 두려움에 떨며 고개를 돌려 나를 응시하는 그녀의 얼굴을 피했다.

"잘 모르겠는데요."

"S 병원, 가정의학과에서 근무하시지 않으셨어요?"

"네, 맞긴 맞는데요."

나는 얼떨결에 대답했다.

"그때, 저 간 수치가 높아서 입원했었는데, 선생님이 주치의셨어요. 기억 안 나세요?"

S 병원, 젊은 여자, 간 수치 상승. 5년 전이었다. 전공의 3년 차였을 때, 간 수치 상승으로 20대 여자가 입원한 적이 있었다. 환자

얼굴 대신, 환자 병실 자리가 떠올랐다. 5인실 왼쪽 복도 쪽 1번 침대였다.

간 수치가 상승하는 원인은 바이러스성 간염, 술, 지방간, 약, 간암 등의 이유로, 당시 20대 젊은 여자 환자는 술도 안 먹었고 간염도 없었으며, 그때나 지금이나 마른 체형이라 지방간도 아니었다. 복부 초음파를 했으나, 암이나 혹 같은 구조적 이상도 없었다. 1년 차가 원인을 못 찾고 헤맸다. 백업을 보던 3년 차인 내가 따로 길게 면담을 하다, 입원 일주일 전에 한약을 먹었다는 사실을 알아냈고, 추후 간 조직 검사에서도 약물 유발 간염 소견이 나왔다. 한약을 끊고, 며칠간 입원해서 수액을 맞고서 저절로 좋아져서 퇴원했던 기억이 떠올랐다.

"아, 이제 기억났어요. 그때 5인실에서 좌측 맨 안쪽 1번 침대에 계시지 않았어요?"

나는 긴장을 풀며 말했다.

"거기까지는 기억이 안 나요. 그때 간 조직 검사까지 했었는데."

"네, 맞아요. 입원하기 일주일 전에 보약 먹었다고 했었고, 약 끊고 좋아져서 며칠 만에 퇴원했잖아요?"

"아, 네. 맞아요, 선생님. 근데,,,,,,, 혹시 결혼하셨어요?"

"네?"

이어지는 그녀의 질문에 나는 침을 꿀꺽 삼켰다. 설마, 이건 내 삶에 단 한 번도 없었던 여자의 작업? 나에게도 이런 날이 이제서야 오는가 싶었다. 하지만 입원 환자가 대부분 고령인 대학병원에는 젊은 여자가 드물어서 조금이라도 예뻤거나 마음에 들었다면 내가 얼굴을 잊을 리 없었다. 확실하게 상대의 관심을 차단해야 했다.

"그럼요. 딸이 초등학생인데요."

"아, 그러셨구나. 입원해 있는 동안, 언니가 저 선생님 참 친절하다며 마음에 든다고, 여자 친구 있나 물어보고, 없으면 소개해 달라고 저한테 자꾸 그러는 거예요."

"네?"

의심이 많은 나는 그녀의 말을 믿지 않았다. 여자가 제일 싫어하는 남자 1위가 대머리라는 걸 난 잘 알고 있었다. 그래도 기분은 나쁘지 않았다.

"진작 말씀하시지."

"제가 부끄러워가지고."

하얀 분가루로 덮인 오선영 대리의 두 뺨이 붉어진다. 그런데 혹시 언니가 아니라, 자기가 마음에 든 건 아니었을까? 항상 여자들이 친구 이야기라면서 묻지만, 실제로는 자기 이야기라던데. 알고 보면 진짜 언니도 없고. 잠시만 그럼 지금 이건 간접 고백인가? 그때 나를 좋아했다는? 설마!?

여보, 보고 있어?
나 고백받은 거 맞지?

2부

의
사
이
자

직
장
인
으
로

의대만 가면 고생 끝, 행복 시작인 줄 알았다

인생은 뜻대로 되지 않았다. 나의 목표는 그냥 의대가 아니라 전액 장학금을 주는 의대였다. 2000년 11월 15일, 열아홉 번째 생일날 미역국도 먹지 못하고 수능을 친 날 저녁 재수를 결심했다. 다음 해 수시에서 6년 전액 장학금을 주는 경기도 변두리에 있는 B 대 의대에 합격했지만 같은 장학금에 서울에 있는 S 대에 정시 합격 가능한 성적이어서 B 대 수시를 포기하고 S 대 정시를 넣었다. 혹시나 몰라 하향 지원으로 지방 국립 P 대에도 원서를 넣었는데, 마음에도 없던 지방 국립 P 대에 다니게 되었다. 결국 전액 장학금을 주는 의대에 들어가고자 했던 목표를 이루지 못했다.

의대는 물리학, 생물학, 비교해부학, 세포생물학, 유기화학 등 기초 과학을 배우는 2년의 의예과, 줄여서 '예과'와 해부학을 시작으로 본격적으로 임상을 배우는 4년의 의학과, 일명 '본대(과)'로 이루어져 있다. 예과 2년에 이어지는 4년간의 본대는 고등학교가 그리울 정도로 힘든데, 특이하게도 예과 2년의 성적은 인턴이나 레지던트를 지원할 때 반영이 되지 않았다. 그래서 의대생은 예과 2년 동안은 내일이 없는 듯 놀았다. '예과 2년'은 '본대 4년'이라는 군대를 앞둔 일종의 휴학생 같았다.

하지만 나는 사정이 달랐다. 지방 P 대에 들어올 때, 장학금을 받기는 했지만, S 대학교와 달리 6년 전액 장학금이 아니었다. 집안이 넉넉하지 않았던 나는 노는 동시에 학비를 벌어야 했다. 고등학교 1학년 때부터 S대 의대에 들어가 6년간 전액 장학금을 받을 것이기에 집에 학비는 걱정 마시라고 큰소리 쳐 놓았다. 거기다 6년 전액 장학금을 주는 B대 의대 수시 합격도 제 발로 걷어찼다. 내가 한 말에 책임을 지고 싶었다. 6년은 아니더라도 적어도 예과 2년 동안은 단 한 푼도 부모님께 받지 않기로 다짐했다.

겨울 방학 두 달간 5명을 가르쳤다. 일주일에 총 13번. 토, 일요일에는 과외를 하지 않아도 하루 평균 2~3번 과외를 가야 했다. 학생을 가르치는 시간은 2시간이었지만, 왔다 갔다 하는 시간을 따지면 한 번에 3시간이었다. 아침 10시에 과외를 하고, 집에 와서 점심을 먹고, 오후 3시에 과외를 한 후, 저녁을 먹고 다시 오후 8시에 학생을 가르쳤다. 주당 40시간 가까이 일했다.

이렇게 겨울 방학을 보내니, 방학 두 달간 생활비+2학년 1학기 학비+기숙사비+책값 하고도 100만 원 넘는 돈이 손에 남았다. 예과 2년간 부모님께 단 한 푼도 손을 벌리지 않았다. 2년간 학교와 과외 학생 집, 그리고 남는 시간은 피시방에서 보내고, 본대로 들어갔다.

4년의 본대 생활에서 장점은 딱 두 가지이다.

첫째, 공강 없는 스케줄을 짜기 위해 수강 신청 기간에 가장 빠른 서버를 찾아 군이 학교 앞 PC방을 찾아갈 필요가 전혀 없다. 본대는 아예 수강 신청이 없기 때문이다. 아침 9시부터 저녁 5시 30분까지, 월화수목금, 같은 학년, 똑같은 수업 시간표이다.

둘째, 강의실 이동이 없다. 아침부터 저녁까지 똑같은 교실에서 수업을 받고, 교수님만 바뀐다. 실습이 있을 때나 실습실로 갈 뿐, 학년이 바뀌어야 비로소 교실이 바뀐다. 대학생이라기보다는 고등학생에 가깝다. 거기다 학년이 올라가도 유급을 당한 일부를 제외하고는 똑같은 얼굴이었다. 그래서 본대를 고등학교 4학년이라고 한다.

의대생은 두 종류가 있다. 1등을 목표로 하는 극소수의 에이스와 유급을 면하는 게 목표인 나머지. 의대 모든 과목은 필수다. 다른 과라면 한 과목에서 F가 뜨면 방학 때나 졸업하기 전 그 과목만 다시 들으면 되지만 의대에서는 F가 뜨는 즉시, 유급이다. 의대는 계절 학기나 재수강이 없다. 만약 내가 1학년 1학기에 해부학에서 유급을 받으면 1학년 2학기를 통째로 쉬고 내년에 1학년 1학기 처음부터 유급 받은 해부학뿐 아니라, 모든 과목을 3월부터 다시 들어야 한다. 1년 후배들과 함께.

거기다 1학년 1학기에 거의 매주 토요일 아침 10시마다 시험이 있었다. 다른 대학생들이 PC방과 술집에서 불금을 보낼 때, 나와 내 동기들은 교실에서 불금을 보냈다. 금요일 밤을 하얗게 지

새워 토요일 아침에 시험을 치고, 12시에 점심을 먹은 후 쓰러져 자다 일어나면 토요일 밤이었다. 그렇게 소중한 금요일 밤이 통째로 사라졌다. 나는 시험을 치고 잘 수라도 있는 친구들이 부러웠다. 토요일 오후 3시, 오후 8시에 과외가 있었기 때문이다.

각 학년마다 역대급 재능충이 있다. 남들은 토요일에 있을 시험을 위해 월요일부터 준비할 때, 그들은 느지막이 시험 전날 금요일 저녁 교실에 유유히 등장한다. 적벽대전에서 제갈공명이 하얀 부채를 들고 전투를 지휘하듯, 그들은 손에 줄 하나 칠해져 있지 않은 새하얀 족보를 들고 나타났다. 그들에게는 형광펜도, 볼펜도 필요 없었다. 눈으로 보면 머릿속에 그대로 저장된다고 하여 사람들은 그들은 '스캐너'라고 불렸다. 스캐너들은 족보를 만들고, 이전 기출 문제 답안을 만드는 학습부보다 성적이 잘 나오고, 재시험이라는 난관을 쏙쏙 피해갔다.

반면 나는 치명적으로 암기에 약했다. 상위권에 속하려면 교수님이 이번 시험에는 반드시 내겠다는 P(반드시)는 물론이고 사이드(side: 말 그대로 세부적인 내용)까지, 최소한 A4 용지 30장은 달달 외워야 했다. 하지만 내 머리로서는 A4 용지 10장이 한계였다. 매년 시험에 나오는 왕(王)과 이전에 한 번이라도 나온 적 있는 출(出)을 간신히 암기하는 게 전부였다. 사이드와 P를 외우면, 간신히 머리에 우겨넣었던 왕(王)과 출(出)이 도로 머릿속에서 튀어나왔다. 컴퓨터로 따지면 램은 쓸만한데, 하드 용량이 턱없이 부족했다. 교실 가운데 앉아 예습과 복습은 물론 족보도 만들었지만, 성적은 항상 중간이었다. 나는 재시험을 치면서 그런 재능충들을 저주하는 동시에 A4 용지 10장이 한계인 내 머리를 원망했다.

본대 1학년 1학기 인원은 160명이었는데, 그중 20명은 작년에 유급을 한 복학생이었다. 정일이 형은 계속되는 유급으로 1학년만 벌써 4번째였다. 매년 의대생의 상징과도 같은 해부학에서 주로 유급을 시켰는데, 내가 1학년 때에는 조직학이 탈족하며 칼춤을 추었다. 기존의 5지 선다형에서 벗어나, 교과서 빈칸 채우기와 50개가 넘는 보기 중에서 정답을 고르는 R-type 객관식 문제가 50년 의대 역사상 처음으로 등장했다. 학생들은 문제를 보고서 시험지를 받아 든 손뿐만 아니라 대뇌마저 부르르 떨었다. 책을 읽지 않고 족보를 외우기 바빴던 학생들은 교과서 문장을 그대로 써 놓고 중간에 빈칸을 채우는 문제에 우수수 떨어져 나갔다. 차마 답안지에 하얀 여백을 남겨둘 수 없었던 일부 학생들은 "교수님, 죄송합니다. 내년에는 더 열심히 공부하겠습니다."라고 자신의 운명을 직감하는 글을 써 놓기도 했다. 내가 본과 1학년을 마친 11년 후, 한반도를 떠들썩하게 할 화제의 인물인 조O의 딸, O민도 악명 높은 1학년 1학기를 피해 가지 못했다.

1학년 1학기에 20명 넘게 유급을 당했고, 정일이 형은 다음 해에 또다시 1학년을 해야 했다. 1학년만 5번째였다. 1학년 2학기와 2학년 1학기가 끝나자 소리소문없이 5명이 사라졌다. 말 그대로 병을 일으키는 세포를 연구하는 병리학이 현미경으로는 비정상 세포를, 시험으로는 비정상적인 학생을 감별해 내고 있었다.

사람 대신 시체, 환자 대신 책과 2년하고도 반 학기를 보낸 후에야 나는 3학년 2학기에 하얀 가운에 검은 청진기를 목에 걸고 실습을 나갔다. 그때부터 암기의 중요성이 떨어지고, 시험 횟수도 줄었다. 유급은 없었지만, 이대로 의사가 되는 것에 부족함을 느낀 몇 명이 자발적으로 휴학을 했다. 의대는 휴학도 1학기가 없었다. 무조건 1년이었다. 3년도 채 안 되어 160명 중에 30명 넘게 떨어져 나갔다. 타의나 자의로.

4학년이 되었다. 졸업 한 달 전에 있는 의사 시험에만 합격하면 의사가 되었다. 이름만 '의사 국가 고시'로 그럴듯 했다. 이미 시험을 치기도 전에 떨어져 나갈 사람들은 다 탈락했다. 시험은 평균 60점만 넘으면 통과였고, 합격률은 항상 90%가 넘어 운전면허 시험과 비슷했다. 노벨 의학상이 아니라, 의사고시 합격률 따위에 목숨을 거는 내 모교는 국시를 대비해 모의고사만 3번을 치는 것으로는 부족해 학생 교육 담당 교수님께서 모의고사 성적이 제일 낮은 10명을 따로 불렀다.

"이 정도 실력으로는 너희들은 국가 고시를 통과 못 한다. 너희들이 국가 고시를 쳐서 떨어지면 우리 학교 합격률을 깎아먹고 학교 명예가 실추된다." 말뿐이 아니었다. 마지막 모의고사를 친 후, 교수님은 성적이 낮은, 일명 뒤에 홀로 떨어진 '섬'인 학생들을 유급 시켜 아예 국가 고시 칠 기회를 박탈해 버렸다.

'미꾸라지가 든 수족관에 메기를 넣어두면, 미꾸라지들이 포식자인 메기를 피해 다니느라 더 싱싱해진다.'

본대 4년 동안 우리를 쫓아다닌 유급은 '메기 효과'(catfish effect)의 메기였고 우리는 미꾸라지였다. 나뿐만 아니라 대부분의 의대생은 혹시나 단 한 과목에서라도 유급을 받을까 어마어마한 스트레스를 받았다. 메기 효과에 따르면 싱싱해져야 하는 우리들은 정반대로 시들어갔고, 나는 머리카락을 잃었다.

재수를 하면 더 좋은 대학이라도 갈 수 있지만, 의대에서 유급을 당하면 1년을 통째로 날리는 것이었다. 학비도 그대로 다시 내야 했다. 유급한 사람에게 장학금을 준 적은 적어도 내가 학교에 다닐 당시에는 없었다. 의대 동기 140명 중에 6년간 중도에 포기하거나 유급되지 않고 쭉 의사가 된 사람은 120명도 채 되지 않았다. 수능 성적으로 전국 상위 1~2%였던 학생들 다섯 명 중 한 명이 탈락한 것이었다.

고등학교 때에는 의대만 들어가면 고생 끝 행복 시작일 줄 알았다. 막상 의대에 들어오니 고생 시작이었다. 고등학교 때보다 훨씬 더 많이 공부했고, 거기다 과외를 해서 돈도 벌어야 했다. "의대만 가면 소개팅이 줄줄이 이어지고 여자가 줄을 선다."는 말은 거짓이었다. 여자들이 내 뒤에 줄 서기는커녕, 그녀 뒤에 줄 선 나를 차기에 바빴다. 어머니는 자신이 낳은 아들을 매번 밖에서 차이고 들어온다며 축구공이라고 불렀다.

청춘과 연애가 아니라 유급과 과외로 점철된 6년의 의대생 시절이 끝났다. 의대가 아니라, 의사가 된다면 그제야 진정한 행복이 찾아올지도 모른다. 의사만 되면 고생 끝, 행복 시작일 것이다.

의사만 되면 고생 끝, 행복 시작인 줄 알았다

어둠 속 어디선가 빨간 불이 깜빡였다. 불길한 예감이 들었다. 설마 내일 시험에서 떨어지는 건 아니겠지?

2008년 1월 8일 밤이었다. 내일은 '의사 국가 고시'가 있는 날이다. 이제 이 시험만 통과하면 드디어 꿈에 그리던 의사가 된다. 얼굴 빼고 모든 게 소심한 나는 2000년 11월 14일 수능 전날 밤을 홀딱 새웠고, 수능을 망쳤다. 그리고 의사 고시를 앞두고 수능 때처럼 잠들지 못하고 있었다.

나의 자취방은 P 대학병원 후문에서 50m 떨어진 가정집에 있었다. 보증금 천만 원에 월세 10만 원. 화장실은 옥상으로 올라가는 계단 밑에 있었는데, 좌변기도 없어 쭈그려 앉아서 볼일을 보면 왼쪽 뒤에 있는 파란 플라스틱 쓰레기통이 궁둥이에 닿았다. 에어컨은 당연히 없었다. 여름에는 방 온도가 33도까지 올라갔고, 겨울에는 실내 온도가 3도까지 떨어졌다. 겨울에 어지간해도 영하로 내려가지 않는 부산인 것을 고려하면, 그 방은 딱 비바람만 막아줬다.

겨울이면 전기장판을 켜고 오리털 파카를 입고 잤다. 시험을 한 달 앞두고 감기라도 걸려 시험을 망칠까 나는 큰 마음 먹고

4년 만에 처음으로 기름보일러를 틀었다. 기름통을 가득 채우는데, 두 달 방값인 20만 원이 나왔다.

　　시험 전날 컨디션 조절을 위해 밤 9시에 침대에 누웠다. '혹시나 떨어지면 어쩌지?'라는 생각에 밤은 깊어 갔지만, 잠은 오지 않았다. 뒤척이다 시계를 보았다. 시침과 분침이 12시에서 만나기 직전이었다. 눈은 겨울밤 별빛처럼 초롱초롱해지고 머리는 맑아졌다. '수능 때도 이래서 망쳤는데.' '아, 이 새 가슴. 니가 이러니 큰 시험에 약하지.' 소변까지 마려웠다. 밖에 있는 화장실에 가다 찬 바람이라도 맞을까, 부엌 수챗구멍에 오줌을 갈겼다. 몇 번이나 오줌을 눴는지 세기도 관둘 무렵 어디선가 붉은빛이 반짝였다. 잠이 오지 않았던 나는 주변을 두리번거렸다. 보일러 계기판이었다. 하필이면 의사고시 전날 초조해서 잠을 설치는 가운데 보일러 기름이 다 떨어진 것이었다.

　　'하…… 나에게 이런 시련이.'

　　시험만 끝나면 군대 갈 예정이라 다시 자취방에 올 일이 없었다. 기름 차는 최소 10만 원 이상 넣어야 오는데, 그것도 자정이라 올지 안 올지 확실치 않았다. 나는 결국 보일러 틀기 한 달 전으로 돌아가 전기장판을 켜고 오리털 파카를 입은 채 한 겨울 추위와 시험에 대한 걱정으로 벌벌 떨며 뜬눈으로 밤을 지새웠다.

　　시험은 이틀간 이어졌다. 전날 밤을 새운 나는 잘 때 입은 오리털 파카를 입고 첫날 시험을 쳤다. 그리고 둘째날도 전기장판을 켜고 오리털 파카를 입은 채로 잠들었다. 그렇게 시험을 마치고, 한 달 후 합격자 발표가 났다. 합격이었다. 기쁘기도 했지만, 합격률이 96.5%인 시험에 떨어질까 걱정으로 잠들지 못한 나 자신이 부끄러웠다.

이제 무서울 게 없었다. 졸업식에 오신 아버지와 어머니, 형과 함께 사진도 찍고 외식도 했다. 27살. 이제 내 인생은 가을 하늘처럼 높고 푸를 것이다. 수많은 에피소드를 남기며 4년간 살았던 정?든 자취방을 나오면서, 보증금 천만 원이 나왔다.

어머니께서는 웃으며,

"우리 작은 아들, 그 돈으로 차도 사고 결혼도 해."

라고 말씀하셨는데 4년 후 결혼을 할 때 그 당시 하신 말을 100% 지켰다. 그렇게 의사 면허증과 천만 원을 손에 쥐었다. 이제 내 삶이 활짝 펴질까 했지만, 군대가 남았다. 2년의 현역 생활 대신, 높고 깊은 지리산 아랫마을 산청에 공중보건의로 3년 하고 40일을 보냈다. 월급은 170만 원. 3년간 3천만 원을 모았다.

그 와중에 부지런히 뭔가를 했다. 산골에서 공중보건의를 하면서 책도 냈다. 40군데가 넘는 출판사에 메일을 보내고, 처음이자 마지막으로 한 출판사에서 책을 내자고 연락이 왔을 때, 나는 지리산이 울릴 정도로 소리를 질렀다. 공중보건의를 하는 3년간 총 4권의 책을 썼다. 4권 모두 초판조차 다 팔리지 않았다. 잠시 품었던 작가로서의 꿈을 지리산에 묻어둔 채 대학병원으로 돌아갔다.

국방의 의무를 마치고 내가 졸업한 모교 병원에서 인턴을 했다. 당시에는 전공의법도 없어서, 한 달에 500~700시간을 일하면서 200만 원을 받았다. 나중에 계산해보니 최저 임금도 되지 않았다. 지금 알고 있는 사실을 그때도 알았다면, 나는 글을 쓰는 대신 소송을 걸었을 것이다. 그래도 1년 동안 천만 원을 모았다. 돈 쓸 일보다 돈 쓸 시간이 없었다. 31살에 총자산 4천만 원을 손에 쥐고 인턴을 한 동갑내기 아내와 결혼을 했다. 인턴을 마치고, 좀 더 좋은 환경에서 수련을 받기 위해 무작정 상경했다. 10평도 안 되는 방 하나, 거실 하나 있는 빌라에 신혼집을 차렸다. 전세 9천 500만원이었는데 그것마저 부족해 빚을 냈다. 하지만 우리에겐 희망이 있었다. 바로 전문의가 되는 것이었다.

　　'전문의가 되면 달라질 거야. 이 고생이 끝날 거야.'

　　나는 전국에서 가장 수련이 훌륭하기로 소문난 Y 대학병원 가정의학과 전공의를 시작했다. 인턴에 비해 월급이 꽤 올랐다. 300만 원 초반. 일 년 365일 중에 출산 휴가 포함 십일 간 휴가를 갔고, 355일을 출근했으며, 200일 당직을 섰다. 딸이 태어났지만, 집에 들어간 날보다 집에 들어가지 못한 날이 더 많았다. 딸 얼굴보다 환자 얼굴이 더 익숙했다. 주당 평균 110시간, 월 450시간 일했다. 그래도 희망이 있었다. 전문의만 따면 모든 게 나아질 것이라는.

　　대학병원 바로 앞 12평짜리 투 룸에서 아내와 딸, 나 이렇게 살았다. 전세는 1억 5천에서, 2년 후 재계약할 때 1억 8천으로 올랐다. 역시나 돈이 부족해 전세 일부를 대출받았다. 2016년 2월 전문의를 따서, 3월부터 일을 시작했다. 첫 달 통장에 찍힌 월급에 깜짝 놀랐다. 전공의 때보다 훨씬 많았다.

'그래, 드디어 고생 끝이구나.'

하지만 내가 수련을 끝내자, 혼자서 3년간 내 뒷바라지를 하며 아기를 키운 아내가 수련을 받으러 들어갔다. 아내가 내과 수련을 받자, 이번에는 아내가 집에 들어오는 날보다 오지 못하는 날이 더 많았다. 어쩔 수 없이 아내가 일하는 병원 앞으로 이사를 했다. 30년 된 아파트로 보증금 1억 5천 만 원에 월세 60만 원이었다. 아내가 4년 동안 전문의 과정을 하는 동안 전문의가 된 나는 부지런히 일해 돈을 모았다. 하지만 그동안 4억 3천만 원짜리 아파트가 10억이 되었다. 내가 4년간 쉬지 않고 일하며 받은 전체 월급보다 집값이 더 많이 올랐다. '수련 따위는 받지 말고, 아파트를 샀어야 했나?'라는 생각이 지금도 불쑥불쑥 든다. 몸은 몸대로 버리고, 돈은 돈대로 못 벌고, 집은 집대로 없는데 나이만 먹었다. 결혼한 지 9년째, 집은커녕 전세금도 부족해 여전히 전세 대출을 받고 있다. 이번 생애는 누구 덕분인지는 모르겠지만 서울에서 집 사기는 포기해야 할 것 같다. 그것으로 끝이 아니었다. 내가 전문의를 따고 처음으로 일했던 병원이 1년도 안 돼 망했다. 나는 설을 맞이하기 직전, 실업자가 되었다. 그러는 중에 딸은 엄마가 병원에 갈 때마다 엄마가 출근 안 했으면 좋겠다고 한다.

의대에 가면,

의사가 되면,

그녀의 남자 친구가 되면,

작가가 되면,

결혼을 하면,

전문의가 되면,

돈을 많이 벌면,

고생이 끝날 줄 알았다. 하지만 아니었다. 꿈을 이룰 때마다 잠시 행복하기는 했다. 짧으면 하루, 길면 며칠뿐이었다.

서울에 내 집을 마련했다면, 마음이 좀 편해졌을까?

아내가 전문의를 따면, 고생이 끝날까?

내가 베스트셀러 작가가 되면, 행복할까?

(아내는 차라리 로또를 사라고 한다.)

내가 부자가 아니라서 그런 걸까?

(집을 샀어야 했어. 영혼까지 대출을 끌어모아서.)

"돈을 많이 벌어 부자가 되십시오. 그러면 알게 될 것입니다. 돈이 행복을 가져다주지 못하는 것을요."

영화 <트루먼 쇼>의 주인공인 짐 캐리가 했던 말이다. 도대체 이 고생은 언제 끝나고, 행복은 어디에 있는 걸까? 글을 쓰느라 밤이 깊었다. 이제 그만 자러 들어간다. 안방에서는 아내와 딸이 침대에서 같이 자고 있다. 하루를 마치기 전 아내와 딸의 볼에 살짝 입을 맞춘다. 아내의 따스한 체온과 딸의 살 내음이 풍겨온다. 문득 내가 찾고자 한 행복이 의사 면허증이나 통장에 찍힌 숫자가 아니라, 방금 이런 사소한 입맞춤에 있는 게 아닐까 하는 생각을 해 본다. 모처럼 깊은 잠에 빠져들었다.

의사를 망치는 의학 드라마

텔레비전에 나오는 의사를 의사 다섯 명이 나란히 보고 있었다. 오늘의 주인공, 즉 드라마 주인공 말고 텔레비전을 시청하는 의사들은 의사 면허를 딴 지 1년도 안 된 인턴들이었고, 장소는 대학병원 11층 꼭대기에 있는 인턴 숙소였다.

병원은 설계도 상에서는 10층이었는데, 인턴 숙소가 없어 옥상에 가건물을 지어서 인턴 숙소로 쓰고 있었다. 당연히 날림이었고, 비가 오면 천장에서 물이 새서 몇몇 침대가 젖었다. 젖을 침대라도 있으면 다행이었다. 인턴 정원은 80명이었으나 정원 미달로 64명 밖에 없었다. 하지만 침대는 신기하게도 56개뿐이었다. 8명은 침대가 없어 메뚜기 신세였다. 방마다 2층 침대가 적게는 4개에서 많게는 6개씩 있어, 8명에서 12명이 방하나를 같이 썼다. 가끔 텔레비전에 외국인 노동자가 처한 현실을 고발하는 프로에서 나오는 숙소와 크게 다를 바가 없었다.

무려 64명이 사용하는 공동 거실에 있는 텔레비전에서는 몇 년 전에 방영했던 의학 드라마 <뉴하트>가 나왔다. 흉부외과 의사 이야기로 지성과 김민정이 주인공이었다. 심장을 다루는 흉부외과는 언제나 의학 드라마의 단골 소재였다. 1998년 안재욱 주연의 <해바라기>, 2007년 이범수와 이요원 주연의 <외과 의사 봉달희>, 같은 해 지성과 김민정 주연의 <뉴하트>까지. 산부인과, 신경외과, 응급의학과, 일반외과가 가끔 의학 드라마의 주인공이 되기도 했지만, 단연 흉부외과는 한국 의학 드라마의 원톱이었다. 하지만 흉부외과의 인기는 오로지 TV에서뿐이었다. 의학 드라마가 아무리 히트를 쳐도 그때나 지금이나 흉부외과는 항상 미달이었다.

의대 6년에 인턴까지 하는 동안, 흉부외과의 현실을 목격한 제정신이 박힌 의사라면 흉부외과를 지원할 리 없었다. 심지어 2009년도에 고려대병원에서 흉부외과 레지던트에게 교수와 월급이 같은 1억을 제시하며 2명을 모집했으나, 아무도 지원하지 않았다. 현실은 그러한데, 드라마에서는 수능 만점에, 의대 수석 졸업, 거기다 외모마저 수석인 김민정이 흉부외과를 하고 있었다.

"야, 김민정 같은 여자가 흉부외과에 있으면 나도 흉부외과 간다."

어제도 수술방에서 밤을 새운, 한쪽 머리가 눌린 성진이였다.

"야, 드라마에 나오는 의사들은 잘 먹고 잘 놀고 연애도 잘하는데, 우린 왜 이렇노?"

병철이 형이었다. 이때만 해도 32살이었던 형은 2021년에 마흔을 넘어서도 결혼을 못? 안? 할 거라고는 아무도 몰랐다.

화면 속의 의사 가운은 첫눈처럼 하얬다. 그 안에 입은 흰 와이셔츠는 눈이 부셨고, 검정 구두 끝은 반짝반짝 빛이 났다. 하지만 현실에서 우리는 올이 풀린 녹색 수술복 위에 소매와 목 부분이 누렇다 못해 검게 변한 가운을 입고 있었다. 신발은 구두 대신 모두 약속이나 한 듯 맨발에 뒤가 닳은 크록스 슬리퍼였다.

우리는 드라마를 보는 내내

"어떻게 저렇게 매일 머리를 감지?"

"오빠, 티브이에 나오는 남자 의사들은 어떻게 저렇게 키 크고 잘 생겼노?"

"야, 저기 나오는 여의사랑 간호사들은 어떻고?"

"우리도 저렇게 여유롭게 커피 한 잔 마시고 싶다."

"담당 환자가 5명밖에 없는가 보다. 좋겠다. 소화기 내과 김종하 교수님은 입원 환자만 30명 넘는데."

"레지던트가 환자 집까지 찾아갈 시간이 어딨노? 자기 집에도 못 가는데. 내가 마지막으로 집에 들어간지 보름이 넘었다."

"와, 집 봐라. 나는 병원 앞 천에 사십인 원룸에 사는데, 저건 40평도 넘겠다."

다들 먹지도 자지도 못한 데다 현실과 너무 다른 텔레비전 모습에 불평과 불만이 가득했다.

"그나저나 맨날 의학 드라마는 신경외과, 흉부외과, 일반외과뿐이고? 우리 정형외과는 드라마 안 나오나, 제목으로 스플린트(반깁스) 어떻노?"

정형외과 지원자인 석민이 형이었다.

"행님, 생각해 보십시오. 신경외과, 흉부외과, 일반외과. 다 수술하고 잘못하면 사람 죽는 과 잖습니까. 긴장감 있고 극적이잖아요. 수술방에서 피가 분수처럼 뿜어져 눈에 피가 튀고, 환자가 죽다 살아나야 사람들이 보죠. 정형외과는 사람이 안 죽잖아요. 내과 의사 보세요. 사실 병원에서 환자 가장 많이 죽는 과가 내과 잖아요. 근데 내과 의사 온 종일 뭐해요? 컴퓨터만 들여다보며, 자판만 두들기는데 그게 무슨 재미가 있겠어요?"

그때나 지금이나 일은 어리숙하고, 생각만 많은 나였다.

"그건 그렇네."

석민이 형이 고개를 끄덕였다.

당직실에서는 의학 드라마 <뉴하트>에 대한 비난이 쏟아지는 가운데, 단 한 사람도 드라마 한 회를 처음부터 끝까지 다 보지 못했다. 수시로 휴대폰이 울렸고, 전화를 받은 인턴은 즉시 병동으로 내려가야 했다.

내가 처음 본 의학 드라마는 <종합병원>이었다. 신은경과 구본승에 김지수, 전도연, 박소현까지, 당시 최고 스타들이 총출동했다. 초등학교 고학년이었던 나는 밤에 눈을 비벼가며 종합병원을 보았다. 나는 막연히 '의사는 돈 많이 버니까, 인턴이나 레지던트는 한 달에 500만 원은 받겠지.'라고 생각했다. 15년 후, 2011년 대학병원 인턴 한 달에 600시간 넘게 일하고 첫 월급으로 통장에 찍힌 금액은 190만 원이었다. 의사가 되면 돈 걱정은 안 할 줄 알았는데, 내가 이 글을 쓰는 마흔에 집은커녕 전세금도 부족해 은

행에서 전세 대출받아 이자 갚으며 살 줄은 몰랐다.

　　<종합 병원> 이후 세월이 흘러, 내가 의대생 때는 <하얀거탑>이 유행이었다. 주인공인 외과 의사 김명민은 자기 뒤에 수십 명을 이끌고 복도를 가득 채운 채, <불멸의 이순신>에서 이순신처럼 비장하고 근엄한 얼굴로 회진을 돌았다.

　　이에 자극을 받으신 외과 주임 남교수님께서는 자기도 한 번드라마 흉내를 내고 싶었는지 하루는 의대생은 물론이고 간호실습생까지 20명이 넘는 엑스트라를 총동원해서 단 한 번도 돈 적 없었던 오후 회진을 도셨다. 교수님 좌우로는 의국장과 주치의가, 그 뒤로는 외과 레지던트와 병동 간호사, 외과 인턴, 의대생, 간호대생 순서로 섰다. 남자였던 남교수님은 키가 160도 되지 않을 정도로 작았기에 뒤에 주렁주렁 사람을 달고 회진을 도는 모습이 꼬리를 활짝 핀 꿩 같았다. 교수님이 병실로 들어가자, 일부는 병실로 따라 들어갔고, 자리가 없어 들어갈 수 없었던 의대생인 나는 복도에서 까치발로 서서 병실 안을 쳐다보았다. 교수님이 침대옆에 섰는데, 키가 작아 그런지 침대에 앉아 있는 환자와 눈높이가 거의 같았다.
　　"괜찮죠?"
　　"……"
　　환자가 뭐라고 대답하기도 전에 드라마 연출을 끝낸 교수님은 갑자기 몸을 180도 돌려 병실 밖으로 나오려 했다. 평소라면 얼른 옆으로 비켜섰을 레지던트 4년 차이자 의국장인 이종국 선생님은 그 날 동원된 수십 명의 엑스트라가 자기 뒤에 줄줄이 서 있는 바람에 뒤로 물러설 수 없었다. 교수님은 그대로 키 큰 의국장의 가슴에 안겨버렸다. 그나마 교수님 키가 작아서 다행이었다. 교수님의 키가 컸다면 사람들 다 보는 앞에서 이종국 선생님과 찐한 키스를 할 뻔했다. 교수님을 감싸 안은 채로 의국장은 뒷걸음질치며 뒷사람의 발을 밟아버렸고, 다른 사람들도 뒤로 물러서며 서로 발을 밟았다. 병실에는 수십 명의 "으악, 으악" 비명이 울려 퍼졌다.

의국장의 넓은 품에 안겨 있던 교수님은 의국장 하얀 가운에 키스 마크를 남기느라 일그러진 입술로

"뭐 하는 짓이야?"

소리 지르고는 얼굴까지 빨개져서 혼자 병실 밖으로 빠져나갔다. 당황한 의국장과 주치의가 급히 교수님을 따라나섰고, 그 날 동원된 나를 포함한 엑스트라는 잘린 도마뱀 꼬리처럼 병실에 남겨져 이러지도 저러지도 못했다. 근엄하고 카리스마 넘치는 드라마 주인공 대신 남자 간의 사랑을 그리는 브로맨스를 찍을 뻔한 교수님은 그 이후로 드라마 흉내를 내지 않으셨다. 모두에게 다 잘된 일이었다.

아이스 라떼, 내과 전공의의 필수품

입이 탄다. 아이스 라떼 한 모금을 마신다. 전공의 생활을 하는 2년 동안, 커피는 여름에는 물론 지금 같은 한겨울에도 항상 아이스 라떼. 뜨거운 커피를 손에 쥐고 차가운 손을 녹이면서 후후 커피를 불어가며 마실 여유 따위는 잊은 지 오래다.

"오윤정 선생님, 신환(신규환자) 있습니다. 82세 최순녀 씨, 응급실에서 5515호실로 입원하셨어요. 주 진단은 폐렴이에요."

55병동 김은지 간호사의 콜이다. 이 바쁜 와중에 신규환자가 왔다.

"산소는 어떻게 하고 있어요?"

"코로 산소 2리터에 산소 포화도 95% 이상 나옵니다."

"다행이네요, 좀 있다 내려갈게요."

중환자실 3명 포함 23명이 내 담당이다. 8시 30분에 있는 교수님 회진 전에 환자 23명의 각종 검사 결과를 확인하고, 상태를 체크 해야 한다. 그러기 위해서 7시, 환자 상태가 안 좋을 때는 6시 30분에 출근한다. 회진 후에는 각 환자마다 경과기록지를 작성하고, 오더를 낸다. 틈틈이 내일 아침 8시에 중강당에 있는 내과 컨퍼런스 발표도 준비해야 한다.

타과에서 요청한 호흡기 내과 협진도 봐야 하고, 중환자실 환자 중심정맥관 교체도 잡혀 있다. 아침 7시에 출근하여 1분도 쉬지 않으며 점심도 거른 채 일해도, 오후 5시 30분 정시에 퇴근한 적은 손에 꼽을 정도다. 한 달에 당직만 12번이라, 집에는 18번만 간다. 그러다 담당 환자 중 한 명이 안 좋아져서 중환자실로 내려가거나, 심장이 멎어 심폐 소생술이라도 하면 퇴근과 저녁은 물 건너간다. 오프인 날, 저녁에 모임을 잡았다가 환자 상태가 안 좋아져서 약속 시간을 몇 번이나 못 지킨 이후로 아예 평일은 누구를 만나지 못한 지가 2년이 지났다. 항상 시간에 쫓긴다. 마음이 급해지고 가슴속이 답답하다. 할 일이 산더미다.

학생 때만 해도 커피에 뭔가를 섞어 먹는 것을 싫어해서, 드립 커피나 아메리카노를 즐겼다. 내과 수련을 받으면서, 아무것도 못 먹고 하루 종일 일할 때가 많아 라떼를 마신다. 아메리카노보다 좀 든든하니까. 핫? 그건 꿈도 못 꾼다. 얼어 죽어도 아이스, '얼죽아'다.

"우우웅, 우우웅"

"네, 내과 오윤정입니다."

"네, 여기 57병동인데요, 박정환 환자 아들이 찾아와서, 주치의 면담 원합니다."

"아니, 그 환자, 교수님이랑 1시간 전에 회진 돌면서, 할머니한테 설명 다 했잖아요. 지금 입원한 지 5일도 넘었는데, 아들은 뭐 하다가 이제 나타나서 설명해 달래요."

나도 모르게 음성이 높아진다.

"저희도 잘 모르겠어요. 아버지 상태 꼭 알아야겠다고, 데스크에서 주치의 만나게 해 달라고 난리에요."

"지금 신환 와서 못 간다고, 갈 때까지 기다리라고 하세요."

"선생님, 언제 오실 거에요?"

"신환 보고 간다고, 한두 시간 기다리라고 해요. 하아~~. 바빠 죽겠는데."

환자와 보호자 앞에서는 이러지 못하면서 괜히 간호사한테 화풀이다. 그동안 코빼기도 안 보이다가, 뜬금없이 나타나서 큰소리치는 보호자들은 수도 없이 많이 봐왔다. 인간이 얼마나 염치가 없을 수 있는 건지는 당해 본 사람만이 안다. 치가 떨린다.

내가 뭐 하고 있었더라, 아, 참, 신환 왔다고 했지. 최순녀 씨를 클릭한다. 인턴 때, 응급실에서 보호자들에게 항상 듣던 말이 있었다. '왜 담당 선생님이 빨리 내려와서 환자를 봐주지 않느냐?' 눈앞에 의사가 없으니, 사람들은 담당 의사가 환자를 안 본다고 생각한다. 하지만 나는 지금 최순녀 씨를 '보고 있다.' 컴퓨터로. 응급실 의사 기록과 최순녀 씨 바이탈 사인(체온, 혈압, 맥박수, 호흡수), 12개의 물결무늬로 심장이 잘 뛰고 있는지를 나타내는 심전도 검사, 가슴 엑스레이, 수백 장으로 이루어진 가슴 CT, 소변검사, 그리고 40가지가 넘는 각종 피검사 결과를 말이다.

C.C(Chief Complain의 약자, 주 호소 또는 주 증상): drowsy mental

(의식 혼미)

P.I) 상기 환자, HTN(고혈압), DM(당뇨), Dyslipidemia(고지혈증) 및 osteoporosis(골다공증) 있는 분으로, 5년 전 stroke(뇌경색) 있어, Rt. mild paralysis(우측 편마비) 있으며, 1년 전 fall down(낙상)으로 발생한 L1 compression fx.(요추 1번 압박 골절)로 거동 불편하여, 요양원에서 생활하던 환자로, 일주일 전부터 drowsy mental(졸리는 상태) 및 poor oral intake(경구 섭취 어려움)로, 본원 응급실 내원함.

vital: 38.5-100/60-95-25(체온, 혈압, 맥박수, 호흡수 순서임)

chest X-ray 상, RLL(우측 하엽) hazziness(엑스레이상 검게 보여야 할 폐가 염증 등으로 하얗게 보이는 소견)보여, pneumonia(폐렴) 진단하에 호흡기 내과 이지원 교수님 앞으로 입원함.

여기까지가 응급실 의사 기록이고, 이제 생각하고 고민할 시간이다.

82세, 핵심은 의식 저하와 폐렴이고, 뇌경색과 골다공증에 고혈압, 당뇨, 고지혈증이 같이 있다. 일단 폐렴은 확실하다. 엑스레이와 CT를 보니, 폐의 우측, 아래, 뒤쪽이 하얗게 보인다. 세균에 의한 폐렴일 가능성이 높지만, 뇌경색과 요추 압박 골절로 거동이 불편한 환자이다 보니 음식물을 먹다가 식도가 아닌 폐로 들어가 생긴 흡인성 폐렴일 수 있다. 환자가 그동안 식사를 어떻게 했는지 확인할 필요가 있다.

폐렴 치료를 위해서 항생제는 타조(항생제의 한 종류) + 레보플록사신(항생제의 한 종류) 조합이다. 이제부터 진정한 내과의 메인 코스다.

<수십 가지 검사 결과 해석>

우리 과의 가장 높으신 김혜리 교수님께서는 항상 전공의들에게 말씀하였다. "사람은 숫자만 맞춰주면 절대 죽지 않는다. 내과 의사는 '숫자 놀음'이니까 숫자가 높으면 낮춰주고, 낮으면 높여주면 된다."라고 항상 강조했다.

폐렴 환자니까, 일단은 ABGA(동맥혈 가스 검사)부터.

1. ABGA

pH-: 7.25 (L) (low, 정상치보다 낮은 경우)

pCO2: 48 mmHg (L)

pO2: 75 mmHg (L)

HCO3-: 13 (L)

total CO2 concentration: 20

Actual base excess:-8 (L)

Oxygen saturation: 95%

==> 해석: 폐 CT에 비해 생각보다 산소포화도가 95%로 잘 나온다. 호흡 관련 수치에 비해 산증이 심하니까, 대사성 산증이 의심된다. 일단 대사성 산증 치료를 위해, 비본(NaHCO3, 중탄산나트륨) 주면서, 대사성 산증이 온 원인을 감별해야 한다. 여러모로 탈수일 가능성이 높아 보인다.

2. CBC(common blood cell count: 전혈구세포 수) 일부, ESR, CRP

RBC(적혈구 수): $3.54 \times 10^6/mm3$ (L)

Hb(헤모글로빈): 8.3g/dl (L) (정상치는 여자인 경우 12~16)

Hct: 37% (L)

MCV: 95 fl

MCH: 31.9pg

PLT: 90k(L)

WBC(백혈구 수): $14.5 \times 10^3/mm3$ (H) (high, 정상치보다 높은 경우)

ESR(적혈구 침강 속도): 16 mm/hr (H)

hs CRP(C-반응성 단백) : 18.5 mg/L (H)

일단 우리 몸의 군대인 백혈구 수치가 높고, 염증 수치인 CRP가 높으니, 몸에 심한 염증이 있다.

혈액 배양 검사, 소변 배양 검사, 가래 배양 검사는 48시간 걸리니까 나중에 어떤 세균이 나오는지 한번 보자.

Hb(헤모글로빈)은 여자는 11이상이 정상인데 8.3이니까, 빈혈은 확실하다. 중요한 건 원인. 적혈구 크기나 사이즈가 정상이라 고령에 와상 환자이기에 영양실조나 만성질환에 의한 빈혈일 가능성이 높지만 소화기계 출혈이면 응급이다. 변 색깔을 놓쳐서는 안 된다.

3. Electrolyte(전해질 검사)
NA(나트륨) : 156 mmol/L (H)
K(칼륨): 3.3 mmol/L (L)
Cl(염소): 110 mmol/L

고나트륨혈증이 있다. 의식 저하로 탈수가 왔을 수도 있고, 고나트륨 혈증이 의식저하의 원인일 수도 있다. 일단 고나트륨혈증의 원인 감별 위해 추가 검사 나가고, 교정을 위해 우리 몸 소금 농도의 절반이 들어가 있는 하프 샐라인 주면서 4시간 후 다시 전해질 수치 확인해서 교정 속도 조절.

4. Renal function test(신장 기능 검사)
BUN(혈중 요소): 28 mg/dl (H)
Creatine(크레아틴): : 2.5 mg/dl (H)
eGFR(사구체 여과율): 19.6 mL/min/1.73 m^2 (L)

콩팥 기능도 나쁘다. 신부전. 이전 우리 병원 기록도 없으니,

급성인지 만성인지 알 수 없다. 원인 감별 위해 또 추가로 혈액과 소변검사 나가자. 신기능이 떨어져 있으니 폐렴 항생제에 쓰이는 타조신이 콩팥에서 분해가 잘 안 될 가능성이 있어 약 감량이 필요하다.

5. 혈당: 339 mg/dl (H)

당뇨 환자인데 조절이 전혀 안 되고 있다. 의식 저하의 원인에 폐렴, 저나트륨혈증, 말고도 당뇨병성 혼수 고려해야 한다. 당뇨병성 혼수 원인 감별 위한 소변 검사와 피검사 추가로 나가고, 일단 혈당을 떨어뜨려 주는 속효성 인슐린 5유닛 정도 주면서 보자. 전해질에서 칼륨 수치도 낮았으니 계속 체크. 보충 고려.

6. 나머지 검사들도 더 있지만 생략.

이렇게 수많은 검사 결과를 보면서 1. 이상 여부 확인 2. 이상 시 진단 3. 치료 4. 원인 감별로 이어진다. 다시 한번 정리하면

Problem list(문제 목록)

1. Drowsy mental(의식 저하)의 가능성 있는 원인
   1) pneumonia(폐렴)

2) hypernatremia(고나트륨혈증): 원인 감별 및 교정

3) DKA or HHS (당뇨병성 혼수, 케톤 산증 또는 고삼투압성 고혈당 증후군): 추가 피검사 및 치료

4) neurogenic problem, old cerebral infarction(신경과 문제, 이전 뇌경색): 이전 뇌경색 있었으니, 뇌경색 악화일수도 있으므로 신경과 협진. 뭐 보나 마나 "내과적 문제 해결 이후에도 의식 저하 지속시 신경과 재협진 부탁드립니다." 일 것이다.

2. Renal failure(신부전)

==> 탈수로 인한 급성일 가능성이 높아 보이긴 하나, 만성 신부전을 일으키는 당뇨도 있기에 혹시나 모르니 그래도 감별이 필요하다.

3. Anemia(빈혈)

만성 빈혈 같지만, 위장관 출혈이면 초응급일 수 있음. 뇌경색으로 먹는 약 중에 출혈을 일으킬 수 있는 약 있으니 빨리 복용 중인 약도 체크.

4. 기타: HTN(고혈압), Dyslipidemia,(고지혈증), Spine compression fracture(척추 압박 골절) 및 osteoporosis(골다공증)

일단 급하지 않고 의식도 없으니, 경과를 관찰한다. 다만 욕창 확인 필수.

응급실에서 가장 먼저 최순녀 할머니를 본 응급의학과 의사가 낸 오더만 해도 50개 가까이 되는데, 내가 추가로 낸 오더가 또 50개가 넘는다. 손가락 끝이 얼얼하다. 차가운 커피 때문인지, 열심히 키보드를 두드려서 그런지 모르겠다. 누군가 뒤에서 컴퓨터 화면을 보지 않고 내가 키보드를 두들기며 마우스를 클릭하는 모습만 보았다면 프로게이머라고 착각했을지도 모르겠다.

1년 차 초반일 때만 해도, 혈액 속에 나트륨 농도가 높아진 고나트륨혈증 하나만 해도 벌벌 떨었다. 원인 감별을 하기 위해 어떤 검사를 추가로 해야 하는지, 또한 나트륨 농도를 낮춰주기 위해 수액을 얼마나 줘야 하는지 책도 보고, 동기한테 물어도 본다고 한 시간이 걸렸다. 그 외에도 저나트륨혈증, 저칼륨혈증, 고칼륨혈증, 대사성 산증 등 수많은 케이스를 접하면서, 이제는 빈혈, 고나트륨혈증, 폐렴, 고혈당증, 신부전을 모두 가진 환자를 보아도 두렵지 않다. 작년 3월이었다면, 이 환자 한 명을 보는데 일일이 핸드북을 뒤져가며, 하루가 걸렸겠지만, 이제는 너덜너덜해진 핸드북을 뒤지지 않고 대략 10~20분 전후가 걸린다.

이제는 내려가서 환자 상태를 봐야 한다. 앞서 김혜리 교수님은 '사람은 숫자만 맞춰주면 절대 죽지 않는다'며 내과 의사는 '숫자 놀음'이라고 말씀하셨다면, 정재용 교수님은 '사람에게서 제일 중요한 건 때깔이다'라며, 항상 환자를 직접 보라고 하셨다. 여기서 '때깔'이란, 경험에서 나오는 직관으로 '딱' 보면 '탁' 하고 느끼는 환자의 전반적인 상태이다.

폐렴이니 청진이야 기본이고 환자의 의식은 어느 정도인지, 영양 상태나 피부는 어떤지, 다리나 몸에 부종은 없는지, 소변은 잘 보는지, 등에 욕창은 생기지 않았는지, 약을 삼킬 수나 있을지, 항문에 손가락도 넣어서 위장관계 출혈을 의미하는 흑색변이 있는지 없는지도 체크해야 한다. 거기다 나무를 보는 동시에 숲도 봐야 한다. 일단 상태 보고 중환자실 입실 여부 결정이 가장 먼저다. 환자를 보고 와서는 다시 컴퓨터 앞에 앉아서, 입원 기록을 쓰고, 내과 의사의 절대 주문, 밥-물-약-랩(피검사)-바이탈 순서대로 오더를 낸다. 외과 의사가 메스로 사람을 살린다면, 내과 의사는 물과 약으로 사람을 살린다. 그래서 내과 의사를 '물장수'라고도 한다.

다른 과도 마찬가지지만, 특히 내과 의사는 그 어떤 과 의사보다 성실하고 부지런해야 한다. 그래서 '물장수'와 함께 내과 의사의 또 다른 별명이 '의사들의 의사'다. 환자 한 명마다, 수십 가지 검사 결과를 다 챙겨야 한다. 하나라도 이상이 있으면, 원인 감별, 진단, 치료, 예방을 동시에 한다. 그렇기 위해서는 똑똑함 만큼 성실함이 필수다.

텔레비전, 드라마, 영화에서 나오는 의사 주인공은 대부분 외과 의사다. 수술방에서 피가 의사 얼굴에 튀고, 하늘로 솟구친다. 그 가운데 의사가 들고 있는 피에 젖은 메스가 반짝거린다. 수술 한 번에 환자가 깨어나고, 목숨을 살려줘서 고맙다고 보호자들이 우르르 몰려와 외과 의사의 손을 잡고 운다. 화려하고 극적이다.

하지만 병원에서 죽는 환자의 절반 이상, 어림짐작으로 80% 이상은 외과가 아니라 내과 환자다. 사망률 1, 2위를 다투는 암 환자는 수술하다 죽는 경우는 거의 없다. 반대로 몸이 허약해 각종 감염에 취약하고 결국 폐렴이나 요로감염 등으로 사망한다. 그 환자를 살리기 위해, 내과 의사는 컴퓨터 앞에서 끊임없이 생각하며 원인을 찾고, 질환을 감별하며, 각종 검사와 약, 수액을 처방하기 위해 책을 뒤지고, 마우스를 클릭하고 키보드를 두들긴다. 중환자는 하루 오더만 100개로 시작해 200개가 넘기도 예사다. 마우스 스크롤은 끊임없이 밑으로 내려 간다.

최순녀 님은 고령에 의식 저하, 거기다 폐렴까지 있으니 언제든 상태가 확 나빠질 수도 있다. 보호자에게 설명 잘해야겠다. 최순녀 님 말고도 중환자실 정순정 씨 중심정맥관 교체하고, 김성묵 씨 위닝(weaning-기관삽관해서 기계 호흡 하던 환자에게서 기관삽관 제거하고, 자발 호흡을 유도하는 것)도 있다. 나머지 환자 회진 오더 정리하고, 틈틈이 내일 아침에 있을 컨퍼런스 발표 준비하고, 최순녀 님 추가 검사 나오는 대로 결과 확인하고, 강대현 씨, 김경규 씨 퇴원 오더도 내야 한다.

가슴속에서 뭔가 타들어 간다. 갑갑하다. 오늘도 아침 겸 점심은 결국 라떼다. 그것도 항상 그렇듯 아이스로.

골든 타임을 놓치다

항상 목요일이 문제였다. 응급의학과 레지던트 2명과 인턴 3명, 의대생 3명이 OO 대학병원 응급실을 담당하고 있었고, 나는 3명의 인턴 중 한 명이었다.

대학병원에서 안 힘든 과가 없지만, 시간당 노동강도가 가장 높은 과는 머리를 수술하는 신경외과나 심장을 여는 흉부외과가 아니라, 응급환자를 담당하는 응급의학과다. 인턴으로 각 과에 파견을 나가면 한 달에 하루도 쉬는 날이 없는 과도 있었지만, 응급실만은 12시간 근무 후 12시간 오프(휴식)가 주어졌다. 인턴뿐 아니라 레지던트도 마찬가지였다. 처음 들어오면 '100일 당직'이라고 100일 동안 집에 못 가고 연속 근무를 시켰던 과들도 있었지만, 응급의학과만은 24시간 근무 후 24시간 휴식, 또는 12시간 근무 후 12시간 휴식으로 2교대를 지켰다. 그만큼 갑작스러운 사고나 통증으로 오는 환자나 보호자는 물론이고, 의사에게도 응급실은 몸과 마음, 모두 힘든 곳이다.

환자가 똑같이 가슴이 아파서 와도, 어떤 환자는 심장 문제로 순환기내과, 어떤 환자는 폐 이상으로 호흡기내과, 어떤 환자는 마음 문제로 정신과로 가야 한다. 원칙대로라면 응급실로 오는 모든 환자를 응급의학과 레지던트가 본 후, 적절한 치료를 하는 동시에 특정 과로 연결하는 교통경찰관 역할을 해야 한다. 그리고 응급실 인턴은 각종 채혈 및 심전도 찍기, 관장, 소변줄 꽂기 등의 간단한 시술을, 의대생들은 그 모든 걸 옆에서 보고 배워야 했으나 현실은 달랐다. 의대생은 실습과 교육 대신 인턴이 해야 하는 각종 시술을, 인턴은 응급의학과 레지던트가 해야 하는 환자 분류를 했다. 응급의학과 레지던트는 약물 중독이나, 특정 과로 연결하기 애매모호한 복통 환자 등을 맡는 동시에 전체 응급실을 관리했다.

정신없이 바쁘게 일하던 중 어김없이 문제의 목요일이 찾아왔다. 매주 목요일에는 의대생 수업이 있어, 응급실에 나오지 않았다. 의대생이 맡던 심전도 촬영, 관장, 채혈, 채혈한 피 검사실로 나르는 일까지 모두 인턴에게 돌아갔다. 실습 나오는 3~4명의 의대생이 없어 대학병원 응급실이 아수라장이 되는 말도 안 되는 상황이 매주 목요일마다 벌어졌다. 나와 다른 인턴들은 1초도 앉지 못하고 일을 해도 대기하는 환자는 늘어만 갔고, 각종 검사 바코드와 해야 할 처치가 쌓여갔다.

응급실임에도 불구하고 환자가 의사인 인턴을 보려면 20~30분씩 기다려야 했다.

내가 땀이 흥건한 채로 가쁜 걸음으로 환자에게

"어디가 불편해서 오셨어요?"

라고 물으면 사람들은 아픈 곳을 말하기보다

"내가 아파 죽겠는데 응급실이라는 곳이 사람을 이렇게 기다리게 하고, 어,,어, 이러다가 내가 죽으면 책임질 거야?"

다짜고짜 화를 냈다. 하지만 나는 환자를 달랠 겨를조차 없었다. 환자가 불평을 하는 사이에도 검사는 밀렸고, 대기 환자는 늘어갔다. 거기다 각과 레지던트들에게 독촉 전화가 빗발쳤다.

"환자가 온 지 언젠데, 아직 검사 결과 안 나왔어요?"

"심전도 아직 안 찍었어요?"

"제발 좀 빨리해주세요. 중요한 검사에요."

"아, 네⋯⋯"

대기 환자가 많아질수록 환자 음성은 높아만 갔다. 몸은 땀으로 축축이 젖고 입안은 바짝 타들어 갔다. 탈수로 소변조차 나오지 않았다. 응급실은 해 대신 하얀 형광등이 내리쬐는 낮만 지속되는 사막 같았다. 너무 바쁘고 지쳐, 화를 낼 힘도 여유도 없었다. 바로 그때였다.

"젠장."

"우당탕, 콰쾅."

응급실 한가운데에 검은 플라스틱 파편이 이리저리 튀었다. 고함과 굉음이 멈추자, 응급실에 한순간 정적이 돌았다. 의료진이고, 환자고, 보호자고 모두 움직임을 멈추고 소리가 난 곳을 쳐다보았다. 응급의학과 3년 차인 이재일 선생이었다. 파마한 머리를 2:8로 가르마를 타던 그는 항상 얼굴에 여유와 웃음이 넘쳤었다. 거기다 집안도 성격 못지않게 좋아 의사와 간호사, 그리고 여자들

사이에서 인기가 있었다. 그런 그가 모니터로 환자 현황을 보다 미친 사람처럼 갑자기 소리를 지르며 컴퓨터 마우스를 바닥에 내던진 것이었다. 마우스로는 부족했던지 선생은 화를 삭이지 못한 채 어깨를 들썩이며 하얀 콧김을 내뿜었다. 성난 황소 같았다. 그 옆에 있던 성격 더럽기로 악명 높았던 내과 정성준이 그를 비웃었다.

"심근 경색 환자, 한 시간이나 깔아 두고 잘하는 짓이다."

50대 남자 김한수 환자는 일주일 전부터 가슴이 뻐근하게 아팠다. '좋아지겠지, 좋아지겠지.' 했지만 차도가 없자 시간을 내어 응급실로 왔다. 흉통으로 응급실에 내원했지만, 20분이 지나서야 환자는 의사를 만날 수 있었다. 그를 처음 본 인턴 동기 태훈이는 김한수 씨가 일주일 동안이나 흉통이 있었던 점, 그리고 비교적 증상이 가벼운 점을 고려해 심근 경색이 아니라 협심증이라고 판단했다. 심근 경색이든 협심증이든, 흉통은 심전도부터 찍어야 한다. 그런데 하필이면 그날이 심전도를 찍는 의대생이 없는 목요일이었다. 정신없이 바빴던 태훈이는 그만 심전도를 늦게 찍었다. 빨간 모눈종이에는 수평면에 가까워야 할 검은 ST분절이 중절모처럼 높이 솟아 있었다. 교과서에 나오는 전형적인 심근 경색으로, 심장이 먹고 살 피를 공급하는 빨대 두께의 관상동맥이 막힌 것이었다. 즉시 막힌 관상동맥을 뚫어줘야 하는 초응급 상황이었으나, 대학병원 응급실에서 심근 경색 환자가 골든 타임한 시간 동안 속된 말로 깔려 있었다. 절대로 있어서는 안 되는 치명적인 실수였다.

　응급의학과 3년 차인 이재일 선생은 심장내과로 직접 전화를 해서 심근 경색 진단이 매우 매우 늦어진 점을 사과했고, 심장내과로부터 글로 옮길 수 없을 정도의 엄청난 비난을 받았다. 병원에서는 절대로 일어나서는 안 되는 실수가 일어났기에 나는 조마조마했다.

　'난리 나겠네. 한바탕 피바람이 몰아치겠구나. 나도 같이 일하고 있었으니, 불려가겠네. 쩝……'

　하지만 내 예상과는 달리 하루가 지나고 일주일이 지나고, 응급실 파견이 끝날 때까지도 아무 일 없었다. 심근 경색 환자를 대학병원 응급실에서 심전도조차 찍지 않고 한 시간 동안 방치하여, 골든 타임을 놓친 초대형사고에 대해 그 어떤 진상 조사도, 똑같은 잘못을 되풀이하지 않기 위한 사후 대책도 없었다. 여전히 목요일이 되면 의대생이 없어 인턴은 의대생 몫까지 해야 했고, 응급실을 찾은 환자는 의사를 처음 대면하기까지 긴 시간을 기다려야 했다.

　치명적인 실수가 있었지만, 아무것도 바뀌지 않았다. 아니다. 딱 하나가 바뀌었다. 이재일 선생이 던져서 조각난 검정 마우스가 만 원짜리 중국산 마우스로 교체되었을 뿐이다.

한라봉은 달콤했지만, 내 입에는 쓰기만 했다

우리 집 겨울은 묵혀둔 패딩 점퍼를 꺼내거나 자동차 히터를 트는 것으로 시작하지 않는다. 향긋한 주황색 감귤 냄새가 집 안에 퍼져야 비로소 겨울이 시작된다. 제주도, 그것도 서귀포에서 손수 농사를 지으시는 장인 어른이 겨울만 되면 어김없이 택배로 귤을 보내주신다.

"여보, 웬 한라봉?"

내가 한라봉 한 상자를 들고 집에 갔을 때, 아내는 눈을 흘겼다. 장인어른이 보내주신 귤이 집에 넘쳐나는데 왜 굳이 한라봉을 사 왔냐는 시비조다.

"아, 그게 산 게 아니고, 환자 보호자가 고맙다고 줬어."

"오, 왠일."

"아, 그게."

아내의 비난을 피하긴 했지만, 나는 부끄러운 고백을 해야 했다. 얼굴이 붉어지기 시작했다.

머칠 전이었다.

"선생님, 응급실인데요, 소아 환자 있어요. 14세 여환, DI(drug

intoxication: 약물 중독)입니다. 바이탈은 스테이블(stable) 합니다."

응급실에서 환자를 소아청소년과로 배정시켰다고 연락이 왔다. 컴퓨터에

F/ 14, 정은지, DI(drug intoxication: 약물 중독)

검은색 환자 명단 중에 한 아이 이름만 붉은색으로 깜빡였다. 신환이라는 뜻이었다.

상기 환자는 depression(우울증)으로 local NP(정신과)에서 medication(약물 치료) 중으로, 금일 아침 의식을 잃고 쓰러진 채 발견되었습니다. 아직 약물은 확인되지 않았으며 irrigation(위세척) 시행한 상태로 vital stable(생체리듬 안정적)합니다.

응급의학과 기록이었다. 목숨을 끊기 위해 다량의 약을 먹은 환자는 처음부터 끝까지 응급의학과에서 보는 게 더 나을 수 있다. 하지만, 당시 병원에서는 응급의학과에서 환자의 일차적 치료를 담당한 후, 입원이 필요하면 각 과로 협진을 냈다. 만 15세 기준으로 그 이상은 내과, 그 미만은 소아과 였는데 정은지 학생의 경우 아슬아슬하게 몇 달 차이로 내가 파견 나간 소아과로 배정된 것이었다.

나는 기록을 살펴보며 머리를 긁적였다. 당시 내가 담당하던 소아 환자 대부분이 1세 미만의 영유아로 만 14세는 낯설었다. 거기다 소아과에서는 극히 드문 약물 중독이 마음에 걸렸다. 응급

실로 내려가는 발걸음은 빨랐지만, 마음은 무거웠다.

소아 구역 침대에서 단발머리에 통통한 중학생이 잠을 자고 있었다. 환자복도 안 입고 있어서, 몸에 이것저것 달린 줄들을 빼면 마치 집에서 잠든 것 같았다. 보호자 또한 길에서 하루에도 몇 번 스쳐 지나가도 기억하지 못할 평범한 중년 남성이었고, 어머니는 없었다.

아버지가 딸을 발견했을 때는 평소 먹던 약통에 약들이 쏟아진 채로 의식을 잃고 있었고, 아버지가 딸을 흔들어 깨웠으나 딸은 눈을 뜨지 않았다고 했다. 신경 안정제와 항우울제 수십 알을 복용한 것으로 추정되었다. 응급의학과에서는 이미 위세척을 한 완료한 상태로 각종 혈액 검사 결과는 정상이었다.

정신과에 협진을 내고, 의식이 없는 환자라 혹시나 해서 심박수, 호흡수, 혈압, 산소 포화도를 측정하는 기계를 달아놓았다. 정신과에서는 해독제가 없으며, 큰 문제가 되지 않은 약이므로 의식이 돌아오면 상담하겠다는 게 전부였다.

약물 중독은 일부 특정 약을 제외하고는 몸이 약을 분해할 때까지 기다리면 된다. 24시간, 길어야 48시간 안에 은지는 고개를 두리번거리며 긴 잠에서 깨고, 아버지는 그런 딸을 부둥켜안고 울고, 그럼 은지는 울고 있는 아버지를 보며 미안한 마음에 두 번 다시는 죽겠다는 생각을 품지 않을 것이었다. 응급실에서 수차례나 보고 겪었던 상황이었다. 다만 예전에는 부모가 환자이고 보호자가 자식이었다면, 이번에는 자식이 환자이고 부모가 보호자였다.

하지만 나의 예상과는 정반대로 멀쩡했던 바이탈이 갑자기 요동치기 시작했다. 95% 이상 잘 유지하던 하늘색 산소포화도가 90%, 85%로 떨어지면서 빨갛게 변했다.

'어, 왜 이러지?'

나는 당황스러웠다. 기계에서 빨간 경고등과 함께 요란한 경고음이 울리자 옆에 있던 아버지가 불안에 떨었다. 일단 산소농도가 떨어지니 산소를 주고, 동맥혈 검사를 포함한 각종 피검사를 하며, 가슴 사진과 심전도를 찍었다.

가장 먼저 엑스레이 결과가 나왔다. 공기가 들어가야 할 폐에 물이 가득 차 있었다. 폐부종이었다. 폐부종의 원인은 많으나 주로 몸 밖으로 물을 배출하는 신장(콩팥)이 제 역할을 못 하거나, 피를 순환시키는 펌프 역할을 하는 심장 기능이 떨어지는 경우에 발생한다.

콩팥?

그럴 리 없는데. 콩팥 기능을 나타내는 Bun/ Cr 혈액 검사 결과가 몇 시간 전만 해도 멀쩡했었다.

심장?

요즘은 선천성 심질환은 이미 엄마 배 속에 있을 때 산전 초음파로 진단되기에 14세 여자아이에게 심장 질환이 있을 리가 극히 드물었다. 입원 당시 심전도도 가슴 사진도 멀쩡했는데.

수액?

약에서 빨리 깨라고 수액을 평소보다 2배로 주긴 했지만, 대부분 소변으로 나오지 어지간해서 폐에 물이 차지 않는다.

그렇게 원인을 따져 나가면서 생각하다, 내가 의사로서 빠뜨린 게 하나 있었음을 깨달았다. 의식 저하 환자나 중환자, 심부전이나 신부전 환자에게서 측정해야 하는, 몸에 들어가고 나온 물의 양, 즉 input과 output(줄여서 I and O)를 측정하지 않은 것이었다. 이 I and O를 측정하려면, 소변량을 알아야 하고, 소변량을 측정하려면 소변줄을 꽂아야 하는데 여중생이라 소변줄을 꽂지 않았다. 소변줄을 꽂지 않으니, 소변량을 알 수 없고, 당연히 I and O를 측정할 수 없었다.

물론 소변줄을 꽂지 않는다고 소변이 차서 폐부종이 생기거나, I and O를 체크한다고 해서 폐에 물이 차는 원인을 알 수 있는 건 아니었다. 하지만 I and O를 체크했다면, 계속 몸으로 물이 들어가기만 하고 나오지 않으니 이상하다는 것을 미리 감지할 수 있고, 폐부종이 이렇게 심해지기 전에 뭔가 조치를 할 수 있었다.

명백한 실수였다.

나는 뒤늦게나마 소변줄을 꽂고, 소변을 나오게 하는 이뇨제를 투여했다. 소변줄을 꽂고 이뇨제를 투여하자마자, 단번에 소변이 콸콸 쏟아져 나왔다. 이와 동시에 빨갛게 경고음을 울리던 산소포화도 수치가 정상인 하늘색으로 바뀌었고, 뿌옇던 폐 엑스레이도 말끔해졌다.

주사 한 방에 폭포수처럼 쏟아지는 소변을 보고 나는 가슴을 쓸어 넘겼고, 옆에서 지켜보던 아버지도 딸의 상태가 극적으로 호전되었음을 알았다. 그 후로 모든 건 내 머릿속 시나리오대로 흘러갔다. 은지는 그날 저녁 의식을 차렸고, 아버지는 깨어난 은지를 부둥켜안고 울었다. 은지는 울고 있는 아버지를 보며 미안한 마음을 품고 다시는 이런 일을 하지 않을 거라고 약속했다. 그리고 모든 게 좋아져 며칠 후 퇴원했다.

딸의 상태가 갑자기 나빠졌다가, 의사가 놓은 주사 한 방에 소변이 콸콸 쏟아지며 즉시 좋아지는 것을 두 눈으로 똑똑히 보았으니, 아버지의 눈에는 내가 명의로 보였을 것이다. 은지 아버지는 퇴원하면서 하나뿐인 딸을 살려 줘서 고맙다며 손수 글까지 써 주시며 나에게 한라봉을 보내셨다. 내가 기본적인 I and O 만 체크한 후, 몸에 물이 들어만 가고 나오지 않는 것을 알아차렸다면 은지의 상태가 갑자기 악화되는 일 없이 미리 조치를 취해 조용히 퇴원했을 것이고, 한라봉을 받을 일도 없었을 것이다.

싸우지 않고 이기는 게 최선인데, 의사인 나의 부주의로 쓸데없는 전투를 거창하게 치르고 말았다. 소아과에서는 실수를 통해 배워야 한다며 나에게 이뇨제에 관한 발표를 시켰고, 덕분에 나는 이뇨제를 그 어떤 의사보다 잘 알게 되었다.

한라봉을 까먹으며 아내에게 들려준 이야기는 여기까지였

다. 한라봉은 귤보다 몇 배나 크고 비싸다. 아내는 모처럼 먹어보는 한라봉이 달콤하고 맛있다고 했지만, 내 입에는 쓰기만 했다.

의사가 비행기에서 찾는 것은 탈출구가 아니다

항상 나쁜 소식만 전하던 뉴스가 오랜만에 훈훈한 이야기를 전했다. 버스 운전 기사가 길에 쓰러진 행인을 보고, 버스를 멈춘 후 심폐 소생술을 하여 사람을 살렸다는 일화였다. 버스 기사인 한 씨는 올해 3월 아내가 갑작스런 뇌출혈로 사망했으며, 인터뷰에서 "아내가 숨진 후, 다른 사람이 쓰러졌을 때 꼭 심폐소생술을 해야겠다고 다짐했다."며 또 한 번 잔잔한 감동을 전했다.

이 뉴스를 읽으니 싸늘하기만 하던 세상에 아직 온기가 남아 있는 것 같았다. 하지만 현실은 동화처럼 해피엔딩으로만 끝나지는 않는다. 심폐소생술을 하던 사람이 의사였고, 쓰러진 사람이 죽었다면 이야기는 어떻게 바뀔까?

한의원에서 30대 여자가 봉침을 맞고 쓰러졌다. 영화에서 땅콩 알레르기가 있는 사람이 땅콩이 든 음식을 자기도 모르게 먹고 목을 잡고 쓰러지는 그런 경우로, 급성 알러지 반응 중 가장 심각한 아나필락시스였다. 환자의 심장이 멎었다. 한의사는 같은 건물에 있는 의사에게 도움을 청했다. 사람이 쓰러졌다는 말에 즉시 달려간 의사는 심폐소생술을 시행하고, 아나필락시스 치료제인 에피네프린을 투여하였다. 119가 올 때까지 의사는 계속해서 심폐소생술을 했다. 큰 병원으로 옮겨진 환자는 안타깝게도 사건 발생 22일 후, 사망하였다.

사건이 발생하고 한 달이 지나서, 유족 측 변호사는 응급조치를 한 의사를 봉침을 놓은 한의사와 묶어 9억 원의 손해 배상 청구를 했다. 봉침을 놓은 한의사야 그렇다 치고, 자신을 기다리는 환자를 놔두고 응급 환자를 도우려던 착한 의사는 길고 긴 법정 다툼에 끌려들어 갔다.

이 사건은 의사들 사이에서 큰 파장을 몰고 왔다. "도대체 누가 아무 잘못도 없는 의사에게 소송을 걸었는가?" 부터 "괜히 나서서 도와줬다가 이번 사건처럼 민형사상 문제에 얽혀 들어갈 수 있으니, 이제부터 옆에서 사람이 쓰러져 죽더라도 못 본 체하고 지나가야겠다."까지 반응이 다양했다. 특히 비행기에서 응급 환자가 발생해 "의사 있습니까?" 라고 의사를 찾는 안내방송이 나오면 어떻게 대처할 것인가에 대해 긴 토론의 장이 이어졌다.

우리나라 응급의료법 제5조 2항(선의의 응급의료에 대한 면책)은 이렇다.

<생명이 위급한 응급환자에게…… 응급의료 또는 응급처치를 제공하여 발생한 재산상 손해와 사상(死傷)에 대하여 고의 또는 중대한 과실이 없는 경우 그 행위자는 민사 책임과 상해(傷害)

에 대한 형사책임을 지지 아니하며 사망에 대한 형사책임은 감면한다.>

일단 이 '한의사 9억 봉침 사건'처럼 결과가 나빠서 환자나 보호자가 도와준 사람에게 중대한 과실이 있다고 주장하면, 도와준 사람은 자신의 돈과 시간을 들여가며 중대한 과실이 없었다고 스스로 증명해야 한다. 혹여 그 과실이 인정되면 도와준 이는 민사 책임은 물론이고 형사 책임을 져야한다. 선의로 사람을 살리려다 잘못되면 상은 고사하고 돈을 배상하며, 의인이 아니라 범죄자가 될 수도 있다.

'한의사 봉침 9억 소송 사건'에서 의사는 봉침을 맞은 환자가 심정지가 왔다는 이야기를 듣고 즉시 심폐소생술을 했다. 대학병원에서 심정지 환자가 발생하면 몇 분 안에 5~6명의 의사가 우르르 달려온다. 심장마사지만 해도 1분만 하면 100미터 달리기를 한 것 마냥 숨이 턱까지 차고 손이 부들부들 떨린다. 그렇기에 2분마다 심장마사지를 하는 의사를 바꾼다. 그 정도로 힘들기에, 다른 의료진 없이 혼자서 심정지 환자에게 모든 조치를 완벽하게 취하는 건 불가능하다. 하지만 변호사는 홀로 분투한 의사에게 미흡한 점이 있다며 소송을 걸었다. 산불이 났는데, 소방 대원 혼자서 소화기 하나 들고 산불을 진압하는 동시에 지역 주민 모두 대피시키지 못했다고 책임을 묻는 꼴이었다.

의사 전용 게시판에서 "기내 방송에서 의사를 찾으면 나중에 결과가 나쁘면 소송 걸릴 수 있으므로 절대 나서지 말자."고 했다. 그러자 누군가가 댓글을 달았다. "비행기에서 심정지 환자가 발생했는데 알고도 모른 척 지나갔다가 나중에 의사나 간호사가 응급 환자를 외면했다는 사실이 알려진다면, 법정 재판보다도 더 무서운 여론 재판이 기다리고 있다."고. "아무것도 모르는 사람들이 의료진 신상을 털고, 악플을 달고, 병원이나 집을 찾아와 "어떻게 의사가 생명이 위태로운 환자를 외면할 수 있냐?며 욕을 하고 계란을 던질 것."이라고 걱정을 했다.

이러지도 저러지도 못하는 상황에서 그럼 도대체 어떻게 해야 할까? 의사들이 긴 토론 끝에 찾아낸 꼼수는 이랬다.

첫째, 비행기를 탈 때 절대로 직업란에 의사라고 쓰지 말 것.
둘째, 그래도 모르니 일단 비행기를 타기 전에 무조건 술을 마실 것. 그래서 의사임이 밝혀지더라도 "제가 술에 취해서 진료를 할 수 없는 상태입니다."라고 말하고 응급 진료를 거부할 것.

응급 의료법 제6조 2항(응급의료의 거부 금지)에 따르면

<응급의료종사자는 업무 중에 응급의료를 요청 받거나 응급 환자를 발견하면 즉시 응급 의료를 하여야 하며 정당한 사유 없이 이를 거부하거나 기피 하지 못한다.>

의사들은 이 조항에 주목했다. 정당한 사유 없이 응급 의료를 거부하거나 기피할 수 없다는 말은, 반대로 정당한 사유가 있으면 이를 기피할 수 있다고 본 것이다. 의사들은 비행기에 탔을 때 혹시나 발생할지도 모를 난처한 상황을 피하기 위해 응급 의료를 거부할 수 있는 정당한 사유를 찾기 시작했다. 그렇게 찾은 정당한 사유가 바로 술이었다.

도대체 누가 비행기를 탄 의사에게 술을 먹이는 걸까?

첫째, 사람이 쓰러졌다는 말에 도와주려고 달려간 선한 의사를 고소한 변호사 덕분?이다. 9억이나 걸었으니 시체에 달려드는 하이에나처럼 (변호사가 잔인한 하이에나 같다는 게 아니라, 업무에 대한 강렬한 열정에 대한 비유적 표현이다.) 변호사가 절대 포기할 리 없다. 2020년 2월 19일 1심 재판부는 한의사는 4.7억을 배상하되, 의사는 배상 책임이 없다고 판결을 내렸으나, 이에 만족하지 못한 유족 측 변호사는 항소심에 들어갔다. 사람이 쓰러져서 자신을 기다리던 환자를 제쳐 놓고 달려가 사람을 살리려고 최선을 다한 의사는 승소 여부를 떠나 사랑하는 가족과 아픈 환자에게 쏟을 귀한 시간과 마음을 재판에 빼앗기고 말았다. 거기다 의인이 죄인이 될 위기에 처하고, 상 대신 고통을 받는 걸 지켜본 사람이라면 이제 선뜻 위기에 처한 사람에게 손 내밀기가 꺼려진다.

둘째, 어쭙잖은 법 때문이다. 법은 위기에 빠진 사람을 도우려는 의인을 보호해주지는 못할망정, 9억이라는 배상금을 물리고, 범죄자로 몰아갈 수 있는 틈을 만들어 놓았다. 한 변호사가 그걸 이용해 열심히 소송 중이다.

한 변호사와 의인을 보호해 주지 않는 법 때문에 이제 의사는 비행기를 타면 술부터 찾는다. 혹시나 비행기를 타고 가다, 어디가 아파서 "의사 선생님 계세요?"하고 도움을 청하면 그래도 몇몇 용감한 의사가 반사적으로 달려올 것이다. 정말로 만에 하나 아무도 나타나지 않으면 이렇게 말하면 된다. "혹시나 환자가 잘못되어도, 그 어떤 민형사상 책임을 묻지 않겠습니다." 그러면 소송에 걸릴까 두려워 망설이고 있던 의사들이 어디선가 우르르 몰려올 것이다.

어느 회사의 비밀 회의

눈앞에 어지러이 숫자들이 펼쳐졌다. 국내에서 손꼽히는 S사의 분점인 경기도에 있는 Y회사에는 매달 초가 되면, 20명 남짓한 과장 이상급만 모여 2층 소강당에서 월례 회의를 했다. 정면에는 하얀 스크린에 엑셀 파일이 떠 있었고, 스크린을 중심으로 ㄷ자로 책상이 놓여 있었다.

2021년 8월 매출

A 파트: 김 OO 과장. 156,825,450 원. 전월 대비 7% 감소. 작년 동월 대비 3% 증가. 정 OO 과장. 325,153,560 원. 전월 대비 3% 증가. 작년 동월 대비 4% 증가. 박 OO 과장. 122,366,350 원. 전원 대비 5% 감소. 작년 동월 대비 6% 감소
B 파트: ……

화면에는 모든 파트의 부장과 과장들이 지난달 올린 매출액뿐만 아니라 전월 대비, 작년 동월 대비 증감까지 숫자들로 깔끔하게 정리되어 있었다. 증가 시 붉고, 감소 시 파랬다. 사장은 숫자

는 언급하지 않고, 회사 전체 매출이 줄어 경영이 힘드니 다들 열심히 하자고 말했다. 대신 하얀 스크린을 가득 채운 숫자가 사람들의 어깨를 말 없이 짓누르고 있었다.

20년 전, 고등학교 다닐 때가 떠올랐다. 시험을 치고 나면, 며칠 후 학교 게시판에 떡 하니 성적순대로 이름이 적혀 있었다. 다 같은 고등학생이지만, 맨 위에 있는 전교 1등과 맨 아래 있는 전교 꼴찌의 표정이 같을 순 없었다.

매출 1등은 15년 넘게 이 회사에서 일하고 있는 50대 박부장이었다. 서울 토박이인 박 부장은 키가 크고 어깨도 좋은 데다 이목구비도 큼직큼직했다. 호남형에 멋쟁이였다. 50대 후반 임에도 머리에 새치 하나 없이 짙은 눈썹에 머리 숱도 많았다. 고객들 앞에서나 다른 직원들 앞에서 항상 사람 좋은 웃음을 띠었다. 다른 과장들이 전문 용어를 써가며 10분 넘게 열심히 설명해도 마음 내키지 않는 클라이언트들도 박 부장이 자질구레한 설명 없이

"저 믿으시죠?"

그러면서 허허 웃으며 악수와 함께 살짝 고객을 안아주면, 클라이언트 얼굴에 있던 의심과 걱정이 봄 햇살에 눈 녹듯 사라졌다. 그는 가끔 회사 1층 카페에서 바리스타 대신 손수 하얀 와이셔츠 소매를 걷어붙인 채 부하직원들에게 커피를 내려 주기도 했다. 고객이고 직원들이고 모두 박 부장을 좋아했다. 같은 남자

가 봐도 반할 정도였다. 월례 회의에서도 항상 매출 1등인 박 부장은 살짝 미소만 띨 뿐, 그 어떤 거드름도 찾아볼 수 없었다.

박 부장과는 반대로 10년 넘게 매출이 항상 뒤에서 손꼽히는 차 과장은 항상 불만에 가득 차 있었는데, 이날만 되면 그의 얼굴은 더 구겨졌다. 그는 평소에 뭐가 잘 안 풀리면 항상 고객 탓, 회사 탓, 사회 탓을 하기 바빴다. 하지만 진짜 문제는 차 과장의 실력이었다. 남들은 2~3시간 만에 끝내는 일을 차 과장이 맡으면 4~5시간 걸렸으니, 차 과장은 둘째치고 부하직원들이 죽을 맛이었다. 다른 팀 같으면 일 마치고 퇴근할 시간인데도 차 과장팀은 야근을 해야 했다.

올해 승진을 해서 금년부터 월례 회의에 참석하게 된 윤 과장은 이런 분위기가 영 낯설었다.

'너무 대놓고 실적을 비교하는 게 아닌가? 개인 능력도 능력이지만 파트 특성상 매출이 높은 곳과 낮은 곳이 있기 마련인데. 거기다 부하직원 수나 시설, 비용이 달라 매출을 일괄적으로 비교하는 건 무리가 아닐까?'

이런 저런 생각이 들었지만 입을 다물었다. '주식은 그래도 분기마다 성과 보고서를 내는데, 여기는 매월 이러네.' 속으로 혀를 찼다. 3월에 입사해서 벌써 9번째지만 여전히 적응이 잘 되지 않았다.

나는 우연히 S사 서울 본사에 다니는 임 부장을 만난 적이 있다. 그는 덩치가 곰만 했는데 체격만큼 자신감이 넘쳤다. 텔레비전에도 몇 번씩 나올 정도로 유명인사였고, 회사 안이든 밖이든 큰소리를 치고 다녔다. 심지어 S사 회장조차도 어려워하는 존재였다.

"야, 우리 회사 1년 매출이 1조인데, 영업 이익이 겨우 100억이야. 그런데 내 파트가 연 매출 400억에, 영업 이익이 무려 120억이야. 내가 없으면, 우리 회사는 적자란 말이야, 적자. 내가 우리 회사 먹여 살리고 있어."

그의 말은 허풍이 아니었다. 밖에서 보면 S사는 한국에서 그 분야에서 손꼽히는 회사였다. 하지만 임 부장 말대로 S사는 연 매출이 1조가 넘었지만, 영업이익률이 1% 밖에 안 되는 빛 좋은 개살구였다.

단순히 사기업만 그런 게 아니었다. 국가 소속 V사의 서울 본점 김모 기관장은 매달 매출 체크는 물론이고, 아예 각 과장 별로 오늘 몇 명의 고객이 방문했는지 실시간 뜨는 프로그램을 깔아놓고 월 단위도 아니고 일 단위로 실적을 파악했다.

당연히 V사의 분위기는 김모 기관장이 부임한 이후로 흉흉했다. 그는 하루 목표 고객 수를 5000명으로 설정한 후, 수시로 확인하며 목표 달성을 강요했다. 윗사람의 눈치를 본다고 단체 행동을 하지 않기로 유명한 V사 부장과 과장마저 참다못해 단체를 만들어, 공개적으로 기관장의 해임을 요구할 정도였다.

서울 본점만 그런 게 아니었다. V사 이사장은 전국 분점에 '경영목표 달성을 위한 제3차 현장점검 계획 시달' 항목이라는 문건을 보냈다.

'향상된 성과를 보고하라.'

"각 부서 및 소속 기구는 추진 기한에 따라 이행계획을 수립 시행하여 주시고, 10월 현장점검 시 향상된 성과를 보고하여 주시기 바랍니다."

문건을 읽다 보면 마오쩌둥의 '대약진 운동' 같은 느낌이 들어 섬뜩했다.

내 친구가 다니는 P 회사에서는 번거롭게 매달 모이는 대신, 각 과장들에게 메일이 날라온다. 그리고 매달 과장들에게 메일만 보내는 것으로는 부족하다고 생각했는지, 경영 팀에서 의사들이 회진을 하느라 제일 바쁜 아침 8시에 카톡으로 친절하게 실시간으로 동맹 관계이자 경쟁 관계인 OO 병원과 매출까지 비교해서 보내준다.

연말이 왔다.

며칠 후면 경기도 Y 병원에서는 빨갛고 파란 숫자를 앞에 두고 월례 회의가 열린다. 서울 S 병원 영업 이익을 대부분 벌어들이는 임 부장은 이런 저런 모임에서 큰소리를 칠 것이다. 탈 많고 말 많았던 서울 V 병원은 이번에 병원장이 바뀌었다는데, 새로 오신

병원장은 실시간으로 외래 환자 수, 입원 환자 수가 업데이트되는 프로그램을 삭제했는지는 알 수 없다.

P 대학병원 총무팀은 변함없이 매월 각 과 과장들에게 매출액을 메일로 보내고, 매일 부지런히 의사들에게 단체 카톡을 보낼 것이다. 의사와 병원의 한해가 또 그렇게 잔인한 숫자와 함께 끝나간다.

직장이 병원이라 슬플 때

술 취한 환자나 보호자에게 욕은 기본이고, 멱살도 잡혔다. 거기다 아무리 조심해도 주사 바늘에 찔린다. 조심한다고 했지만 의사 생활 14년간 세 번 찔렸다. 손가락 끝이 따끔하자 무의식적으로 손을 입에 가져가다 손가락 끝이 혀에 닿기 전에 겨우 멈췄다. 손가락을 짜서 피를 조금 흘리고 즉시 소독을 했다. 피가 멈추자 즉시 환자 기록을 뒤졌다. B형, C형 간염, 에이즈, 매독 등 혈액으로 옮을 수 있는 질환을 떠올리며 미친 듯이 마우스를 클릭했다. 환자가 모두 음성인 것을 확인하고 나서야 잠시 동안 노랗게 보이던 병원 벽이 비로소 다시 하얗게 보였다.

에이즈 환자 채혈을 할 때는 수능 시험 OMR 카드 답안지를 작성하는 것처럼 심혈을 기울였다. 다들 극도로 주의했지만, 몇 년에 한 번씩은 꼭 "누가 에이즈 환자 피 뽑다가 찔렸다더라." 같은 소문이 돌았다.

한 번은 바로 눈앞에서 환자가 숨이 넘어갔다. 즉시 입을 벌려 혀를 젖히고 기도를 찾아 관을 꽂아 넣었다. 환자 침과 가래가 내 손이며 얼굴에 튀었지만 닦을 겨를도 없었다. 환자 가슴 사진을 찍었는데 검어야 할 폐가 하얬다. 불길한 예감이 들었다. 엑스레이를 보자마자 화장실로 가서 비누 대신 알코올로 얼굴을 박박 문질렀다. 얼굴이 화끈거렸으나 얼굴이 문제가 아니었다. 역시나 우려했던 대로 전염성 높은 활동성 결핵이 나왔다. 나야 그렇다 치고 혹시나 어린 딸 주희에게 옮길까 전전긍긍했다. 며칠 후, 내 가슴 사진을 찍고 피검사까지 하고 나서 결핵에 걸리지 않았음을 확인하고 나서야 비로소 딸에게 며칠 동안 밀려 있었던 뽀뽀를 몰아서 했다.

소방관이 불을 끄다 보면 화상을 입는 것처럼, 의사나 간호사도 환자에게 멱살도 잡히고 바늘에 찔리기도 한다. 처음에는 걱정을 많이 했는데, 이제는 뭐 그러려니 한다. 경험은 상상보다 강하다. 계속 닥치면 결국 무뎌진다.

"아픈 사람들 매일 보는 게 힘들지 않아요? 사람도 눈앞에서 죽고 막 그런다는데."

의사가 꿈인 학생들을 위해 중학교에 강연을 갔는데, 눈이 똘망똘망한 학생이 물었다. 그냥 버틴다고 짧게 대답했으나 하지 못한 이야기가 있었다.

하루는 이모뻘 되는 50대 아주머니가 스스로 팔목을 그어 응급실로 왔다. 나는 오른손으로는 붉은 피에 젖은 붕대 채로 아주머니의 손목을 잡아 지혈을 하고, 다른 한 손으로는 침대를 끌었다. 아주머니는 바로 옆에서 손목을 붙들고 있던 나를 쳐다보며 "선생님, 저 좀 죽게 도와주세요." 울고 불며 간청했다. 내 동생 뻘인 아들과 딸이 엄마의 발을 한쪽씩 붙잡고서 "그런 소리 하지 마. 왜 자꾸 죽는다 그래. 선생님, 우리 엄마 좀 살려주세요." 울부짖으며 엄마와 나를 붉게 충혈된 눈으로 번갈아 쳐다보았다. 나는 죽게 도와달라며 나를 쳐다보는 아주머니와 엄마를 살려달라는 자식들 사이에서 방황했다. 그날 밤 나는 응급실을 마치고 자취방에서 혼자 펑펑 울었다. 어머니에게도, 같이 일하는 동료들에게도 말하지 않았다. 어머니를 걱정시키기 싫었고, 동료들에게 약한 모습을 보일 수 없었다.

오늘도 병원이나 집에서 어떤 이는 몸이 아파 울고, 누구는 마음이 아파서 울 것이다. 혼자 우는 사람 중에는 환자와 보호자 앞에서는 절대 눈물 짓지 않은 의료진이 있다. 사람들 앞에서는 어금니를 깨물고 눈에 있는 힘껏 힘을 줘 울음을 참다, 어느 순간 눈물이 예상치 못한 소나기처럼 쏟아져 내린다. 아무도 말하지 않았지만 의사라면 누구나 한 번은 그런 일을 겪는다. 비가 온 후 땅이 굳어지는 것처럼, 시간이 지나고 나는 다시 일어서야 했고, 또 일어섰다.

"그럼 언제 가장 힘들어요?"

겨울이었다. 자다가 일어났는데 천장부터 땅바닥까지 모든 게 흔들렸다. 지진이 난 줄 알았다. 비틀거리면서 벽을 집고 겨우 일어났다. 평평해야 할 땅이 파도처럼 울렁였다. 온몸이 뜨겁고, 구역질이 났다. 겨우 거실로 나가 약통을 뒤졌다. 손에 잡힌 체온계를 귀에 쑤셔 넣었다. 체온계에 붉은 경고등과 함께 숫자가 찍혔다. 39.5도. 지진으로 땅이 흔들리는 게 아니라, 고열에 의한 오한으로 내 몸이 떨고 있는 것이었다.

'아, 조심한다고 했는데 걸렸구나.'

당시 나는 레지던트 3년 차로 15명의 입원 환자를 담당했다. 그 중에 3명이 독감이었는데, 마스크를 끼고 환자를 볼 때마다 알코올 세정제로 손이 갈라지도록 닦았지만 전염이 되는 걸 막지 못했다.

일단 집에 있는 타이레놀을 삼키고 평소보다 빨리 병원으로 출근했다. 응급실로 직행해서 독감 키트를 꺼내 면봉으로 내 코를 내가 쑤셨다.

"악"

비명과 함께 코에서는 콧물이 눈에서는 눈물이 나왔다. 다른 사람이 내 코를 찔렀다면 '왜 이렇게 아파, 살살 좀 하지.' 속으로 원망이라도 할 텐데, 내가 내 코를 찔렀으니 불평할 대상도 없었다. 그것으로 끝이었으면 좋으련만. 같이 일하는 간호사에게 엉덩이를 보여주기 싫어서, 혼자 옷을 내린 후 허리를 비틀어서 오른손으로 주사기를 들고 왼쪽 엉덩이에 직접 주사를 놓았다.

혼자 엉덩이에 주사를 놓는 동안 나온 결과는 선명한 두 줄.

B형 독감이었다.

독감 검사를 한다고 스스로 찌른 코가 아팠는지, 직접 놓은 진통제 주사로 엉덩이가 따끔했는지, 그것도 아니면 독감인데 남들처럼 쉬지 못하고 일해야 하는 신세가 처량해서 그랬는지, 어디선가 물방울이 떨어져 내 두 발을 적셨다.

"과장님, 제가 오늘 아침에 일어났는데 열이 심하게 나고 몸이 심하게 아픕니다."

"그래, 그럼 병원 들렀다 와. 아프면 안 되니까. 너무 힘들면 쉬고."

일반 직장이었으면 이러 말을 들었겠지만, 병원은 다르다.

"야, 그럼 빨리 병원에 와. 진료 보고, 정 힘들면 수액 맞자."

쉬라고 하기는커녕 더 빨리 출근해야 한다. 우리는 병원 가서 수액 맞으면서 일 한다.

의사도 몸이 아프면, 환자가 되어 치료받고 싶다. 간호사도 마찬가지다. 하지만 암 정도가 아니고서야 어림없다. 의사는 자신을 진단하는 동시에 치료해야 하고, 간호사는 아픈 자신을 스스로 돌봐야 한다. 내 몸도 아파 힘든데, 진료하고 간호해야 할 환자만 한 명 더 는다. 그러니 아프지 말아야 한다. 환자를 위해서, 그리고 나를 위해서.

통 유리 밖으로 강남대로가 한눈에 내려다 보였다. 영화에서나 볼 수 있었던 풍경이 눈 앞에 펼쳐졌다.

'와.'

그뿐 아니었다. 남자 직원은 검은 정장에 하얀 와이셔츠를, 여자 직원은 하얀 블라우스에 네이비 치마를 깔끔한 외모만큼이나 딱 맞게 입고 있었다. 직원들이 걸을 때마다 연한 아이보리색 대리석 바닥에서 또각또각 구두 소리가 똑 부러지게 들렸다.

'여기서 꼭 근무해보고 싶다.'

멋진 뷰와 고급 대리석 바닥에 나는 마음을 빼앗겼다.

나는 OO 병원에서 40개월 넘게 근무하고 있었다. 코로나로 인해 환자수가 절반으로 줄면서 근무시간 단축에 이은 임금 삭감이 이어졌다. 원장님은 코로나가 잠잠해지면 다시 원래대로 돌아갈 것이라 약속했지만, 원장님의 약속은 늘어나는 코로나 확진자 수만큼이나 멀어져 갔다. 몇 개월을 버텼지만, 어쩔 수 없이 이직을 준비했다. 흰 가운 대신 검은색 정장을 입고, 평소 신는 단화 대신 윤기가 흐르는 굽이 있는 구두를 신고 면접을 보고 있었다.

"선생님, 여기가 진료실입니다."

부원장님이 진료실을 소개해줬다.

'헉.'

처음 병원에 들어섰을 때 '와'하는 감탄에 이어, 진료실로 들어섰을 땐 '헉'하는 탄식이 나왔다. 환자 대기실은 내가 살면서 본 병원 중 가장 뷰가 좋았지만, 의사 진료실은 가장 좁았다. 진료실에는 환자를 눕혀 진찰할 침대조차 없었고, 팔을 쭉 뻗으면 벽과 벽이 닿을 정도였다. 공간뿐만 아니었다. 대기실은 밝은 아이보리 대리석으로 번들거렸지만, 진료실은 회색 페인트로 우둘투둘한 표면을 감추고 있었다. 무엇보다 우중충하고 어두웠다. 조명이 약해서가 아니었다. 바로 창 때문이었다. 환자 대기실에는 강남대로가 내려다보이는 커다란 통창이 있었지만, 진료실에는 아예 창이 없었다. 숨이 턱 막혔다. 내가 여기서 하루 종일 일할 수 있을까?

호텔 로비 같은 대기실을 본 순간 꼭 일해보고 싶었던 내 마음은 감옥 같은 진료실을 본 순간 사그라들었다.

하지만 그것으로 끝이 아니었다. 벽면에는 스피커와 함께 안내문이 붙어 있었다.

<진료 중 모든 대화는 자동으로 녹음됩니다>

보통 진료실에는 '진료에 방해가 되니 녹화나 녹음을 금합니다.'라고 되어 있기에 잘못 본 줄 알았다.

"저기 적힌 대로 대화가 자동으로 녹음되나요?"

"네. 여기가 알다시피 강남 한복판이고 워낙 예민한 동네라 항상 녹음기가 켜져 있어요. 아무리 설명을 하고 차팅을 해도 환자들이 설명 못 들었다고 하고 오진 한 거 아니냐고 소송을 거는 경우가 많아서요. 저희는 아예 처음부터 소송을 염두에 두고 녹음을 해 둡니다. 진료하시다가 조금이라도 이상하면 꼭 검사 권유하세요. 검사 권유했는데, 환자가 거절했다고 녹음을 해놔야 나중에 딴 말 해도 법적 문제가 안 생기거든요."

"아, 네."

"저희 병원은 의원급치고는 각종 검사뿐만 아니라 CT까지 찍을 수 있고, 결과도 한 시간 안에 바로 나오니까 고민하지 마시고 검사하시면 됩니다. 매출에 따른 인센티브 이야기는 들으셨죠?"

그 병원이 제시한 인센티브를 조금이라도 받으려면 평소 내 매출의 3배를 넘겨야 했다. 나는 고개만 끄떡였다.

어쩌다 여기까지 왔는지는 모르겠다. 예전부터 보험회사, 고객센터, 은행 등에서 상품을 가입할 때 녹음을 한다. 나중에 수틀리면 증거로 제시하겠다는 의미다. 어느 순간부터 병원에서 의사도 환자도 서로 녹음을 한다. 믿음이 깨진 곳에 등장한 건 결국 법이었다.

가끔 다짜고짜 녹음기를 들이밀며 환자나 보호자가 진료실로 들어 온다. 대개는 처음 본 환자였고, 다른 병원에서 진료를 받은 게 뭔가 잘못된 게 아닌지 따지고 들거나 당신이 책임질 수 있냐고 마치 싸움이라도 할 기색으로 물었다. 그럴 때마다 나는 잘 모르겠으니 정밀 검사가 가능한 더 큰 병원으로 가시라고 정중히 권했다.

환자가 녹음기를 내밀면, 의사는 큰 병원의 정밀 검사를 권한다. 환자의 공격에 의사는 진료가 아니라 자기 방어를 해야 하기 때문이다.

법은 증명할 수 없는 말을 중요시하지 않는다. 오로지 증명이 가능한 증거만 필요하다. 그 증거는 환자에게는 녹음이고, 의사에게는 검사다. 믿음이 사라진 곳에 불필요한 소송과 검사만 남는다.

면접을 마치고 며칠 후, 그 병원에서 같이 일해보자고 연락이 왔다. 나는 차마 그곳에서 일한 자신이 없었다. 창이 없는 진료실이 갑갑했고, 매출을 올릴 자신이 없었다. 정중하게 거절을 했다. 기회가 된다면 한 번쯤 그곳을 방문해보고 싶다. 다만 의사가 아니라, 고객으로 강남대로를 내려다보며 건강검진을 받으러.

당신이 의사야?

아이 아버지 목소리는 분노에 넘쳐 부들부들 떨렸다. 나는 뭐라 설명을 했으나, 그 어떤 말도 기름에 불 붓기였다. 내가 한 마디를 하면, 그는 다섯 마디 열 마디를 쏘아댔다. 결국 나는 전화기를 들고 있을 뿐, 아무 말도 하지 않았다. 그와 전화를 하는 10분간 환자는 계속 밀렸고, 나는 어떻게든 전화를 끊어야 했다.

"죄송합니다."

나는 얼굴도 보지 못한 그에게 무턱대고 사과를 했다. 그걸로 그가 화를 풀 리는 만무했고, 목소리 대신 그의 거친 숨소리만이 들렸다. 잠시 멈췄던 그의 말이 이어졌다.

"어떻게 그렇게 함부로 말 할 수 있어요? 그렇게 살지 마세요. 예?"

그가 전화기를 끊자마자 겨우 분을 참고 있던 나는 온 힘을 다해 주먹으로 책상을 내리쳤다. 마우스와 키보드가 출렁였다. 고개를 젖히고 크게 한 숨을 쉬었다. 소리라도 지르고 싶었지만 밖에는 또 다른 환자들이 기다리고 있었다.

365일 문을 여는, 일명 365의원이었다. 예방접종, 영유아 검진부터 성인까지 모두 진료를 하고 있었다. 환자는 다양했다. 태어난 지 한 달도 안 되는 신생아부터, 만 90세 할머니까지……. 대부분 감기나 장염이었으나 가끔 말기 폐암, 간암 같은 심각한 질환부터 당장 응급인 기흉까지 있었다. 단골도 꽤 있었지만, 한 번 스쳐 지나가는 환자들도 많았다.

네 살짜리 남자아이였다. 기침과 콧물이 난다고 했다. 감기였다. 약은 항생제도 필요 없고 증상 완화제가 전부였다. 아이가 기침을 한다고 왔으니, 기침만 보고 진료를 마쳤으면 나중에 내가 10분간 욕을 얻어먹고 사과까지 할 일은 없었을 것이다. 하지만 나는 의사였다. 눈에 보이는 이상 징후를 보고 그냥 지나칠 수가 없었다.

네 살 진수는 처음 진료실에 들어왔을 때부터 이상했다.

"앗, 대머리다."

"대머리 의사 선생님이다."

"선생님은 왜 머리가 없어요?"

앞에서도 이야기 했듯이 대머리인 의사를 바로 눈 앞에서 처음 본 아이들은 비슷한 반응을 보인다. 심지어 손을 내밀어 내 머리를 쓰다듬는 아이도 있었고, 소심한 아이라면 눈을 멀뚱히 뜨고 피에로나 광대를 본 것처럼 신기한 듯 쳐다본다. 그렇기에 나의 빛나는 머리는 아이들의 지적 발달 수준을 평가하는 좋은 도구가 된다. 내 머리에 반응을 하지 않더라도 주사라도 맞을까 무서워하거나, 아니면 진료실을 이리저리 둘러보는 등 자극에 대한 반응이 있어야 했다. 하지만 진수는 반응이 없었다. 바로 앞에 하얀 가운에 검은 청진기를 걸친 대머리 의사가 있는데 아이는 나와 눈을 마주치기는커녕 응시조차 하지 않았다. 내가 투명인간이 된 것 같았다. 아이는 눈을 뜨고는 있었으나 초점이 없었다. 다른 건 모두 멀쩡했는데 아이의 시선이 마음에 걸렸다.

"어머니, 단순 감기라 약 3일 치 드릴게요. 제가 처음 봐서 그런데 혹시 진수 말은 잘하나요?"

한 손으로 자신의 다른 팔을 만지고 있던 어머니는 어딘지 모르게 위축되어 있었고, 금방이라도 울 것만 같은 표정이었다.

"아니요. 아이가 아직 말을 못 해요."

머릿속에서 빨간 경고등이 깜빡였다.

'만 2세까지 의미 있는 말을 못 하면, 정밀 검사 필요' 소아 기본 상식이다.

"어머니, 아이 이름 한 번 불러 볼래요?"

"진수야."

엄마가 자신의 이름을 불렀지만 아이는 쳐다보지 않았다. 다시 한번 차트를 보았다. 진수는 우리 병원 진료는 처음이었고, 나이는 만 3세 1개월. 발달 장애가 의심되었다.

나는 안 그래도 불안해 보이는 어머니의 눈빛이 마음에 걸렸으나, 못 본 척 넘어갈 수 없었다. 야간 진료라 대기 환자가 10명 가까이 있는 상황에서 나는 감기와 전혀 상관없는 발달 장애를 의심하고, 정밀 검사가 필요한 이유에 대해서 충분히 설명하고 진료의뢰서를 작성했다. 또한 이런 경우 어머니들이 아이 발달이 단순히 조금 늦은 것일 뿐 이상 없다고 믿고 싶어 하는 걸 알기에 2~3번에 걸쳐 꼭 소아정신과 진료를 받으라고 거듭 당부했다.

나는 아이가 나가자 자부심을 느끼며 가슴을 한 번 쫙 폈다. 몇 달 전, 기침으로 내원한 50대 아저씨를 진찰하다 몸 색깔이 약간 누렇고 배가 불룩 나온 것을 보고 초음파 한 번 해보자고 해서 간경화를 진단했다. 이번에도 마찬가지였다. 아이를 보고 어머니에게 설명하는데 10분 넘게 걸렸지만 '이 정도면 나름 명의 아닐까?'라고 뿌듯해하며 혼자 웃음을 지었다. 하지만 그것도 잠시, 긴 시간 어머니에게 설명을 하는 바람에 안 그래도 많은 환자가 더 밀려 정신 없이 진료를 했다.

30분 후, 진료실로 한 통의 전화가 걸려왔다. 전화기 너머로 태풍이 치는 날 파도처럼 거칠고 높은 목소리가 전해졌다.

"당신이 애기가 이상하다고 해서, 아내가 병원 갔다 와서 펑펑 울고 있어. 당신이 어떻게 책임질 거야?"로 시작해서, "당신이 의사면 다야?"에서 "그러고도 당신이 의사야?"까지. 욕만 안 나왔을 뿐이지, 사실상 10분간 욕을 듣고 있던 나는 다른 환자를 위해 전화를 끊어야 했기에 결국 사과를 했다.

그날 밤 나는 곰곰이 그 일을 되새김질했다. 무엇을 어떻게 해야했을까? 모른 척 넘어갈 걸 그랬나? 좀 더 조심스럽게 말하면 괜찮았을까? 다음부터 어떻게 할 것인가?

그렇게 밤새 고민하던 중에 한 노교수님의 말이 떠올랐다.

"의사가 베풀 수 있는 최고의 친절은 정확한 진단과 치료다."

나는 똑같은 상황이 닥치면, 설령 욕을 얻어먹는다고 할지라도 모른 척 넘어가지 않기로 했다. 그리고 다시 한번, 상황을 돌이켜보다 아이가 소리에 반응하지 않았으므로 발달 장애를 평가하기에 앞서, 가장 먼저 청력 검사부터 해야 한다는 걸 깨달았다. 나는 사람들이 원하는 친절은커녕, 의사가 베풀 수 있는 친절과도 거리가 멀었다.

나는 하수였다

머리 숱이 없는 나에게 30대 남자가 탈모약을 처방 받으러 왔다. 난처한 상황이었다.

"제가, 머리도 없는 입장에서 이런 말씀을 드리기도 좀 뭐하지만……."

"탈모약을 발기부전제와 더불어 해피 드럭(happy drug)이라고 합니다. 사람을 행복하게 해준다는 뜻이죠. 일종의 호르몬제로 먹자마자 효과가 나타나는 것은 아닙니다. 꾸준히 먹어야 효과가 있고 마찬가지로 안 먹으면 서서히 효과가 사라집니다. 부작용은 정력 감퇴로, 제약회사는 20% 정도라고는 하나 많게는 50% 정도에서 나타납니다. 그로 인해 젊은 사람들이 약을 복용 중에 중단하는 경우가 있는데, 이 약을 계속 먹으면서 필요하면 발기부전제를 복용하는 것도 하나의 방법이 됩니다. 그래도 아니다 싶으면 약 끊으면 원래대로 회복되니 걱정 안 하셔도 됩니다.

이 약으로 효과가 부족하다 싶으면, 조금 더 강력한 아O다트도 있습니다. 드문 부작용으로는 우울도 있는데 제 생각에는 머리가 빠지면 더 우울할 것 같습니다. 바르는 미O시딜도 있는데,

아무래도 좀 끈적거려서 불편해하시는 분들이 많습니다. 그 외에 다른 샴푸나 약들은 효과가 증명되지 않아서 굳이 비싼 돈 들여 가며 쓰지는 마십시오."

컴퓨터 화면에 PPT 마저 보여주면서 길게 설명을 하며

'탈모약을 처방하면서 이렇게까지 설명해 주는 의사는 나밖에 없을 거야.'

혼자 뿌듯해했다.

동네 의사인 내가 명의가 될 수 있는 가능성은 희막하다. 불치병을 낫게 할 수도 없고, 신약을 개발하지도 못한다. 그저 할 수 있는 거라고는 친절하게 설명 잘해주는 정도이다.

하루는 20대 여자분이 목이 부어서 왔길래, 편도염의 원인, 치료 방법과 주의 사항, 통증을 줄이기 위해서 할 수 있는 방법을 설명하자, 환자분이 진료 끝에

"살면서 이렇게 설명을 잘해주신 분은 선생님이 태어나서 처음이에요."

라고 한 말에 온종일 싱글벙글거린 적이 있다. 그걸 또 지금까지 잊지 않고 떠올리며 흐뭇해하는, 그런 평범한 의사가 나다.

곰곰이 듣고 있던 내 동생 뻘 환자가 물었다.

"선생님, 약은 얼마나 처방이 되나요?"

"기본 한 달인데, 두 달 치 드릴게요."

"6개월 치 처방해 주시면 안 되나요?"

'뭐야 이거.'

나는 슬쩍 환자를 쳐다보았다. 환자는 눈을 가늘게 뜨고 나를 쳐다보았는데 마치 여우 같았다.

"대학병원도 아니고 그렇게 약을 길게 처방하면 국가에서 왜 이렇게 약을 줬냐고 나중에 사유서 쓰라고 공문이 내려오기 때문에 그렇게 주는 병원은 없습니다."

"그럼 선생님, 3개월 치 해 주십시오."

'그래, 그래, 내가 졌다.'

"네, 네. 그럴게요."

"선생님, 혹시 진료비는 얼마예요?"

"비급여 진료라, 초진은 15000원입니다."

그러자 환자는 안 그래도 가는 눈을 떠 가늘게 뜨고는 손을 비비며 말했다.

"선생님, 더 싸게 해 주시면 제가 여기 계속 다닐게요. 그럼 선생님도 좋고 저도 좋잖아요?"

'뭐야, 이거 당근 마켓이야, 지금 나랑 네고하자는 거야? 하, 누굴 장사꾼으로 아나?'

"그렇게 싼 거 좋아하시니까 머리가 벗어지시는 거예요."

라고 말하고 싶었으나, 벗겨진 내 이마에 침 뱉기라 참았다.

"안됩니다."

"아, 네. 알겠습니다. 그럼 뭐, 어쩔 수 없죠."

그는 진료실 밖으로 나갔다. 나를 포함한 대부분 의사들은 검은 청진기에 하얀 가운을 입고, 푸른 하늘을 보며 고고한 학처럼 살기를 꿈꿨으나, 현실은 긴 두 발을 흙탕물에 담은 채 비린내 나는 생선을 삼켜야 했다.

이런 내 경험담을 듣더니, 다른 의사분이 이렇게 대답하라고 댓글을 달아 주셨다.

"어디까지 알아보고 오셨어요?"

인생도처(人生到處)에 유상수(有上手)라고 했던가. 나는 하수였다. 환자 말 한마디에 불 타오르고 환자 말 한마디에 얼음처럼 얼어붙었다. 붉은 눈에 술 취한 환자에게 멱살 잡히고 발길질 당하거나, 보호자가 다짜고짜 녹음기 들이밀면서 확실하냐고, 틀리면 당신이 책임질 거냐고 따지고 들 때면 '내 더러워서 의사를 때려치워야지.' 했다가, "선생님 덕분에 살았어요. 정말 감사합니다."라고 환자가 눈물 흘리며 절을 할 때는 '아, 정말 의사 하기를 잘했다.'라고 뿌듯해했다.

웃는 일이 생기면 우는 일이 생겼고, 눈물을 흘리면 다음에는 웃음을 지을 수 있었다. 그렇게 울고 웃기를 수백 번, 지친 나는 환자에게 감동을 받지도, 상처를 입고 싶지도 않았다.

비가 오든 눈이 오든, 태풍이 치든, 햇볕이 쪼이든, 별이 쏟아지든 미동하지 않는 바위가 되고 싶었다. 하지만 바위조차도 더 큰 바위를 만나면 산산조각 났다. 바위가 되고 싶었던 나는 하수였다. 바위가 아니라 칡넝쿨이 되어야 했다. 이런 들 어떠하리 저

런들 어떠하리. 만수산 칡넝쿨처럼 바위를 만나면 바위와 얽히고, 흙을 만나면 흙을 감싸 안고, 나무를 만나면 나무와 뒤엉켜야 자자손손 잘 살 수 있는 것이었다.

'자, 연습해 보자.'

"어디까지 알아보고 오셨어요?"

거울 속에 의사 표정이 굳어 있다.

'너는 이러니까 매출이 안 올라서 짤리는 거야. 자, 능글맞게 웃으며 다시 한번.'

"어디까지 알아보고 오셨어요?"

역시나 잘 안된다.

'알량한 자존심이 남아 있어서 그런 거야. 너는 비지니스 마인드가 너무 부족해. 이제부터 너는 의사가 아니라, 용팔이야. 자 말해봐. 나는 용팔이다. 나는 용팔이다. 나는 용팔이다. 혀로 왼쪽 윗 입술 한 번 핥고, 두 손을 앞으로 모아 싹싹 빌면서. 자, 다시 한번.'

"어디까지 알아보고 오셨어요?"

축구에 전통의 강호 레알 마드리드와 바르셀로나가 있다면, 병원에는 피부과와 성형외과가 있다. 이 두 과는 항상 전공을 정해야 하는 인턴들 사이에서 레지던트 지원 순위 1, 2위를 다퉜다. 한때 피부과, 성형외과와 함께 피안성이라 불리며 안과가 선두 경쟁에 나서기도 했으나 어느덧 중위권에 머무르고 있으며, 내과는 중위권에서 오르락내리락 하고 있다. 흉부외과와 일반외과는 항상 드라마 주인공으로 사람들 사이에서 동경의 대상이 되기도 하지만, 그건 드라마일 뿐, 현실에서는 만년 하위권이 된지 오래다. 흉부외과와 일반외과는 잠깐 주목이라도 받지만, 비뇨기과는 의사들 사이에서도, 사람들 사이에서도 인기가 있었던 적이 단 한 번도 없었다. 영원한 마이너이자 아웃사이더, 그게 바로 비뇨기과였다. 하지만 내가 만난 비뇨기과 선생님들은 "신경외과는 뇌를 다루고, 우리는 남자의 두 번째 뇌를 다룬다."며, 자칭 '제2 신경외과'라 부르며 자신들이 평생을 다루는 '그것'이 분기충천한 것 마냥 자부심이 하늘을 찌르고 있었다.

비뇨기과는 응급이 거의 없어 밤과 주말에 편했다. 하지만 군대에서 병사가 할 일이 없으면 괜히 맨땅에 삽질이라도 시키듯, 말단 의사인 인턴이 쉬는 걸 위에서 보고 있을 리 없었다. 나는 즉시 교수님께서 논문을 쓰는데 필요한 데이터를 모으기 위한 설문 조사에 투입되었다. 논문 주제는 <전립선 비대증 수술 후, 부작용>이었다.

밤톨만 한 전립선은 남자 방광 바로 아래에 있다. 위치가 위치라 수술을 하다 보면 주위 신경 손상으로 <발기부전>이 일어날 수 있다. 또한 방광 입구를 꽉 막고 있던 전립선을 제거하면, 정액이 몸 밖으로 나가지 않고 수술 후 압력이 낮아진 방광 쪽으로 역류하는 '역행성 사정'이 생기기도 한다. 전립선 수술 후, 얼마나 많은 환자가 '발기 부전'과 '역행성 사정'을 겪는지 조사하는 임무가 나에게 주어졌다.

레지던트가 건넨 A4 용지 10장에는 환자 200명의 이름, 나이, 수술 연도, 집 주소와 전화번호가 빼곡히 적혀 있었다. 일요일 아침 9시, 첫 번째 환자는 1990년대에 수술을 받으신 할아버지였다. 나이가 음, 어디 보자, 3.1 운동 때 태어나신 분이셨다.

"안녕하세요? P 대학교 병원 비뇨기과입니다. 김창선 할아버지 댁이시죠?"

"네, 무슨 일이에요? 왜요?"

90세가 넘는 노인 치고는 너무 젊은 목소리에다 짜증이 잔뜩 묻어났다. 처음부터 식은땀이 흘렀다.

"아, 김창선 할아버지 계시나요?"

"왜요, 무슨 일이신데요?"

"1998년도에 전립선 비대증 수술하셨죠?"

"아니, 도대체 우리 아버지 돌아가신 지가 언젠데 전화하신 거예요? 돌아가신 지 10년도 더 되셨는데, 예, 뭐요, 어쩌라고?"

"아, 네, 죄송합니다."

"왜 이딴 전화를……"

"삐, 삐, 삐……"

보호자의 화난 목소리에 당황해 나도 모르게 전화를 끊었다. 의사가 되어서 이런 일까지 할 줄 몰랐다. 텔레마케팅 직원이 이런 기분이겠구나 생각하고 다음부터는 스팸 전화도 좀 상냥하게 받기로 마음먹었다. 좋은 교훈을 얻었으니 좋은 결과를 낼 차례였다. 방법을 바꿨다. 생존해 계실만한 분께만 연락하기로 했다. 1930년 이전 분들은 과감하게 제외하기로 했다.

"P대학교 병원 비뇨기과입니다. 정우행 할아버지 댁이시죠?"

"예, 저희 영감인데요."

"아, 네, 여기 P 대학교 병원인데 5년 전에 전립선 수술하고 불편한 건 없으신지 확인차 전화드렸습니다."

"영감 바꿔드릴 테니 좀 기다리슈."

"네."

"여보세요?"

"……"

"정우행 할아버지시죠?"

"앙?"

KTX가 등장하면서 사라진 기차 화통을 할아버지가 소 뼈 대신 삶아 드신 것 같았다. 나도 모르게 귀가 아파 전화기를 떨어뜨릴 뻔했다. 그나저나 큰일이었다. 돌아가신 할아버지에 이어 귀가 안 들리시는 분이라니.

나도 전화기에 대고 소리를 질렀다.

"정우행 할아버지?"

"응, 난데."

"P 병원입니다."

"어디?"

"P 병원요. 5년 전에 전립선 수술하셨죠?"

"뭐?"

"전립선 수술요?"

"엉? 뭐?"

포기. 다음.

"이 번호는 없는 번호입니다."

다음.

"따르릉, 따르릉, 따르릉, 전화를 받지 않습니다. 전화번호를 확인하시고 다시 한번 걸어주십시오. 뚜, 뚜, 뚜."

다시 전략을 수정했다. 집 전화는 포기하고, 휴대폰에만 연락하기로 했다.

"임창섭 씨 핸드폰이죠. 여기 P 대학 병원 비뇨기과입니다."

"네에, 안녕하세요?"

"예, 2년 전에 전립선 비대증으로 수술하셨는데, 어떤가 해서 전화드렸습니다."

"특별한 이상 없이 괜찮습니다."

"혹시 수술 후, 발기 부전이나, 역행성 사정 같은 증상은 없으신가요?"

"아, 지금 지하철 안이라서 말씀드리기가 곤란합니다."

"그러시구나. 예, 불편한 점 있으면 병원으로 연락 주십시오."

"네, 그러겠습니다."

한 시간 넘게 20명 이상에게 전화했는데, 제대로 된 설문 조사를 다섯 건도 하지 못했다. 시간은 흘러가고, 어떻게든 맡은 일을 모두 해내야 하는 인턴으로서 갑갑했다.

"김철수 씨, 핸드폰이죠? 여기 P 대학교 병원 비뇨기과인데 3년 전에 전립선 수술받으시고 혹시 불편한 건 없는지 전화드렸습니다."

"아, 네 감사합니다. 덕분에 불편 없이 잘 지내고 있습니다."

얼굴은 알 수 없었지만 목소리에서 자비로움과 따뜻함이 넘쳤다. 거기다 오히려 나에게 감사하다고 하시다니. 역시 세상은 아름다운 곳이었다. 감동받은 나는 그동안의 서러움이 복받쳐 올라 전화기를 잡고 울 뻔했다. 하지만 이러고 있을 시간이 없었다. 잠긴 목을 가다듬고 본론으로 들어갔다.

"다행입니다. 혹시 수술 후에 발기가 잘 안되거나 역행성 사정 같은 부작용 있으신가요?"

"아, 예, 그게 제가 스님이어서……."

죽어가는 환자 앞에서도 무너지지 않던 내 멘탈이 무너지는 순간이었다. 나는 도대체 스님에게 무슨 말을 어떻게 해야 하는가? 발기 잘 되시냐고, 사정은 잘 하시냐고? 차마 나를 위해 스님을 파계 시킬 순 없었다.

"……"

"여보세요? 여보세요?"

"아, 네, 그럼 성불, 아니 건강하십시오."

"네, 감사합니다."

하루 종일 꼬박 전화기만 붙들었지만 200명 중에 겨우 70명만 조사했다. 레지던트 선생님께 작성한 설문지를 가져다드렸더니, 누가 비뇨기과 의사 아니라고 할까, 얼굴이 화난 그것 마냥 벌게지며 부풀어 오르더니 목소리를 높여 수단과 방법을 가리지 않고 다음 주까지 최소 150명을 채워오라고 한다. 코끼리도 냉장고에 집어넣는다는 인턴이지만, 이걸 도대체 어떻게 해야 할까. 집 나간 자들을 다시 돌아오게 만들며, 귀머거리 할아버지 귀를 들리게 하고, 스님을 발기시켜 사정에 이르게 하고…….

심지어 죽은 자마저 소환해야 할 듯하다.

3부

아
파
서

슬
프
다

"어떻게 오셨어요?"

나는 하얀 마스크를 쓴 채 사람들에게 물었고, 하얀 마스크를 쓴 사람들이 답했다. 사람들은 건강검진, 채용 검진, 코로나 검사, 진료 등의 다양한 목적으로 병원에 왔다. 서비스업 종사자인 나는 하루에도 무수히 많은 사람들을 만난다. 적게는 수십 명에서, 많게는 100명 넘게 마주한다. 오늘 오전만 해도 50명이 넘었다.

마스크는 일종의 가면이다. 상대를 가리고 나를 숨겨준다. 마스크를 쓰고 대화하면, 표정과 감정은 전해지지 않는다. 감정을 모르니 공감할 수 없다. 오로지 정보와 필요만 남는다. 인간관계가 무미건조한 사막과 같아진다.

전 세계를 덮은 코로나는 인간관계를 세 종류로 나누었다.

1. 코로나를 핑계로 안 보는 사람
– "언제 술(밥) 한 번 먹자."는 "코로나 끝나면 한 번 보자."로 바뀌었고, 코로나는 끝나지 않을 예정이다. 체중에 관한 코로나

다이어트는 실패했지만, 적어도 인간관계에서 코로나 다이어트는 성공이다.

　　2. 마스크를 쓰고 보는 사람
　　- 필요에 의해서 만나는 사이다. 얼굴을 마주하고서도 마스크를 벗지 않는다.

　　3. 마스크를 벗고 보는 사람
　　- 가족, 친구, 애인 등. 필요가 아니라 사랑이나 우정이라는 감정으로 연결된 관계다.

　　한 60대 남자가 버스에서 마스크 착용을 거부하며 난동을 부렸다는 뉴스를 보다가 난 문득 이런 생각이 들었다.
　　'외로워서 그랬나 보다.'
　　그는 자신의 얼굴을 봐주고, 이야기를 들어주며, 감정과 체온을 나눌 사람이 필요했던 것인지도 모른다. 코로나로 비극이 넘쳐난다. 누구는 장사가 안 되고, 누구는 실직이 되고, 또 누구는 몸이 아프다고 한다. 하지만 코로나로 가장 슬픈 이는 마스크를 벗고서 만날 이가 없는 사람이 아닐까. 오아시스 없는, 끝없이 펼쳐진 사막에서 혼자 사는.

　　"아빠, 다녀오셨어요?"

퇴근하고 현관문을 열고 들어가자 밝은 목소리로 거실에서 놀던 딸 주희가 나를 반긴다. 나는 주희를 안고 얼굴을 비빈다. 주희의 땀냄새와 아직도 가시지 않은 젖내음이 코를 간지럽히고, 하얀 볼에 난 보드라운 솜털이 볼을 간질인다. 나는 필요에 의한 직장이 끝나고, 사랑이 넘치는 집에 들어오는 이 순간을 사랑한다. 설령 가족 누군가가 코로나에 걸리고, 또 격리된다고 하더라도 감내하고 함께 이겨낼 것이다. 마스크를 벗을 수 있는 이곳은 나의 오아시스다.

"선생님, 참 잘생기셨어요, 영화 배우 하세요"

50대 아저씨는 나를 볼 때마다 계속 같은 말을 했다. 작은 키에 머리는 절반 정도 남았으며 배가 살짝 나온, 길에서 하루에도 몇 번은 스쳐 지나가는 평범한 중년 남성이었다.

아저씨는 나보고 잘 생겼다고 했지만, 나를 낳아주고 길러주신 어머니는 생각이 달랐다.

"넌 내 아들이지만 잘 생기지는 않았다."

스무 살 무렵, 내 얼굴을 유심히 쳐다보시던 어머니가 판사가 판결을 내리듯 하신 말씀이었다. 피를 흘리며 낳은 어머니마저 그렇게 말씀하셨으니, 나를 잘생겼다고 말한 사람은 있을 리 만무했다. 그는 틀린 게 분명했다. 하지만 내 입가에는 저절로 미소가 피어났다.

당시 나는 본과 3학년으로 부산 근교의 중소 도시에 있는 정신병원에 실습을 나가 있었다. 지하철과 버스를 타고 한 시간 넘게 걸려 도착한 Y시 정신병원은 부산 달동네에 위치한 P 대학병원과 분위기가 완전히 달랐다. 주변에 다른 건물 없이 너른 들판이 펼쳐져 있어 공기마저 상쾌했다. 빽빽하게 들어선 여러 병원 건물 속 2층에 자리 잡고서 창문마다 쇠창살이 박혀 있는 것으로 부족해 정문마저 두꺼운 철문으로 된 대학병원 정신 병동과는 천지 차이였다. 급성기 환자를 주로 입원시키는 대학병원과 달리, 만성 환자가 대부분인 Y시 정신 병원은 주위 환경도 병원 분위기도 평화로웠다.

실습은 월요일부터 수요일까지 3일이었고, 정신과 레지던트 선생님은 나, 재훈이, 정수, 지혜에게 각각 환자 한 명을 배정해 주었다. 우리는 담당 환자를 관찰하고 또 면담하면서 환자에 대한 리포트를 써야 했다.

내가 맡게 된 환자는 55세 김재환 씨로, 그는 전문의 과정까지 마친 의사였다. 하지만 안타깝게도 30대 초반에 병이 생겨, 20년 넘게 정신병원에서 입퇴원을 반복하며 치료를 받고 있었다. 그가 앓고 있는 질환은 그 당시에는 정신분열병이라고 불렸던 조현병이었다. 100명 중 1명에게서 나타나는 질환으로 주로 환각과 망상을 겪으며 일상생활을 하는데 심각한 장애를 겪게 된다. 안타깝게 그의 여동생마저도 같은 병으로 같은 병원에 있었다.

이틀 동안 내가 일거수일투족을 관찰한 바로, 그는 전혀 이상한 게 없었다. 하루 종일 바둑을 두거나 신문을 보고 산책을 하는게 전부였다. 조현병은 환각, 그중에서도 환청이 주 증상이지만 그는 이상한 행동을 하거나 허공을 보며 소리를 지르는 것도 없었다. 가끔 나를 볼 때마다

"선생님, 정말 잘 생기셨어요. 영화배우 하세요."

라고 말하는 게 전부였다.

그 말을 들은 조원들은 기가 찬 표정을 짓고,

"너한테 잘 생겼다는 말을 할 정도니까, 정신병원에 있는 거야." 말하며 웃었다.

조원 중에 여자에게 인기가 많은 재훈이가 자기도 그 말이 듣고 싶었던지

"저는요? 저는 어때요?"

라고 묻자,

김재환 씨는

"선생님도 잘 생기셨지만, 이 선생님이 더 나아요. 선생님, 꼭 영화배우 하세요."

라고 대답했다. 나는 몇 년째 병원에 있는 김재환 씨가 심심하기도 하고, 내가 마음에 들어서 일부러 기분 좋으라고 그런 말을 하는 것이라 짐작했다. 다른 조원들이 배정받은 환자들은 "나는 예수와 이야기를 나눈다." "내가 저 산까지 1초 만에 다녀올 수 있다." "내 머리에 누가 뭐를 심었다." 등의 말을 했기에 누가 봐도 명백한 문제가 있었다.

실습 마지막 날인 수요일이 왔다. 김재환 씨에 대한 케이스 리포트를 내야 하는데, 나는 아무런 이상을 찾을 수 없었다. 초조했다. 3학년 2학기 시작한 첫 병원 실습이 정신과여서 아직 하얀 의사 가운과 목에 걸린 검은 청진기가 어색했고, 내 교육을 위해 환자를 번거롭게 하는 것이 아닌가라는 생각에 뭘 할 때마다 쭈뼛

쭈뼛했다. 하지만 이대로 '특이 이상 없음'이라는 리포트를 냈다가는 레지던트 선생님에게 3일 동안 환자를 잘 관찰하지 않았다고 혼나는 건 물론, 좋은 성적도 물 건너 갈 판이었다. 이러지도 저러지도 못하는 가운데 점심시간이 지났다. 오후 5시가 되면 버스를 타고 병원을 나서야 했다. 시간이 얼마 없었다. 나는 김재환 씨를 찾아다녔다. 그는 여유롭게 산책을 하고 있었으나 나는 안절부절못했다. 아무 말도 없이 그와 나란히 서서 걸으며 기회를 엿보았다. 그는 분명히 내가 옆에 있는 걸 인지했지만 이번에는 나에게 말을 걸지 않았다. 산책을 하다가 그가 발걸음을 멈추자, 용기를 내어 그를 쳐다보며 물었다.

"저 궁금한 게 있는데…… 왜 저보고 잘생기셨어요, 영화배우 하라고 그러세요?"

김재환 씨는 옆에선 나를 쳐다보지도 않고 정면을 응시한 채 아무렇지 않은 듯 대수롭지 않게 말했다.

"누가 제 귀에다가 그렇게 말하라고 시켜요. 선생님, 정말 잘생겼어요, 영화배우 하라고 말하라고요."

그랬다. 그는 20년 전부터 지금까지 치료를 받으면서도 여전히 환청을 겪고 있었다. 나는 놀란 마음을 가라앉히며 재차 질문을 던졌다.

"그럼 혹시 다른 사람은 안 보이는데, 김재환 씨만 보이는 게 있나요?"

"예, 예전 여자 친구가 보여요."

“혹시 지금도 보여요?”

“예. 저기요.”

그가 손가락을 가리킨 곳에는 다른 남자 환자들만 있을 뿐, 여자는 없었다. 전형적인 조현병이었다. 그는 20년 넘게 남들은 들리지 않는 것을 혼자 듣고, 남들이 보지 못하는 것을 혼자 보고 있었다. 나는 충격으로 벌어진 입을 다물지 못한 채 더 이상 질문을 할 수 없었다. 그때 김재환 씨가 고개를 돌려 내 두 눈을 똑바로 쳐다보며 말했다.

“그런데 선생님, 정말 잘 생기셨어요. 영화배우 하세요.”

질병을 알기는커녕, 단어조차 외우기 급급한 의대생 때였다. 고등학교 때 둘도 없이 친했던 친구 유진이에게서 연락이 왔다. 나와 유진이는 사랑이라고 하기에는 가볍고, 우정이라고 하기에는 무거운 사이였다. 김해에는 흔하지 않은 폭설이 내린 날 밤, 단둘이서 공원에서 눈사람도 같이 만들고 사진을 찍었다. 어린 마음에 서른 살이 되었을 때 둘 다 결혼하지 않았으면 결혼하기로 새끼손가락을 걸고 약속한 사이였다.

어머니가 길에서 넘어진 후 팔목이 부러져 수술받고 집 앞에 있는 병원에 입원해 계신다고 와줄 수 있냐고 했다. 고등학교 때부터 유진이 집에 자주 놀러가서 어머니를 잘 알았다. 어머니뿐만 아니라, 오빠와 아버지까지 만난 적이 있었다.

사람들은 의대생이라면 병에 대해서 잘 알 거라고 생각하지만, 사실 의대생은 아무것도 모른다. 의사가 된 지금이야 넘어져서 팔이 부러졌다고 하면, 듣자마자 진단명(colles fracture), 치료 방법(정복술 이후 필요시 금속판 고정술), 경과(1주일마다 엑스레이 찍으면서 경과 관찰, 진단 6~8주)는 물론이고, 뼈까지 몇 번 맞춰본 적이 있지만 그 당시에는 아무것도 몰랐다.

문병을 갔다. 과외해서 번 돈으로 과일 바구니 하나를 사 들고서.

　　유진이 어머니께서는 내가 오자 아주 좋아하셨다.

　　나에게 "너랑 우리 유진이가 나중에 어떻게 될지 모르지만."으로 시작해 이런저런 하소연을 늘어놓으셨다.

　　다치기 전만 해도 유진이 어머니께서는 한창 바쁘셨다. 남편과 함께 통닭집을 하며 대학생인 남매 뒷바라지까지 하고 있었다. 거기다 유진이는 어렸을 때부터 몸도 약하고 밥도 잘 안 챙겨 먹어서 어머니께서는 고등학교 때나 대학교 때나 걱정이 많았다. 그래서 내가 유진이를 좋아했는지도 모른다. 그녀는 얼굴이 희고 눈이 큰 데다, 몸이 허약하고 거기다 서울말을 썼고, 나는 시골에서 사는 손이 크고 두꺼운 투박한 경상도 소년이었으니까. 여하튼 그런 상황에서 팔을 다쳐 가게 일에 집안일까지 못하게 되었으니, 어머니 마음이 편치 않으셨을 것이다.

　　어머니께서 자신이 넘어진 것부터 얼마나 아팠는지, 어떻게 병원에 왔는지, 수술받고 병원에 입원하면서 불편한 것까지 이야기하는 동안, 의대생인 나는 고개만 끄떡였다.

　　"내가 이렇게 팔이 부러져서 입원을 하고 있으니, 집안 구석이 어떻게 돌아갈지 너무 걱정이 되는 거야. 청소는 하는지, 세탁기는 돌릴 줄 아는지. 밥은 먹고 다니는지. 근데 나 없어도 집이 너무 잘 굴러가는 거야. 애들이 알아서 청소하고, 밥 먹고 다니고, 빨래도 하고. 그래서 조금 섭섭하더라."

유진이 어머니는 말로는 조금 섭섭하다고 하셨지만, 얼굴로는 많이 서운해하셨다. 유진이 어머니는 집 대신 병원에 있었지만, 그녀가 없는 가정과 세상은 잘 돌아갔다. 유진이 어머니는 팔이 부러져 몸이 아팠지만, 자신의 존재가 필요 없어졌다는 사실에 더 마음 아파했다. 문득 카프카의 소설 '변신'에서 그레고르 잠자가 떠올랐다.

잠이 문제가 아니었다

~~~

역세권 사거리였다. 내가 몸담고 있는 의원을 빼고도, 반경 50m 내에 이비인후과 3개, 내과 3개, 소아과 2개, 피부과 3개, 안과 2개 외에도 비뇨기과, 정형외과, 마취통증의학과, 산부인과가 각각 하나씩 있다. 그중에서도 치과가 무려 5개로 제일 많았고, 약국만 6개였다.

전 세계 어디를 가도 길가에 이렇게 많은 병의원을 볼 수 있는 곳은 한국뿐이다. 거기다 유럽처럼 예약도 필요 없다. 이렇다 보니, 사람들은 언제든지 원하는 병원과 의사를 선택해서 갈 수 있다. 사람들은 '헬조선'이라고 하지만, 의료 부분에서만큼은 가히 '조선천국'이다. 하지만 사람들은 여전히 정신건강의학과, 정신과 가기를 꺼리나 보다. 수면제를 받으러 정신과도 아닌 우리 병원에 오는 것을 보면 말이다.

"선생님, 원장님이 대장 내시경 들어가셔서요, 환자분에게 말씀드렸고 똑같은 약 처방해 주시면 됩니다."

직원이 나에게 양해를 구하고 환자를 접수했다.

'63세, 김명순 님, 재진'

같은 약을 그대로 처방하는 '리핏 처방'은 아주 간단하다. 그냥 인사 한 번 하고, "똑같은 약 그대로 드릴게요." 한 후 마우스 버튼 클릭하면 끝이다.

김명순 씨가 진료실로 들어오셨다. 어깨까지 오는 파마머리에 기본 화장만 하고, 립스틱을 칠하지 않은 평범한 중년 여성이었다.

"안녕하세요? 김명순 님, 오늘은 어디가 불편해서 오셨어요?"

"아, 네, 제가 원장님께 몇 년째 수면제를 먹고 있는데 그 약 받으러 왔어요."

병원이 익숙한지 그녀는 긴장 없이 술술 말했다.

차트를 보니, 그녀는 수면제 일종인 졸O뎀을 3년 넘게 복용 중이었고, 내 진료는 처음이었다. 단순 고혈압이나 당뇨 환자를 생각했던 나는 약 이름을 보자 긴장이 되었다.

"특별히 약 먹으면서 불편한 점 없나요?"

"네, 옛날부터 쭉 먹고 왔고…… 괜찮습니다. 그대로 주시면 됩니다."

몇 년 전, 이 약이 큰 이슈가 된 적이 있었다. 한 언론에서 이 약을 '악마의 수면제'라 부르며, 이 약을 복용 중이었던 한 유명 연예인의 자살이 이 약과 관련이 있다는 의혹을 제기했다. 나는 컴퓨터 화면을 환자에게 돌렸다. 모니터에는 한때 대한민국을 대표하던 국민 배우이자 만인의 연인이었던 그녀의 생전에 아름다웠던 모습이 있었다.

"예전에 뉴스에 이 약을 먹던 연예인이 목숨을 끊어서 이슈가 된 적이 있습니다. 언론에서는 약 부작용으로 죽은 것처럼 떠들어댔지만, 제 생각으로는 우울증이 아니었나 싶습니다. 그녀가 연예인이다 보니, 정신과 치료를 안 받고 수면제만 처방받아서 먹다가 우울증이 심해져서 목숨을 끊었을 것으로 추정됩니다. 실제로 우울증 환자 3명 중에 2명은 불면증을 호소하거든요. 그래서 저는 항상 수면제를 복용하는 분에게 물어봅니다. 혹시 우울하지 않……"

"엉엉엉엉~"

내 말이 끝나기도 전에 김명순 씨가 둑이 터진 듯 울음을 터뜨렸다. 그것도 아들뻘인 의사 앞에서. 당황스러웠다. 일반적인 우울증 환자는 그 특유의 어둡고 짙은 안개 같은 분위기가 느껴지는데 김명순 씨에게는 그런 느낌이 없어 전혀 예상하지 못한 반응이었다.

"자, 어머니, 진정하시고."

"제가 몇 년 동안 진료받으면서 우울하냐고 물어보신 분이 선생님이 처음이셨어요. 엉엉엉…… 어떻게든 제가 살아보려고…… 헉 헉……"

울음과 말이 섞였다. 젊은 나이에 남편과 사별하고, 혼자서 어렵게 자식을 키우기 위해 애썼다는 그녀의 굴곡진 삶이 펼쳐졌다. 그녀는 잠이 문제가 아니라, 마음이 문제였다. 불면증으로 약을 먹을 게 아니라, 우울증을 치료가 받아야 했다. 나는 그녀의 울음이 잦아들기를 기다렸다가 조심스럽게 정신과 치료를 권했다. 그녀가 울먹이며 고개를 끄덕였다.

그 후로도 많은 사람들이 수면제를 타러 병원에 왔다. 나는 똑같은 뉴스를 보여주며 똑같은 질문을 한다.

"우울하지는 않으세요?"

대개는 고개를 가로젓지만, 어떤 이는 김명순 씨처럼 고개를 푹 숙인다. 부디 마음이 아프지 않기를, 그리고 좋은 꿈 꾸기를.

환자 가슴에 편하게 못을 박는 싸늘한 의사에게

　자신의 의지와 상관없이 이슈의 중심이 된 것에 당황스러우시겠습니다. 졸지에 '환자 가슴에 편하게 못을 박는 싸늘한 의사'가 되었네요. 그것도 유명 가수의 오빠이자, 뮤직비디오 감독인 환자 본인에게서 직접 들은 것도 아니고, 뜬금없이 인스타그램이라는 교수님은 하지도 않을 SNS를 통해서 말입니다.

　누가 욕을 하건 말건, 오늘 아침에도 새벽 일찍 출근해서 전공의와 함께 회진을 도셨겠네요. 꼭 저 같이 나서기 좋아하는 철없는 전공의가 선생님께 "교수님 저 혹시……" 하면서 조심스레 저 SNS 내용이나 언론 기사를 보여 주었을 겁니다.

　복막암 완전 관해* 사례도 보이고 저도 당장 이대로 죽고 싶은 마음은 전혀 없는데 의사들은 왜 그렇게 싸늘한지 모르겠습니다.

　"이 병이 나을 거라고 생각하세요? 이 병은 낫는 병이 아녜요. 항암 시작하고 좋아진 적 있어요? 그냥 안 좋아지는 증상을 늦추는 것뿐입니다"

　"최근 항암약을 바꾸셨는데 이제 이 약마저 내성이 생기면 슬슬 마음에 준비를 하셔야 될 것 같습니다. 주변 정리부터 슬슬 하

---

* 암세포가 4주 이상 몸 속에서 사라진 상태로, 완전 관해가 5년 간 이어지면 완치된 것으로 본다.

세요.”

“환자가 의지가 강한 건 알겠는데 이런저런 시도로 몸에 고통 주지 말고 그냥 편하게 갈 수 있게 그저 항암약이 듣길 바라는 게……”

각각 다른 의사에게서 들은 이야기입니다. 최근에 입원했을 때 그리고 다른 병원 외래에 갔을 때 제 가슴에 못을 박는 이야기들을 제 면전에서 저리 편하게 하시니 도대체가 제정신으로 살 수가 없었던 시간들이었습니다

'허참.'

한참 어린 전공의들 앞이라 감정 표현도 못 하셨을 겁니다. 누가 자신을 뒤에서 욕하는 것을 알면서도 선생님은 평소와 다를 바 없이 그 환자를 보며 물었을 겁니다.

“오늘 좀 어떠세요? 아프거나 불편한 데 있어요?”

그러고 보니 자신을 뒤에서 비난한 사람을 아무 일 없었다는 듯이 진찰하고 계시니 당신은 정말 싸늘한 사람인지도 모르겠습니다.

이건 다 마스크 때문입니다. 만 39세의 젊은 남자가 말기 암이면, 의사 마음이 편할 리가 없습니다. 속으로 '쯔쯧, 젊은 나이에 안 됐어.'라는 마음은 물론 얼굴도 동정과 안타까움으로 무겁고 어두웠을 텐데, 마스크 때문에 환자는 알아차리지 못했을 겁니다. 거기다 말기 암이니 자신의 감정에 벅차, 다른 사람의 표정을

헤아리기가 힘들겠지요.

환자는 의료기록부까지 공개를 했습니다. 병원 이름과 주치의 이름 일부까지 나오니, 눈이 밝은 사람이라면 조만간 신상까지도 털지 모르겠습니다. 저는 단 한 번의 검색으로 선생님 근무처와 성함을 알게 되었습니다. 간단하게 기록되어 있지만 설명은 길었을 것입니다.

"복막까지 암이 전이된 상태이며, 복막염이 치료되지 않으면 갑작스럽게 패혈성 쇼크로 사망할 수 있습니다. 반드시 수술이 필요한 상태입니다. 다만 이 수술은 암의 완치를 목적으로 하는 것이 아니고."

복막암 완전 관해 사례를 말하며 죽고 싶은 마음이 전혀 없는 사람에게 "당신은 죽을 것입니다."라고 말을 했으니, 당신은 '가슴에 못을 박은 사람'이고 '싸늘한 의사'가 되었습니다. 당신이 환자에게 거짓 희망 대신 진실을 전했기에 당신은 편하게 사람의 가슴에 못을 박은 의사가 되었습니다. 언제나 진실은 가혹하고, 거짓은 달콤하니까요.

종양내과 의사인 당신은 그와 비슷한 무수히 많은 사람을 보았을 것입니다. 그분이 말한 '이 시도 저 시도'를 한 사람들 말입니다. 근거도 없는 약이나 약초를 복용하고, 간이 파괴되어서 오거나, 신장이 망가져서 온 사람은 두 손으로 꼽고도 넘칠 겁니다.

그럴듯한 말로 말기 암을 낫게 해준다는 말에 속아 환자들이 수천만 원짜리 정체를 알 수 없는 식품을 사 먹는 광경도 보셨을 겁니다. 그래서 환자를 위해 '이런저런 시도로 몸에 고통 주지 말고'라고 강하게 말씀하셨겠죠. 말기 암 환자에게 나을 수 있다며, '이게 효과가 있다.'라고 하는 사람들은 다 사기꾼이라는 것을 의사라면 다 아니까요.

사람들은 모두 잊었나 봅니다. 말기 폐암을 앓던 한 연예인이 효과가 증명되지 않은 개구충제를 먹으며 떠들썩했던 사건을 말입니다. 결국 그 연예인이 "난 실패했다. 다시 돌아간다면 개구충제, 암 환자에 절대 안 권할 것."이라고 말하는 것으로 끝이 났었죠.

저 또한 초등학생일 때 이모부가 말기 간암에 걸리셨는데, 부모님을 따라 간에 좋다는 민달팽이를 잡으러 야산에 다녔습니다. 그뿐 아닙니다. 의사가 되어서는 대장암을 앓으신 환자 한 분이 저에게 매우 진지하게 "커피 관장을 하면 좋아질까요?"라고 묻기도 하더군요. 저는 너무 황당해 대답도 못했습니다. 내과 중에서도 암이 전문인 종양 파트 선생님이시라 "효과 없어요. 먹지 마세요."를 수천 번 말씀하셨겠죠. 물론 듣지 않는 사람도 많았을 겁니다.

수많은 사람들이 '자연치료' 따위를 믿으며, 병원을 나갔다가 몇 개월 후에는 고통 속에서 울부 짖으며 응급실로 와서 선생님을 찾는 광경이 눈에 선히 보입니다. 저도 응급실에서 가끔 보던 모습이니까요. 절망적인 의사 말보다 희망적인 사기꾼 말을 듣고 병원을 떠난 후 상태가 심각해져 다시 온 환자를 보면서 선생님은 분노보다 안타까움을 느끼며 정성껏 치료해 주셨음을 저는 알고 있습니다. 선생님뿐 아니라 모든 의사가 그렇게 하니까요.

"이 병이 나을 거라고 생각하세요? 이 병은 낫는 병이 아녜요. 항암 시작하고 좋아진 적 있어요?"

저는 환자가 적었던 글 앞뒤로 선생님이 하신 말속에 담긴 안타까움을 느낄 수 있었습니다. 선생님께서는 현실을 받아들이지 못하는 환자가 딱하고 얼마 남지 않은 소중한 시간을 헛되이 쓸까 걱정해서 한 말이지만, 환자로서는 눈앞에 다가온 죽음을 받아들이기 힘들었을 겁니다.

저는 당혹스러워하실 선생님께 모든 의사가 알고 있는 내용을 다시 번거로이 말하려 합니다.

*

<죽음을 받아들이는 단계들>

"말기 암입니다."
"아니야, 내가 절대 그럴 리 없어. 검사가 잘못되었겠지."

환자가 자신이 죽을 거라는 말을 들으면 가장 먼저 보이는 반응은 '부정'입니다. 그 누구라도 죽음을 쿨하게 받아들일 수는 없습니다. 처음에 '죽는다'라는 사실을 받아들인다고 하더라도, 계속 '진짜일까?' '내가 정말로 죽는 걸까?'라는 질문이 솟아오릅니다.

그러다 문득 "다른 사람은 다 멀쩡한데, 왜 나만 말기 암이야!" 화가 치밀어 오릅니다. 세상, 가족, 연인, 신뿐만 아니라 자신을 도와주려는 의사, 간호사에게도 분노를 쏟아냅니다.

분노가 서서히 식으면 "다시 살 수 있으면 착한 일을 하겠습니다."라며 기도를 하고, 기부를 하기도 합니다. 타협이죠. 이 타협은 일방적인 제안일 뿐, 죽음은 받아들이지 않습니다. 몸 상태는 하루가 다르게 나빠지고, 서서히, 때로는 급격히 고통이 찾아옵니다.

이제는 자신이 분명히 죽는다는 것이 느껴집니다. 우울해집니다. 송곳 같은 통증이 몸을 찌르고, 이제 두 발로 서기도 힘듭니다. 조금만 먹어도 구역질이 나고 토하고, 배가 아픕니다. 싫든 좋든 죽음을 직시합니다. 마지막 단계인 수용입니다.

지금 선생님 앞에 있는 환자는 부정과 분노의 단계에 있습니다. 자연스러운 반응입니다. 그는 지금 자신이 처한 상황을 믿을 수 없는 동시에 참인 절망 대신 거짓 희망을 믿고 싶어 합니다. 가혹한 현실을 말하는 모든 사람에게 분노를 표합니다. 예전부터 나쁜 소식을 전하는 사신을 목 베는 것은 흔한 일이었죠.

편지가 길었습니다. 선생님. 같은 사례를 무수히 겪으셨기에 이번 일도 잘 견디시고 있으리라 믿습니다. 환자는 선생님 신상까지 알릴 수 있지만, 의사는 환자 개인 정보 누출 금지로 아무 말도 할 수가 없네요. 묵묵히 참을 수밖에 없네요.

한 해부학 교수님의 말이 떠오릅니다.

"사람들이 의사를 이해해 줄 것이라고 생각하지 마라.
심지어 가족마저도 너를 이해하지 못할 것이다"

힘내십시오. 의사라면 선생님을 이해하고, 지지하고, 응원합니다. 오늘도 자신을 비난하는 환자 앞에서도 아무 일 없다는 듯이 "어디가 아프세요?" 물어보고 조금이라도 환자의 고통을 덜고, 최선을 위해 고민하고 있는 것을 압니다. 거기다 환자가 힘들다고 하면, 담당 선생님은 밤이든, 낮이든, 새벽이든 달려가서 환자를 보아왔고, 보고 있으며, 또 그럴 것이라는 것을 압니다.

누군가는 선생님을 싸늘한 의사라고 했지만, 다른 분께서는 이렇게 선생님께 편지를 썼네요.

"가족보다 더, 아버지 형제보다 더, 아버지를 신경 써주시고 애써 주셔서 감사하고 죄송했습니다. 정말 유능하시고, 누구보다 마음 따뜻하시고, 저희가 만난, 세상 단 한 분 진짜 의사이자, 가장 멋진 분입니다."

선생님께 고맙다고 감사를 전했던 다른 환자들과 보호자를 떠올리시며, 몸과 마음이 아픈 그를 긍휼히 여겨 주십시오. 이미 대수롭지 않게 한 귀로 듣고, 한 귀로 흘려버렸는데 제가 노파심에서 괜한 글을 썼나 싶기도 하네요. 긴 글 읽어주셔서 감사드립니다.

2021년 9월 5일, 권O욱씨가 복막암 투병 중에 사망했다. 5월 12일 인스타에 글을 올린 지, 116일만이었다. "인생을 즐겁게 살아야……." SNS에 마지막 글을 남겼다. 삼가 고인의 명복을 빈다.

두 계절을 품은 남자

저 남쪽 광양에서는 하얀 매화가, 푸른 섬진강 건너 구례에서는 노란 산수유가 필 때였다. 봄 햇살은 따뜻했지만, 가끔 부는 바람이 겨울을 잊지 못하게 했다.

나는 레지던트 3년 차로 신경과에 파견 나와 있었다. 몇 시간째 컴퓨터를 보며 환자 검사 결과를 확인하고, 약을 처방하고, 차트를 작성하다 보니 눈이 침침했다. 잠시 쉬기로 했다. 중소 도시의 시골에 한적하게 자리 잡은 병원은 건물보다 실외 주차장이 몇 배나 넓은 데다 주위에 건물마저 시야를 가리는 게 없었다. 한 손에는 따뜻한 까페 라떼를 든 채, 눈을 들어 저 멀리 하늘을 바라보았다. 봄답지 않게 높고 청명한 하늘이 봄보다는 가을에 가까웠다. 간혹 쌩하고 부는 바람이 내 하얀 가운을 흔들었다. 사람들은 추위를 타는지 옷깃을 여몄다. 그때 유독 한 환자가 눈에 들어왔다. 멀리서 봐도 걸음걸이가 이상했다.

며칠 전 응급실로 온 장태하 씨였다. 어느 날 그가 자고 일어났더니 우측 팔다리가 뻣뻣하며 마음대로 움직여지지 않았다. 평소 거친 일을 하면서 아픈 일이 많았기에 그는 쥐가 났다고 생각하며 대수롭지 않게 여겼다. 하지만 시간이 지나도 팔다리가 풀리지 않자 오후 늦게 응급실로 왔다. 나이는 60이 갓 넘었을까, 몸은 왜소했고 머리카락은 붙어 있는 곳보다 떨어져 나간 곳이 더 많았다. 오랫동안 뜨거운 햇볕에 그을려 두꺼워진 짙은 갈색 피부는 얼굴 표정마저 감추었다.

내가 그를 응급실에서 진찰했을 때, 그의 우측 팔과 다리는 확실히 힘이 빠져 있었다. 명백한 신경학적 이상이었다. 뇌혈관이 터진 뇌출혈 아니면 뇌혈관이 막힌 뇌경색 둘 중 하나를 의심하며 나는 가장 먼저 뇌 CT를 찍었다. 뇌출혈은 없었으니, 남은 건 뇌경색이었다. MRI 상 뇌에 산소와 영양분을 공급하는 뇌혈관 일부가 막힌 게 보였다. 뇌경색, 일명 중풍이었다. t-PA라는 혈전 용해제가 치료제였으나, 3시간 안에 써야만 효과가 있다. 그는 마비가 온 지 6시간이 지나 응급실로 왔다. 가족도 없이 혼자서 오른쪽 다리를 바닥에 질질 끌면서. 병원에 왔을 때는 멀쩡했던 어제로 영원히 돌아갈 수 없었다.

나는 아침저녁으로 신경과 과장님과 함께 하루 2번 회진을 돌면서, 이미 굳어버린 그의 오른팔과 언젠가 굳을 왼팔을 한 번씩 움켜쥐며 말했다.

"좀 어때요?"

"괜찮아요."

오고 가는 말은 그의 상태에 비해 단조로웠다. 그는 혼자서 물도 마시고, 유동식은 삼켰지만 거기까지였다. 우측 마비는 나아질 기미가 보이지 않았다. 몸 안으로 들어오는 감각도, 몸 밖으로 나가는 운동에도 문제가 있었다. 풍이 온 그의 오른편은 이미 시들어버린 겨울이었고, 풍이 오지 않은 그의 왼편은 곧 시들어 버릴 가을이었다.

　다른 가족도 없는 그는 하루 벌어 하루 먹고 살았는데, 이제 몸의 절반이 얼어붙었다. 당장 병원비부터, 퇴원해서 앞으로 불편한 몸으로 어떻게 일을 하며 먹고 살지 막막할 텐데도 그는 담담한 표정으로 별 말이 없었다.

　그런 그가 봄 햇살 아래 위태롭게 혼자 걸어가고 있었다. 멀쩡한 왼발을 먼저 내딛자, 불편한 오른발이 끌려왔다. 나무 벤치 위로는 등나무가 있었으나, 잎이 피기 이른 시기라 마른 가지 사이로 구멍이 숭숭 뚫려 있었다. 오로지 한 그루 목련만이 파란 하늘을 배경 삼아 도톰한 하얀 꽃봉오리를 맺은 채 꽃이 필 4월을 기다렸다.

　간신히 벤치에 도착한 그는 왼쪽 호주머니에서 담배와 라이터를 꺼냈다. 담배를 무는데, 아래로 쳐진 우측 입꼬리가 잘 움직이지 않았다. 입술이 일그러졌다. 예전처럼 오른손으로 녹색 불티나 라이터를 켜려고 했지만, 쇠바퀴만 헛돌 뿐 불이 켜지지 않았다. 같은 동작을 몇 번 하다 그나마 멀쩡한 왼손이 마비된 오른 손으로부터 라이터를 건네받았다. 이제 어제처럼 라이터를 켤 수도 없는 그의 오른손은 아래로 축 처졌다. 라이터 불을 처음 켜 보는 왼손이 서투른 동작을 되풀이하다 간신히 노란 불을 켰다.

　고개를 숙여 담배에 불을 붙이는 그의 미간에 주름이 잡혔다. 숨을 들이마시자 오른쪽 볼을 대신 해 왼쪽 볼이 움푹 파였다. 곧 왼쪽 볼이 차오르며 볼록해졌으나, 오른쪽 볼은 바람 빠진 풍선 마냥 제대로 부풀지 못했다.

'사르륵'

파란 하늘을 배경으로 가느다란 하얀 꽃대 위에 붉은 꽃이 활활 타올랐다. 하얀 연기가 파란 하늘을 향해 올라가다 얼마 못 가 아스라이 퍼졌다.

장태하 씨는 자신의 생명을 태웠다. 그걸로 자신에게 찾아온 추운 겨울을 간신히 버텨내며 얼마 남지 않은 가을을 지탱하고 있었다. 내가 그의 손끝에 핀 그 불을 끄면, 불이 꺼지며 회색 향이 될 것 같아 나는 그저 멀리서 바라보기만 할 뿐이었다.

마침 불어오는 찬바람에 그가 비틀거렸다. 그의 입을 떠난 하얀 연기는 하늘로 올라가다가 하얀 목련꽃봉오리를 감싸 돌았다. 그 해 4월에는 나무 벤치 옆에 있는 목련이 평소보다 조금 일찍 폈다.

82년생, 이정민

그는 나와 같은 1982년생 개띠였다. 외동아들인 그는 중고등 학교 때부터 말 수가 적었다. 친구들과 어울리는 걸 싫어하는지, 아니면 혼자 있는 게 좋았는지 알 수 없지만, 그는 항상 혼자였다. 가끔 학교 수업 시간에 뜬금없이 갑자기 앉았다 일어나기도 하고, 멍하게 있을 때가 있어 담임 선생님이 부모님에게 상담을 권 유하기도 했으나 부모는 별 대수롭지 않게 여겼다.

정민이는 20살에 대한민국 남자로서 병무청 신체검사를 받 았고, 신경증 장애로 4급 판정이 나와 2년간 공익 근무요원으 로 복무했다. 그런 그가 이상해진 건, 월드컵이 끝난 다음 해인 2003년부터였다. 그는 "누군가 나를 욕하는 소리가 들린다."라며, 환청과 피해 망상을 호소했다. 2008년 결국 그는 조현병으로 진 단되었고, 한 달간 정신병원에 입원했다. 하지만 그 이후로 단 한 번도 씻지 않는 등 이상한 행동은 지속되었다.

조현병은 정신 질환의 가장 대표적인 질환이면서도, 치료 하기 어려운 축에 속한다. 평생 유병률은 1% 정도로, 남자는 15~25세에 주로 발생한다. 환각과 망상이 주요 증상인데, 환각

특히 환청이 너무나 생생하여 현실인지 환각인지 구분하기가 거의 불가능하다. 또한, 망상에 사로잡히기도 하는 등 여러모로 일상생활이 어려워진다.

"내 귀에 도청기가 있다."

1988년 8월 4일 목요일, MBC 뉴스데스크 생방송 도중 한 사람이 난입해서 난동을 피운 적이 있는데, 피해 망상과 조현병을 앓는 환자로 밝혀졌다. 심한 환각을 주 증상으로 하는 조현병의 경우, 20%는 완전 회복, 15~35%는 지속적으로 심한 정신병적 증상을 보이며, 50%가 평생 입퇴원을 되풀이한다.

정민이는 운이 없었다. 완전히 회복되는 20%에 속하지 못했다. 증상은 호전과 악화를 반복했다. 환청과 망상이 심해지면 입원을 했고 호전되면 퇴원을 했다. 2010년, 2013년, 2015년에 6개월씩 장기간 입원했을 뿐만 아니라, 짧게는 일주일간 2번을 포함하여 총 6번이나 정신병원에 들락날락했다. 그가 조현병으로 진단된 2008년부터 2016년까지 8년 동안 2년 가까운 시간을 정신병원에서 보냈다. 당연히 정상적인 생활이 불가능했고 뚜렷한 직업이 있을 리 만무했다.

정민이는 자신이 길을 갈 때 처음 보는 여성들이 자신의 앞을 가로막으며 자신을 괴롭힌다고 했다. 그는 빌라 2층에 살았는데, 위층 여자가 끊임없이 쿵쾅쿵쾅 발을 굴려 고통받았다고 나중에 진술했다. 하지만 조사해본 결과 3층에 여자가 산 적은 없었다. 2016년 1월에 정신병원에서 퇴원한 후, 그는 더 이상 치료를 받지 않았고, 가족과 지인이 도움 없이 혼자 살았다. 3월부터는 집을 나와 빌딩 계단이나 화장실에서 노숙 생활을 이어갔다.

정민이는 그 사건이 있는 날까지 식당에서 일을 했다. 서빙을 하고 있다 불결하다는 이유로 주방보조로 담당이 바뀌었다. 그는 어떤 여자가 자신을 험담해서 그렇게 되었다고 여겼다. 그뿐 아니었다. 사건 전날, 길거리 공터에서 한 여자가 '자신을 향해' 담배꽁초를 던졌고, 그는 깜짝 놀라 피했지만 자신의 신발에 떨어졌다. 역시나 여자들이 일부러 자신을 괴롭히는 게 틀림없다고 확신하게 되었다.

그는 지긋지긋한 괴롭힘에서 벗어나기로 결심했다. 5월 16일 오후 5시 40분, 일하던 음식점에서 조퇴를 하면서 그는 주방에 있는 흉기를 챙겼다. 지하철을 타고 저 멀리 강서구 화곡동에 있는 한 건물 남자 화장실에 들어가 2시간 정도를 머물렀다. 그러나 뭔가 마음에 안 들었는지 다시 지하철을 타고 강남으로 이동하여 오후 11시 44분, 사건이 발생한 건물로 돌아왔다. 약 50분간, 강남역 인근 주점 1층과 2층 사이 계단에 있는 화장실 입구에서 담배를 피우며 기회를 엿보았다. 화장실을 드나드는 남성 6~7명은 그냥 보냈다. 그리고 새벽 1시 7분쯤, 김 씨는 남자 용변 칸에 앉아 대기하다가 여자가 들어오자 식당에서 들고 온 흉기로 마구 찔러 여자를 죽였다. 그가 살해한 22살의 젊은 여자는 정민이에 대해 험담을 한 적이 없을 뿐만 아니라, 일면식도 없었던 사이였다.

몇 년 전, 한국을 떠들썩하게 했던 2016년 5월 17일 새벽 1시에 있었던 '강남역 묻지 마 살인 사건'의 전말이다.

여성 혐오 범죄니, 묻지마 살인이니 말이 많았지만, 문제는 단순했다. 환청과 피해 망상에 시달리는 조현병 환자인 이정민(가명) 씨가 치료 받지 못하고 방치된 채 지내다 피해망상이 심해져 벌인 사건. 이정민 씨가 2016년 1월 정신병원 퇴원 후에도 치료를 잘 받았다면, 아예 발생하지 않았을 일이었다. 실제로 조현병 환자가 범죄를 저지를 확률은 일반인과 크게 다르지 않다.

2017년 1월 12일 항소심에서 법원은 이정민 씨에게 징역 30년에 치료 감호와 20년의 위치추적 전자장치를 명령했다. 이어진 민사 소송에서 이정민 씨에게 피해자 부모에게 5억의 배상을 하라고 판결이 났다. 그걸로 끝이었다. 그리고 2021년 5월 5일 남양주에서 조현병을 앓는 20대 아들이 60대 아버지를 때려 숨지게 했다. 피해자와 장소만 달랐지, 같은 이유로 똑같은 사건이 일어난 것이다.

하나님을 찾는 응급실

다급히 눈을 뜬 나는 휴대폰부터 찾았다. 너무 많이 잤다. 그 것도 다른데도 아닌 응급실 당직을 서면서. 그동안 전화가 안 올 리 없었다. 벨 소리를 못 들었거나, 배터리가 없어 핸드폰이 꺼져 있거나 둘 중 하나였다. 창이 없어 빛이 들어오지 않는 당직실은 깜깜했다. 손을 더듬거려 핸드폰을 찾아 아무 버튼이나 눌렀다. 검은 화면에 하얗게 불이 들어오며, 가장 먼저 시계가 떴다. 일요 일 아침 7시 10분. 배터리도 충분했고, 부재중 전화는 한 통도 없 었다.

다행이었다. 긴 숨을 내쉬자, 쿵쾅거렸던 심장이 가라앉았다. 불토는 사랑하는 사람과 불타는 밤을 보내도 아쉬운데, 사람들 은 술에 취한 채 응급실에서 뜨거운 밤을 보내곤 했다. 하지만 운 좋게도 새벽 2시에 복통으로 온 환자가 마지막이었다. 몇 시간 쭈 욱 잤더니 몸은 가뿐했고, 자는 동안 아무 일 없었다는 것을 알자 마음도 가벼웠다. '낮에 안 자고 놀 수 있겠군.' 나는 소액의 복권 에 당첨된 기분이었다.

설레는 마음으로 시간이 가기를 기다렸다. 하지만 환자가 없 다고, "오늘은 환자가 없네."라고 말하면 기다렸다는 듯이 환자가 등장하는 게 이 동네 법칙 중 하나였고, 이번에도 예외가 아니었다. 응급실 문이 열리고 환자가 들어왔다. 그래도 운 좋게 5시간이나 한 번도 안 깨고 잤기에 나는 미소를 지었다.

"어디가 아파서 오셨어요?"

"선생님, 으윽, 목이 너무너무 아파요."

30대 초반의 다 큰 남자가 어린아이처럼 울고 있었다. 남자치고는 키가 작았고, 어렸을 때 못 먹었나 생각이 들 정도로 몸이 말랐다. 옷은 수수함을 넘어 허름했다. 짧은 머리는 땀으로 뒤엉켜 있었고, 작은 얼굴은 울어서인지 아파서인지 터질 듯이 붉었다. 환자보다 더 이상한 건 같이 온 보호자들이었다. 어머니라고 하기에는 그렇고, 막내 이모 뻘인 50대 아줌마 5명이 그를 둘러싸고 있었다.

"그래요? 저희 병원 진료가 처음이라서 그러는데 평소에 앓고 있는 질환, 먹고 있는 약, 수술하거나 입원한 적 있어요?"

"제가, 후종인대 골화증을, 앓고…… 있어요."

환자는 한 문장을 한 번에 말하지도 못하고 흐느끼며 몇 번이나 끊어 말했다. 후종인대 골화증? 들어본 것 같기도 하고, 아닌 것 같기도 했다.

"여하튼 보호자분 한 분 접수부터 하시고요, 팔과 다리는 어때요?"

사지 감각 저하나 운동 저하 등의 심각한 증상은 없었다. 환자가 접수되자, 일단 경추 엑스레이부터 촬영했다. 환자는 의료 보호 1종이었다. 가족은 없었으며 같이 오신 분들은 교회분들로, 새벽 기도 중에 환자가 참을 수 없이 아파서 왔다고 했다. 청년이 엑스레이를 촬영하는 간 동안 인터넷으로 후종인대 골화증을 검색했다.

후종인대 골화증(Ossification of posterior longitudinal ligament: OPLL): 척추의 뒤쪽에서 척추를 지지하는 후종인대가 뼈처럼 단단하게 굳어지면서 신경을 압박하여 심한 통증을 일으키는 질환.

나는 재빨리 후종인대 골화증의 기전, 원인, 진단 기준, 엑스레이에서의 영상 소견, 치료법 등을 훑어보았다. 원인은 다양하고 명확하지 않으며, 엑스레이상에서 원래는 보이지 않아야 할 후종인대가 석회화가 되어 뼈처럼 선명히 보인다고 나와 있었다.

환자의 엑스레이는 인터넷에서 보았던 사진과 일치했다. 검게 보여야 할 척수가 지나가는 자리에 뼈처럼 딱딱해진 인대가 보였다.

'흠…… 심하네. 근데 이 정도로 심한데 왜 그동안 수술을 안 받았지?'

환자에게 가서 운동 저하는 없으니, 당장 응급 수술은 필요하지 않고, 주사로 진통제를 줄 것이며, 금세 통증이 잦아들 것이라고 말했다. 그리고 이렇게 심하게 아프면 수술을 고려하라고 권유했다. 내가 설명하는 동안 아주머니들은 청년을 감싸며 나지막이

기도를 하고 있었다.

링거가 달리고 주사가 환자 몸으로 들어갔다. 하지만 몇 분이 지나도 환자의 울음소리는 줄어들지 않았다. 그럼 다음 단계로 넘어가야 했다.

"선생님, 모르핀 맞아요?"

응급실 특성상 모르핀이나 페치딘 같은 마약성 진통제 중독자들이 갖은 핑계와 질병 이름을 대며 찾아왔었고, 내가 환자와 싸웠으면 싸웠지 모르핀을 거의 주지 않는 것을 알고 있던 간호사는 모르핀 처방이 나오자 다시 한번 되물었다.

"네. 일단 반만 주세요."

나는 환자에게 가서 진통제가 효과가 없으니, 강력한 마약성 진통제인 모르핀을 줄 것이라고 설명했다. '마약'이라는 단어에 아주머니들이 중얼거리던 기도를 멈추었다. 그러자 환자의 울음이 더 크게 들렸다. 그는 숨을 내쉬며 소리를 질렀고, 숨을 들이쉬며 흐느꼈다.

간호사가 모르핀을 수액에 주입했다. 나와 아주머니, 그리고 주사를 놓은 간호사 모두 숨죽이며 젊은이의 얼굴을 쳐다보았다. 그는 지켜보는 사람의 기대를 저 버리고 계속 비명을 질렀다. 터질 것 같은 붉은 얼굴과 목에 선 검붉은 핏대가 가라앉지 않았다. 그때였다.

"하나님, 아버지시여."

한 아주머니가 멈추었던 기도를 시작했다. 이어 다른 아주머니들도 하나님과 예수를 찾으며, 사탄을 쫓았다. 이전보다 확연히 더 커진 소리가 응급실에 울려 퍼졌다. 나와 간호사는 슬그머니 환자 침대에서 빠져나왔다.

"선생님, 어떡하죠?"

간호사도 응급실에 기도 소리가 울려 퍼지는 것이 참기 힘들었는지, 나를 쳐다보며 물었다.

"모르핀 한 앰플 더 줘요."

간호사는 굳은 표정으로 주사기를 은색 트레이에 담아 환자에게 갔다. 이번에는 간호사가 다가가도 아주머니들은 기도를 멈추지 않았다. 기도가 아니라 함성이었다. 아주머니들은 십자가와 성경책을 손에 쥔 채 몸을 부들부들 떨었고, 청년은 고통으로 바들바들 몸서리치고 있었다. 아주머니도 환자도 눈을 감고 있었지만, 의사인 나는 두 눈을 뜨고 있어야 했다. 내 염원과는 다르게 모르핀은 전혀 효과가 없었다. 청년은 어떻게든 통증을 없애달라고 제발 살려달라며 빌었고, 아주머니들은 응급실이 떠나가도록 외쳤다.

"거룩하신 하나님 아버지시여."

"사탄아 써억 물렀거라."

"죄를 사하고."

"시험에 들지 마옵시고."

"악에서 구하옵소서."

내 목에 걸린 검은 청진기는 땅으로 축 처졌지만, 아주머니들의 손에 들린 나무 십자가와 검은 가죽으로 덮인 성경책이 하늘 높이 치솟았다. 나는 모든 게 하나님의 뜻이라는 흔들리지 않는 절대적인 믿음을 가진 그들이 부러웠고, 아무것도 할 수 없는 나 자신이 부끄러웠다. 나는 포기했지만 아주머니들은 그 청년을 위해 쉬지 않고 기도를 드렸다. 마음에 믿음이 없는 나는 머리에 회의를 품는 게 고작이었다.

신이 있어 인간이 있는 걸까, 인간이 있어 신이 있는 걸까. 무엇 때문에 고난이 있는 걸까? 신과 인간, 고난에 대한 생각은 돌고 돌아 나에게 왔다. 저렇게 환자가 고통 속에 비명을 질러대고 있는데 내가 할 수 있는 건 정녕 이게 전부인가.

나는 생각 속에서 표류했고, 젊은 환자는 고통 속에서 방황했다. 그는 몸이 아팠고 나는 마음이 아팠다. 어느 순간부터 아주머니들의 고함 같은 기도 가운데 간간이 들리던 그의 고통에 찬 단말마 같은 비명이 더 이상 들리지 않았다. 그가 울 기력마저 다한 건지, 아니면 실제로 아주머니들의 기도가 효과가 있었던 덕분이지, 그것도 아니면 뒤늦게 나타난 모르핀 약효 때문인지 알 수 없었다.

환란 속에서도 시간은 흘러, 일요일 당직 선생님이 오셔서 환자를 인계하고 병원을 나섰다. 내 뒤로 응급실 문이 닫히자, 더 이상 기도가 들리지 않았다. 밖은 꽤나 쌀쌀했고, 아침 햇살은 눈이 부셨다.

신이 있어 인간이 있는 걸까
인간이 있어 신이 있는 걸까

완월동 그녀

"또 왔다. 또 왔다."

응급실을 한 번이라도 돈 인턴이라면 홍순자 씨를 알았다. 간경화를 앓고 있던 그녀는 복수를 빼러 일주일에 한두 번은 꼭 응급실에 왔는데, 단골이어서 그런 건 아니었다. 멀리서도 눈에 확 들어오는 외모와 독특한 말투, 거기에 체취까지. 누구라도 한 번 보면 잊을 수 없었다. 10년이 지났지만, 나는 아직도 그녀를 생생하게 떠올린다.

"선생님, 나 좀 살려줘. 나 죽겠어."

50대 초반 그녀는 응급실에 들어오자마자 흰 가운을 입은 사람이면 아무나 붙잡고 늘어졌다. 작은 키에 얼굴과 몸이 항상 부어있었다. 눈과 입 모두 크고 뚜렷해, 젊을 때는 선 굵은 미인이라는 소리를 들었겠지만, 지금은 과한 화장으로 광대 같았다. 분칠한 얼굴은 새하얬고, 문신을 한 눈썹은 검은데 립스틱을 칠한 두꺼운 입술은 새빨갰다. 거기다 항상 진한 화장품 냄새가 풍겼다.

그녀는 십 수 번이나 배가 불러 숨이 차 응급실로 왔지만, 단한 번도 화장을 하지 않고 온 적이 없었다. 의사들 중 누구도 그녀의 맨 얼굴을 볼 수 없었다. 그날은 특별히 자신의 성과 같은 레드

코트로 몸을 감싸고 있었다. 붉은 립스틱이 눈을 찌르고, 짙은 화장품 냄새가 코를 쏘았다.

"홍순자 님, 어디가 불편해서 오셨어요?"

"선생님, 나 좀 살려줘. 배가 불러 죽겠어. 숨도 차고."

그녀는 아이처럼 내 가운에 매달렸지만, 솔직히 나는 그녀를 살릴 수 없었다. 그녀를 살릴 수 있는 건 의사가 아니라, 멀쩡한 간 뿐이었다. 하지만 그녀에게는 간을 줄 가족이나 친지, 친구가 없었다. 병원에 올 때, 그녀는 늘 혼자였다.

인턴인 나는 내과 전공의에게 전화를 했다. 내과 2년 차 선생님도 홍순자 씨를 알고 있었다.

"아, 그 환자? 기본 피 검사하고 복수 천자(배에 찬 복수를 빼내는 시술) 준비해 주세요."

대수롭지 않게 말했다. 나는 봉합 세트와 18게이지 주사기, 복수를 받을 빈 생리식염수통 외에 반창고 등 시술에 필요한 물품을 준비했다.

"자, 많이 해 보셨죠? 배 올리세요."

화장으로 얼굴은 가릴 수 있었지만, 배는 감출 수 없었다. 복수가 가득 찬 배는 물 풍선처럼 부풀어 언제라도 터질 듯 위태로 웠고, 말라비틀어진 팔다리가 간신히 몸에 붙어있었다. 검고 붉고 하얀 얼굴과 다르게 몸은 간경화 말기 특유의 황달 색을 띠고 있었다. 간으로 들어가지 못한 검붉은 피가 군데군데 누런 배를 뚫고 나와 검은 혈관들이 거미줄처럼 튀어나와 있었다.

말투와 진한 화장, 그리고 알코올성 간경화. 그녀는 자기 직업을 한 번도 말한 적이 없었지만, 무슨 일을 하는지 응급실 사람들은 다 알고 있었다.

부산대학교 병원은 하늘에서 내려온 말이 뛰어놀 정도로 아름답다는 천마산 북쪽 끄트머리에 자리 잡고 있었다. 천마산 서쪽에는 요즘 관광지로 각광받는 감천문화마을이, 동쪽에는 완월동이 있었다. 감천문화마을이 뜬 건 약 10년 전이었지만, 완월동은 감천문화마을은 물론, 부산대병원보다 더 오랜 역사를 가지고 있었다.

완월동은 정면으로 바다와 그 바다에 떠 있는 섬인 영도를 마주하고 있었다. 검은 밤바다에 달빛이 내려앉은 광경을 보고 있자면 완월(玩月), 즉 달을 희롱하는 동네란 뜻이 실감이 났다. 일제는 1912년 이곳에 녹정(綠町·미도리마치)이란 이름으로 집창촌을 세웠다. 한때 한국 최대의 홍등가였던 이곳은 이름을 완월동에서 충무동으로 바뀌면서 공식적으로는 사라졌다. 하지만 100년간 동네 이름이 바뀌고, 술에 취한 남자들 국적이 일본에서 미국, 다시 한국으로 달라졌을 뿐, 이곳을 찾는 남자들이 달 대신 여자를 희롱하는 것은 변하지 않았다.

완월동 어디서든 바다와 바다 위에 떠 있는 무수히 많은 배가 보였다. 부산항을 드나들던 배들은 홍순자 씨에게도 머물렀다. 한 번 정박했다 다시 오지 않기도 했고, 몇 번 머물다 영영 발길을 끊기도 했다. 영원과 미래를 약속한 배도 있었으나, 현재에 취해 늘어놓은 맹세였고 다음 날이면 아침 이슬처럼 사라졌다.

흐르는 세월에 젊음도 배도 떠났지만, 그녀를 버리지 않은 건 술뿐이었다. 술은 몸을 따뜻하게 해 주었고, 마음도 데워주었다. 술은 그녀에게 변치 않는 사랑이었고, 떠나지 않는 배였다. 또한 술은 그녀의 멈추지 않는 눈물인지도 몰랐다.

터질 것 같은 그녀의 배에서 나온 누런 복수가 커다란 페트병 두 개를 가득 채웠다.

"아휴, 이제 좀 살 것 같네."

그녀는 복수 천자가 끝나고, 몸에서 빠져나간 단백질을 보충하기 위해 작은 링거를 하나 다 맞은 후 자리에서 일어나면서 말했다.

"다음에 또 봐요."

간경화 말기였으니, 간으로 들어가지 못해 갈 곳을 잃은 검붉은 피가 그녀의 목구멍을 뚫고 나오기라도 하면 오늘이 마지막일 수도 있었다. 그런 내 생각을 아는지 모르는지, 그녀는 휘청휘청 걸어 나갔다. 붉은 응급실 문이 열리자, 바다의 짠내와 동시에 찬 바람이 넘실대며 병원 안으로 들어왔다. 그녀는 검은 밤바다 속으로 사라졌다.

'그래요. 다음에 꼭 봐요.'

그 환자 사라졌어요

정수기에서 찬물을 받아 벌컥벌컥 연거푸 몇 잔을 들이켰다. 이것으로 오늘 아침 식사는 끝이었다. 잠? 새벽 3시에 현황표 돌리는 것을 전날 업무의 끝으로 3시간 조금 더 잤다. 내 몸은 해동한 생선처럼 흐물흐물 거렸고, 눈깔조차 생선의 그것과 닮아 몸에서 땀내인지 비린내인지 알 수 없는 냄새가 났다.

이비인후과 인턴인 나는 아침마다 열대여섯 명 환자 피를 뽑았다. 그러고 나서 오전 7시 30분까지 어둠 가득한 2번 수술 방에 가장 먼저 가서 불을 켜고 수술 준비를 했다. 대개는 오후 5시 전후로 수술 방에서 나왔지만, 오늘은 특별한 날이었다. 일 년에 몇 번 없는 어마어마한 수술이 잡혀 있었다. 이름마저도 무시무시한 '코만도 수술'이었다. 그 수술은 시계의 시침이 한 바퀴를 돌아도 끝나지 않을 예정이었다.

COMMANDO OPERATION

(COMBined MAndibulectomy and Neck Dissection Operation)

혀에 생긴 암을 제거하는 수술이다. 혀에 생긴 암, 설암은 혀 아래 목으로 잘 퍼져서 암을 제거하는 동시에 재발을 막기 위해 혀 아래 조직과 림프절을 모두 절제한다.

이비인후과가 선두에 서서 길을 뚫는다. 목표물인 암에 최대한 접근하기 위해 아래턱 뼈를 잘라내고, 혀를 최대한 노출시켜 혀에 생긴 암을 제거하고, 암 주위를 초토화시키는 것으로 모자라 목에 있는 림프절까지 싹싹 긁어낸다. 그러고 나면 뒤이어 성형외과가 사라진 혀와 피부를 대신해 환자의 허벅지나 등, 배 등에서 살을 벗겨내 얼굴과 목에 붙인다. 피부 한 조각으로 덮을 수 있으면 좋으련만, 워낙 수술 부위가 커서 여러 조각을 이어 붙여야 했다.

잘랐다 붙이는 건 피부만이 아니었다. 혀로 접근하려고 톱으로 절단한 아래턱 뼈를 다시 연결하거나, 뼈 대신 금속판을 붙이기도 했다. 시간만 최소 10시간 이상으로, 과정 자체도 끔찍했지만, 더 최악은 수술 직후였다.

혀의 절반이나 때로는 그 이상, 혀 아래 구조물, 턱뼈 일부, 목 아래 살을 제거했으니 얼굴 형태가 온전할 리 없다. 또한 피부를 잘라낸 후, 없어진 피부를 조각조각 이어 붙였기에 흉터가 심하게 남았다. 그것으로 끝이 아니었다. 모양이 무너졌으니 기능이 온전할 리 없었다. 혀와 턱의 일부나 전부가 사라지기에 씹는 것은 물론이고, 삼키는 것도 어려울뿐더러 말도 제대로 할 수 없었다. 먹지도, 마시지도, 말하지도 못했지만 얼굴에 남아 있는 침샘에서는 침이 계속 흘러나왔다. 운이 나쁘면 침이 수술 부위에 염증을 일으켜 봉합 부위가 벌어지고 그 사이로 또 침이 줄줄 흘렀다.

코만도 수술을 받고 난 직후 환자 얼굴을 보면 볼꼴 못 볼꼴 다 본 의사마저도 두려워지는데, 수술받고 난 환자가 자신의 얼굴을 처음 거울로 보았을 때 충격은 당사자를 제외하고는 그 누구도 알지 못했다. 그렇다고 수술을 받지 받으면, 서서히 암이 퍼져 결국 얼굴이 망가졌다.

최상의 시나리오는 수술을 받고, 큰 흉터는 남지만 목숨을 건지는 것이었다.

차선의 시나리오는 수술을 받고, 얼굴을 잃지만 목숨은 건지는 것이었다.

최악의 시나리오는 수술을 받고 얼굴을 잃었는데, 암이 재발해 목숨마저 잃는 것이었다. 물론 수술을 받지 않고, 서서히 암이 퍼져 얼굴도 잃고 목숨도 함께 잃을 수도 있었다.

그 외에도 수술을 받지 않고 암이 얼굴에 퍼지기 전에 목숨을 잃는 것이 차선과 최악의 시나리오 사이에 있었다.

얼굴을 살릴 수 있을지, 목숨을 건질 수 있을지 그 어떤 것도 확실치 않은 상태에서 환자는 선택을 해야 했다. 내가 매일 드레싱을 하는 사람 중에 최악의 상황, 그러니까 수술을 받고 얼굴을 잃었으나 암이 재발하여 이제 곧 목숨마저 잃을 상황에 처한 환자가 있었다. 이재준 씨였다. 수술을 받는 게 최선이라는 의사의 말에, 그래도 살아야 되지 않겠냐는 아내의 설득에 그는 얼굴을 포기했다. 살기 위해 얼굴을 버렸다. 하지만 본인과 가족, 의료진 모두의 간절한 바람과는 달리 무자비한 암은 재발했다. 그가 품었던 희망이 절망으로 변했다. 수술이 남긴 흉터가 채 아물기도 전에 재발한 암은 그의 얼굴 전체를 파먹고도 모자라, 그의 목숨마저 노리고 있었다.

그는 하루 종일 눈을 감고서 의사도 가족도 쳐다보지 않고, 어떤 말도 하지 않았다. 그것이 그가 의료진과 암, 그리고 자신의 운명과 불행에 대해 유일하게 할 수 있는 항의였다. 어차피 수술과 암으로 형태조차 알아보기 어려운 혀와 입으로는 제대로 말할 수조차 없었다.

암은 이재준 씨의 얼굴을 잠식하고, 목숨마저 위협하고 있었지만, 잔인하게 통증은 남겨두었다. 나는 그런 그를 매일 소독해야 했다. 하루 종일, 몇 년간 누워 있는 와상 환자들의 엉덩이에 생긴 욕창은 그 크기가 아무리 크고 심지어 하얀 뼈가 보이고 악취가 나고 비명이 들리더라도 할만했다. 환자의 표정과 눈빛을 마주할 필요가 없었기에. 하지만 얼굴은 달랐다. 코만도 수술 흉터에 암까지 퍼진 그의 얼굴을 소독하러 갈 때면 나는 그의 고통과 원망에 찬 눈빛이 두려웠다.

그의 목과 얼굴 곳곳에 5~6센티 크기의 암 덩이가 있었다.

분화구 모양의 그것은 개미지옥이었다. 검게 썩은 중앙부에서는 피와 진물이 스멀스멀 흘러나오며 심한 악취를 풍겼다.

"이재준 씨, 소독하러 왔습니다."

그는 말없이 주먹을 꽉 쥐었다. 내가 일명 빨간약인 베타딘으로 살인지 암인지 구별하기 어려운 그것을 소독할 때마다 꼭 감은 그의 눈꺼풀이 분노와 절망, 고통으로 부들부들 떨렸다. 혀마저 사라지고, 흉터에 재발된 암으로 뭉개져 버린 그의 입술 사이로 침과 함께 "으으으으윽." 소리가 흘러나왔다. 나는 소독이 빨리 끝나기만을 빌었다. 악취는 코를 찌르고, 비명소리는 귀를 파고들었으며, 검은 암 구덩이는 내 눈을 빨아들였다. 나는 그의 고통을 생각하기에 앞서 나를 지키기에 바빴다. 소독을 마치고 병실을 빠져나올 때마다, 고개를 절레절레 저으며 악취와 비명, 그리고 검은 암덩이를 잊으려 노력했다.

코만도 수술 당일 아침에도 간호사 스테이션에는 환자 피를 담을 채혈 튜브가 나를 기다리고 있었다. 환자 한 명당 적게는 하나에서 많게는 대여섯 개의 통이었다. 감수성이 풍부한 누구는 빨간색이며, 노란색이며, 보라색이며, 하늘색 뚜껑이 노란 고무줄로 같이 묶여있는 채혈 통을 보고 꽃다발이라고 했지만, 나를 포함한 대다수의 인턴들에게는 그저 해치워야 할 일거리였다. 동선을 최소화하기 위해 병실 순서대로 채혈 통을 배열한 후, 출발했다. 총 12명에 30분. 혈관이 안 좋은 내과 환자들에 비해 이비인후과 환자들은 혈관이 잘 보였기에, 시간은 충분했다.

한 명은 검사 거부. 한 명은 자리에 없었다. 나머지는 모두 성공했다. 나는 텅 빈 채혈 튜브를 확인했다. 711-2 M/55 정영수. 나는 다시 한번 711호실 2번 침대로 갔다. 처음엔 몰랐는데, 다시 가보니 뭔가 이상했다. 이불도 가지런히 정돈되어 있었고, 침대 옆 옷장에 그 흔한 물병이나 휴지도 보이지 않았다. 아예 처음부터 사람이 없었던 자리 같았다. 딱 하나 흔적이 있었다. 침대 보조 테이블에 검은 가죽에 금박으로 성경이라고 적힌 성경책만이 입을 다문 채 놓여 있었다.

'환자가 아침에 퇴원했나?'

나는 고개를 갸우뚱거리며 카트를 끌고 간호사 스테이션으로 갔다.

"간호사 선생님, 714호실 3번 환자는 채혈 안 하겠다 그러고요, 711호실 2번 정영수 씨는 제가 두 번이나 갔는데도 자리에 없던데요."

"정영수 그 환자, 도망갔어요."

"예?"

"그 환자 오늘 코만도 수술 예정이었는데, 새벽 6시에 바이탈 사인을 체크하러 갔더니, 사라졌어요. 나중에 다시 가봐도 없고, 보호자도 없는 분이라서 연락이 안 되네요."

나보다 나이가 조금 많은 간호사가 말했다.

"아, 그래요?"

나는 사라진 정영수 환자의 안위보다 코만도 수술이 취소되어 오늘 수술방에서 빨리 나올 수 있다는 사실에 속으로 기뻤다. 이비인후과는 인턴이 도는 과 중에서 힘들기로 세 손가락 안에 들었고, 나는 쉬는 날은커녕 쉬는 시간도 없이 10일째 연속 근무 중이었다. 하지만 이어지는 간호사의 말이 그 짧은 안도감마저 무참히 깨버렸다.

"코만도 수술을 앞둔 환자가 사라지는 경우가 몇 번 있었어요. 어떤 환자는 목매달고 자살까지 했는걸요."

나는 못 들은 척 대답도 하지 않고 채혈 튜브를 간호사에게 떠넘기며 도망치듯 수술방으로 올라갔다. 감당할 수 없는 이야기를 더 이상 듣고 싶지 않았다.

그는 사라졌다. 정영수 환자는 옆 병실에 있는 얼굴도 잃고 목숨도 꺼져가는 이재준 환자를 보고서 자신의 미래를 본 건지도 몰랐다. 그는 코만도 수술을 받지 않음으로 적어도 최악의 첫 번째 시나리오, 즉 수술을 받고 얼굴을 잃었지만 결국 암이 재발해 목숨마저 잃는 경우를 피할 수는 있었다. 하지만 무자비한 암은 피 냄새를 맡은 상어처럼 절대로 그를 놓아주지 않을 것이었다. 암은 그에게서 서서히 얼굴을 빼앗고, 목숨도 가져갈 것이다. 어쩌면 그도 간호사가 말했던 다른 환자처럼 얼굴을 잃기 전에 극단적 선택을 할지도 모른다.

나는 그 전날처럼 갑상선암 수술에 들어갔다. 갑상선암 수술 과정은 전날과 똑같았다. 목을 가로로 절개하고, 갑상선 주변 조직을 박리한 다음, 나비넥타이 모양의 갑상선을 제거하고, 피부를 봉합했다. 환자 목에는 가느다란 실선 같은 흉터만 남을 것이고, 환자가 죽을 가능성은 전혀 없었다. 나는 수술 부위를 벌리는 겸자를 잡고서 정영수 씨를 떠올렸다. 그는 지금 어디 있을까? 스스로 목숨을 끊지는 않았겠지? 나중에 경찰이 찾아 오려나? 다시 돌아와서 뒤늦게라도 수술하는 거 아냐? 여러 생각이 들었지만 내가 수술방에서 나올 때까지 아무 일도 없었다.

정영수 씨 코만도 수술이 취소되는 바람에 모든 수술이 오후 3시에 끝이 났다. 나는 수술방에서 서서 조는 대신, 등을 바닥에 대고 누워서 낮잠을 잘 수 있었다. 저녁도 먹었다. 전날에는 새벽 3시에 침대에 누웠지만, 오늘은 밤 10시에 두 다리를 뻗을 수 있었다. 정영수 씨는 지금 어디서 무엇을 하고 있을까 궁금했지만, 그의 얼굴은 생각나지 않았고, 그의 텅 빈 자리에 홀로 남아있던 검은 가죽 성경책만이 떠올랐다. 낮잠을 자서 그런지, 잠이 오지 않아 몇 번이나 뒤척여야 했다.

내가 이비인후과 인턴이 끝날 때까지 정영수 씨는 병원으로 돌아오지 않았다.

"토끼를 찾았나요?"

나의 질문에 그가 대답했다.

"네. 종이학을 접어요."

차팅을 멈추고 고개를 들어 다시 그를 보았다. 키는 나보다 한 주먹은 컸으나 영양실조로 비쩍 마른 몸에 배만 불룩 튀어나와 있었다. 흰 눈 대신 간경화 환자 특유의 누런 눈을 하고 있었는데, 곧 떨어질 가을 낙엽처럼 쓸쓸해 보였다. 솔직히 처음부터 나는 그에게 전혀 기대를 하지 않았다. 하지만 두 번째 상담에서 그가 종이학을 접는다는 말을 듣고 의자를 당겨 앉고는 살며시 미소를 지었다. 언제라도 피를 토하며 죽을 수 있는 그였지만, 그래도 한 줄기 희망이 보였다.

"선생님, 협진 있어요."

2주 전이었다. 나는 고개를 갸우뚱거렸다. 전문의만 20명이 넘는 종합병원에서 가정의학과에게 협진을 구하는 경우는 거의 없다. 대학병원에 있을 때는 호스피스를 하기도 했지만 나와는 맞지 않았다. 호스피스가 아니었으니, 다른 과 의사가 나에게 협진을 구하는 경우는 딱 한 가지였다. 금연.

금연 클리닉에서 의사는 주로 바람을 맞는다. 순수하게 자신의 의지로 금연에 성공하는 사람은 25명 중에 한 명 밖에 안 된다. 사람들이 우스갯소리로 "술 끊는 사람, 담배 끊는 사람, 다이어트 성공하는 사람과는 친하게 지내지 마라. 진짜 독한 놈이다."라고 말하듯 담배를 끊는 것은 그만큼 어렵다. 금연을 위해 약까지 먹어도 4명 중에 3명이 실패하고, 암이나 심근 경색으로 죽다가 살아나도 2명 중에 1명은 담배를 끊지 못한다.

담배를 끊기로 결심한 사람은 2주마다 한 번 의사인 나를 보러 와야 한다. 하지만 담배를 끊지 못하거나, 담배를 잠시 안 피웠다 다시 피우는 사람은 의사 보기가 부끄러워 발길을 끊는다. 나는 수없이 많은 바람, 노쇼(No show)를 겪었다. 그렇기에 금연 클리닉을 하면서도 큰 기대는 하지 않는다.

차트를 보니, 내과로 올해 3번이나 입원한 환자였다. 간경화에 이번에는 피가 목구멍에서 터져 나왔다. 딱딱해진 간으로 들어가지 못한 피가 위와 식도로 터져 나오는 위식도정맥류 출혈이었다. 응급 내시경 지혈술을 하고 간신히 살아났다. 거기다 대부분의 알코올 중독자가 그렇듯 보호자도 없었다.

'술도 못 끊을 텐데, 담배를 끊을 수 있을까?'

회의가 들었다. 그에게 중요한 건 담배가 아니었다. 술이 문제였다. 술을 못 끊으면 담배로 인한 폐암이나 심혈관계 질환을 굳이 걱정할 필요가 없었다. 간경화 말기에 위식도정맥류 출혈까지 있어, 5년 생존율이 20%이다. 즉, 5명 중 4명은 5년 안에 사망

한다. 대부분 피를 토하거나, 의식을 잃고 쓰러지게 되거나……. 이런 상태에서 굳이 담배를 끊는 게 의미가 있을까 싶었다. 설령 담배를 끊었다고 하더라도 술 한 잔이라도 입에 대면, 다시 담배를 입에 물 것이다. 그래도 나는 의사로서 역할을 해야만 했다.

중독과 습관에 대해서 나에게 깨달음을 준 환자이자 스승이 있었다. 매일 술을 마시는, 그러니까 알코올 중독자인 김석조 씨였다. 한 번은 그에게 더 이상 술을 마시면 안 된다고 했더니, 다음 날 벌겋게 충혈된 눈으로 울면서 진료실로 들어왔다.

"선생님, 어제 선생님 말씀을 듣고 밤에 술을 안 먹으려고 노력했는데, 도저히 안 되겠더라고요. 텅 빈 방에 혼자 있으려니 외롭고, 쓸쓸하고. 잠도 안 오고, 할 건 없고. TV를 봐도 술 생각만 간절하고, 그렇게 버티다 버티다 결국 새벽에 또 술을 마시고 말았어요. 죄송합니다. 선생님."

사실 그가 나에게 사과를 할 필요는 없었다. 그가 미안하다고 해야 할 사람은 내가 아니라, 자기 자신이었으니까. 오히려 내가 그에게 미안했다. 나는 아무 생각 없이 환자들에게 "술 드시지 마세요." 또는 "더 이상 담배를 피우면 안 돼요."라고 말하곤 했는데, 그게 잘못된 방법임을 그를 통해 깨달았다.

인간의 내면에는 아이가 있다. 충동적으로 쾌락을 추구하는 원초아(이드)이다. 물론 도덕과 정의를 추구하는 어른인 초자아(슈퍼 에고)도 있다. 항상 아이와 어른, 즉 원초적인 이드와 도덕적인 초자아는 싸우고, 이 싸움으로 사람은 불안해진다.

　술을 마시고 싶은 아이와 술을 먹지 말라는 어른.
　담배를 피우고 싶은 원초아와 담배를 피우지 말라는 초자아.

　이 갈등을 풀기 위해, 현실 자아인 에고는 다양한 방법을 쓴다. '자기 방어 기제'이다. 사람들이 가장 흔하게 쓰는 게 억압과 억제이다. 말 그대로 참는다. 하지만 충동이란 풍선 같은 것이어서, 누르면 다른 곳으로 튀어나온다. '담배를 피우면 안 돼. 술을 마시면 안 돼.' 하지만 이미 이런 생각을 하는 순간, 담배와 술이 머릿속에 떠올라 유혹에 빠진다. '코끼리를 생각하지 마.'라는 말을 듣는 순간, 의도와는 반대로 머릿속에 코끼리가 떠오르는 것이다.

　그럼 코끼리를 생각하지 않으려면 어떻게 해야 할까?
　토끼다. 토끼를 생각하는 것이다.

　그 이후로, 나는 금연을 위해서든 절주를 위해서든, 아이가 손을 물어뜯지 않도록 해달라고 부모가 부탁하든, 'OO를 하지 마세요.'라고 하지 않는다. 코끼리와 토끼 이야기를 해주며, '코끼리'를 생각하는 대신 뭐든 좋으니 '토끼'를 찾아오라고 한다. 하지만 토끼를 찾는 것도 쉽지 않다.

2주 전 첫 진료에서도 정상훈 씨에게 똑같이 말했다. 알코올 중독자인 그에게는 일부러 같은 알코올 중독자인 김석조 씨 이야기까지 하면서 다음에 올 때는 반드시 토끼를 찾아오라고 하였다. 그랬더니 그는 담배를 끊고 코끼리 대신 토끼를 찾아왔다. 그가 찾은 토끼가 바로 '종이학 접기'였다.

50대 후반의 알코올 중독 아저씨가 이제는 아무도 하지 않는 종이학 접기라니. 그것도 병실에서……. 상상조차 되지 않는 모습이었다.

"와, 정말 잘하셨습니다. 제가 금연 클리닉 하면서 항상 '토끼를 찾아오세요.'라고 하는데 실제로 찾아오는 사람은 절반도 안 됩니다. 그런데 이렇게 코끼리 대신 토끼를 찾아오신 분들은 대개 금연에 성공하십니다."

문득 궁금해졌다.

"혹시 종이학을 접는 이유가 있나요?"

"제가 30년 전에 아내에게 사랑 고백을 하면서 줬던 게 천 마리 학이었거든요. 술에 찌들어서 결국 그렇게 사랑했던 아내에게 손까지 댔고, 참다못한 아내는 집을 나가고 말았어요. 제가 술도 끊고 담배도 끊은 후, 그 옛날 처음 고백할 때처럼 학을 접어서 주면 혹시나 돌아오지 않을까 해서요."

종이학은 그에게 단순한 토끼가 아니었다. 행복했던 과거이자, 되찾고 싶은 사랑이며 동시에 아내에 대한 속죄였다.

나는 그가 2주 후에 다시 오기를 빈다.
그리고 언젠가 종이학을 든 아내와
함께 하기를.

코로나 바이러스가 바꿔놓은 진료실 진풍경

5층 병원 창문으로 내려다보는 길거리에 사람이 없었다. 2020년 2월 초였다. 중국에서 시작된 코로나 바이러스로 중국과 인접한 우리나라도 위험에 처했다. 세계 공장인 중국이 값싼 공산품과 농산물로 전 세계에 '저물가'라는 선물을 가져다줬다면, 이번 우한 코로나 바이러스는 세계화 시대에 치를 수밖에 없는 계산서 같았다. 코로나로 모든 사람이 외출을 삼가던 금요일 아침이었다.

진료실 밖이 갑자기 소란스럽다. 60대 아저씨의 성난 목소리가 들렸다.

"난 기다리기 싫다고, 빨리 접수해 줘."

"환자분, 앞에 분들 다 기다리시는데 어떻게 먼저 접수를 해드려요?"

"난 사람들 많은데 앉아 있기 싫다고. 빨리 접수해 달라고. 우한 폐렴인가, 뭔가 여기서 걸리면 책임질 거야?"

"……"

코로나 바이러스 감염자가 병원에 오면, 가장 위험한 사람은 '의사'와 '간호사'다. 진찰을 위해 입도 보고, 코 안도 들여다보고,

청진도 하고, 주사도 놓으면서 바이러스가 옮을 수 있다. 하루에도 기침을 하거나 열나는 환자를 몇 십 명을 본다.

혹시나 의사인 내가 코로나 환자와 접촉을 하면, 나는 격리하고 2주간 진료실을 닫아야 한다. 거기다 '0월 OO일부터 OO일까지 OO 의원을 방문한 사람들은 선별진료소에서 검사를 받으세요'라는 문자가 사람들에게 간다. 내가 혹시라도 코로나에 걸리면 <OO 의원 의사 코로나 확진>이라는 뉴스도 나겠지. 그러면 내가 일하는 병원은 2주로 끝나는 게 아니라, 몇 달은 타격을 받는다. 갑자기 사람이 미워졌다.

같은 날 오후였다. 당시만 해도 마스크가 절대적으로 부족했고, 약국에서 마스크 배급제를 하기도 전이었다. 인터넷에는 원래 몇 백 원이던 마스크가 한 장당 5000원씩 했으나, 그것마저 품절이어서 살 수가 없었다.

진료실로 간호사가 손에 뭔가를 들고 왔다.

"웬 마스크?"

돈을 주고도 살 수 없었던 귀한 KF94 마스크 2장이었다.

"이 귀한 게 어디서 났어요?"

"아, 의료 급여 환자 한 명이 국가에서 마스크를 나눠 주는데 자신은 마스크 필요 없다고 의사 선생님들이 더 필요할 것 같아서 선생님 전해 드리라고 하네요."

의료 급여이니, 그리 넉넉하지 않은 형편인데 다른 사람을 생각하는 마음에 가슴이 턱 막혔다. 아침에 난동을 피우던 환자 때문에 쌓여있던 마음속 응어리가 또 다른 환자 덕분에 녹아내린다. 언제나 그렇듯 사람에 울고, 사람에 웃는다.

"노약자, 임산부, 비위가 약하신 분들은 건너 뛰기 바랍니다"

*

인간의 삶이란 먹고 싸는 일이다. 입으로 들어온 것은 아무리 귀한 음식이라고 해도 결국 하찮은 똥이 되어 항문으로 나간다. 먹어야 똥을 싸고, 똥을 싸야 먹을 수 있다. 그렇기에 대변이 몸 밖으로 나오지 못할 때마다 사람은 큰 위기에 처했다. 하지만 사람들은 먹기 위한 투쟁은 알지만, 싸기 위한 투쟁은 알지 못했다. 장을 막고 있는 그것을 제거하여 사람을 살리는 의술을 의사들은 특별히 '관장(灌腸, enema)'이라고 불렀다. 이 관장법에 대해서 수많은 비법이 존재했으나, 모두 제각각으로 오히려 무림에 혼란만 가중시키고 있었다.

양관장(梁官匠). 그는 신비로운 인물이었다. 홀로 무공을 수련하다 주화입마를 입어 20살에 머리가 훌렁 벗겨진 그는 비뇨기과 의사들도 완성하지 못한 비급(祕笈)을 고작 인턴 신분으로 완성하고는 홀쩍 무림을 떠나버렸다.

일 많고, 말 많고, 탈도 많은 인턴 때였다. 인턴은 짧게는 2주, 길게는 한 달간 다양한 과를 돈다. 자신이 평생 몸 바칠 과를 찾는 일종의 선자리이다. 예쁜 여자를 놔두고 남자끼리 서로 치고받고 싸우 듯, 인기과인 성형외과와 피부과는 경쟁으로 박이 터졌고, 인기 없는 흉부외과, 일반외과, 산부인과는 지원만 하면 무혈입성이었다.

1년간 인턴을 하면서 프로포즈할 과를 찾는 동시에 다른 과도 체험해 볼 기회도 생긴다. 사람들이 의사, 그중에서도 산부인과, 정신과, 비뇨기과에 대해 환상과 선입견을 가지는데 그 또한 그랬다. 의대생일 때 정신과와 산부인과 실습을 돌면서 두 과에 대한 환상은 깨져 나갔고 비뇨기과에 대한 호기심만 남아 있었는데, 운 좋게도 인턴 중에 비뇨기과 근무가 있었다. 한 달간의 비뇨기과 근무는 일주일 동안 토요일에 하루 쉬는 날을 빼고 148시간을 근무해야 했지만, 나름 편한 과였다. 밤 10시에 다음날 전립선 비대증이나 전립선암 수술할 환자를 관장하는 것으로 정규 일과가 끝났다. 밤 10시 관장이 끝나면, 응급 상황이 거의 없어 다음날 아침까지 병원에서 대기하며 쉴 수 있었다.

그는 그때나 지금이나 남들에게 도움이 될 뭔가를 하고 싶어 했다. 먹고 자기 바쁜 인턴 때도 혼자서 배달 식당 메뉴와 전화번호를 정리하고, 각 과를 돌 때마다 전해져 내려오는 인계장을 매번 업데이트했다. 수많은 인계장 가운데 가장 인기 있는 건, 한 장으로 정리한 '양관장(梁官匠)의 관장법(灌腸法)'이었다. 응급실 실습을 나가는 의대생부터 인턴까지 가장 많이 하게 되는 것 중 하나가 몸속에 쌓인 똥을 제거하는 관장이다. 관장 목적과 사용하는 약물에 따라 글리세린 관장, 듀파락 관장, 칼리메이트 관장, 생리식염수 관장까지 다양했지만 개인마다 사용하는 약 용량과 방법이 달라 혼선을 야기하고 있었다. 그는 아무도 시키지 않았지만, 잠자는 시간을 쪼개가며 각종 관장법을 A4 용지 한 장에 깔끔하게 표로 정리했다. 그것으로 끝이 아니었다. 그는 온라인 게시판에 올리는 건 물론이고, 일일이 프린트를 해서 응급실, 인턴 숙소, 병동에 직접 붙였다. 리눅스처럼 오픈소스였다. 반응은 가히 폭발적이었다. 한 장짜리 그 비급을 보기만 하면, 인턴은 물론 관장을 처음 해 보는 의대생마저도 모든 종류의 관장을 시행착오 없이 단숨에 터득할 수 있었다. 사람들은 '이걸 만든 사람은 정말 하늘이 내려준 천재!'라는 극찬을 쏟아냈다.

하지만 관장 마스터이자, 비급을 완성시킨 그에게도 시련이 찾아왔다. 재생불량성 빈혈이라는 희귀 질환으로 입원해 있던 50대 남자 환자 정태환 씨였다. 정태환 씨는 몸에서 피를 잘 만들어내지 못해 빈혈이 생겼고, 조금만 움직여도 숨이 찼다. 그 결과 하루 종일 누워 있다 보니 심한 변비가 생겼다. 주치의가 변비약도 처방하고 각종 관장도 시행했으나, 들어간 관장액은 고스란히 항문으로 흘러나올 뿐이었다. 그의 항문에 떡 자리 잡은 대변은 장판교를 지키는 장비처럼 끄떡 없었다. 모든 약이 실패한 가운데 남아있는 방법은 그 어떤 도구나 약물 없이 오로지 손가락만으로 순수하게 그것을 부서뜨려야 하는 수지, 그러니까 손가락 관장이었다. 하지만 수지관장(手指灌腸)은 시술을 받는 환자는 물론이고, 시술을 하는 의사에게도 끔찍한 과정이었다.

양관장은 자신이 쓴 <양관장의 관장법>을 떠올렸다.

-수지관장(手指灌腸), finger enema: 가장 최악의 관장법으로, 다른 모든 관장이 실패했을 때 쓰는 최후의 수단. 그 어떤 도구 없이 오로지 자신의 손가락으로 변을 파낼 뿐, 특별한 다른 방법은 없다. 손가락 관장을 하게 되는 자에게 신의 가호가 함께 하길 빈다-

하루 최대 28번의 관장이라는 신기록을 가진 양관장으로서도 몇 번 해 보지 않은 관장법이었다. 초식을 펼치기 전에 긴장과 두려움으로 온몸에 식은땀이 흘렀다.

피가 부족한 정태환 씨는 걸음을 옮길 때마다 헉헉거리며 힘들어했고, 변으로 가득 찬 배는 잔뜩 부풀어 있었다. 극악무도한 수지관장(手指灌腸)을 병실에서 펼쳐 다른 환자들에게까지 내상을 입힐 순 없었다. 양관장은 환자를 조용히 남자 화장실 안의 장애인용 화장실로 불렀다. 정 씨는 엉거주춤 바지를 내리고 자신에게 고통을 주는 꽉 막힌 항문을 내밀었다.

"정태환 씨, 허리를 그대로 ㄱ자로 숙이시고 두 손은 변기를 잡으세요. 거기에 손가락이 들어가면 조금 불편해요."

설명을 끝낸 양관장은 특별히 수술용 장갑을 두 개나 끼고, 손끝에 투명한 젤을 듬뿍 발랐다. 준비가 끝났다. 그는 이제 자신의 검지에 모든 것을 걸 뿐이었다. 그의 검지가 망설임 없이 환자의 항문을 뚫고 들어갔다. 뭔가가 자신의 아가리를 벌리고 들어온 것을 감지한 환자의 항문 괄약근이 반사적으로 힘을 주었다. 아나콘다가 사냥감을 온몸으로 둘둘 말아 질식시키듯 환자의 항문이 양관장의 손가락을 조여 왔다.

환자가 "끅" 하고 자신도 모르게 소리를 냈지만, 그는 아랑곳하지 않고 손가락을 더 찔러 넣었다. 검지가 두 마디도 채 들어가지 않아, 손톱 끝에 똥 덩어리가 닿았다. 양관장은 당황하지 않고 먼저 침착하게 탐색전을 펼쳤다. 손가락을 시계 방향으로 빙글 돌려 상대가 얼마나 큰 녀석인지부터 확인했다.

'헉.' 싸우기도 전에 그의 얼굴에 진땀이 흘렀다. 항문을 떡 하니 막고 있는 그것은 밤톨만 한 개구리가 아니라 주먹만 한 두꺼비였다. 거기다 돌처럼 딱딱하게 굳어 있었다. 손가락 끝을 움직여 파보려 했으나 딱딱한 것은 둘째치고, 항문 안에서 변이 꼼지락거리며 초식(招式)을 간단히 피했다. 오로지 정태환 씨만이 고통스레 몸을 움찔거릴 뿐이었다. 숨을 참고 있던 양관장의 얼굴이 금세 붉게 달아올랐다.

"윽."

양관장은 더 이상 참지 못하고 숨을 "푸우" 하고 내쉬고는 다시 숨을 들이 마셨다. 끈적이는 젤 냄새와 환자의 항문 틈으로 새어 나온 그 녀석의 악취가 코로 쳐들어왔다. 오랫동안 대장 안에서 썩어서 그런지 구린내가 대단했다.

"웨엑."

저절로 헛구역질이 나오고, 땀이 비 오듯 흘렀다. 시간은 그 녀석 편이었다. 이대로 간다면 양관장은 서서히 내상을 입어 결국 환자 항문에 손가락을 꽂은 채로, 그대로 화장실 바닥에 쓰러질 참이었다. 남겨진 시간이 얼마 없었다. 정신이 혼미해졌다.

'어떡하지?'

셀 수도 없이 많은 관장으로 대변을 처치해 오던 그의 인생에 가장 큰 위기가 찾아왔다. 하지만 양관장이 누군가? '양관장의 관장법'이라는 비급을 쓰며 천재라 각광받던 바로 '그'였다. 자신이 아니면 이 병원 누구도 이 녀석을 해치울 수 없다고 그는 생각했다. 비겁하게 도망가는 건, 그의 자존심이 허락하지 않았다. 상대를 해치우고 당당히 두 발로 화장실 밖으로 걸어 나가거나, 아니면 환자 항문에 손가락을 꽂은 채 장렬하게 전사하기로 결심했다. 그렇게 죽기를 각오했으나, 그의 의지와는 상관없이 눈앞은 뿌옇게 희미해져 갔다.

'이렇게 패배하고 마는가? 이 천하의 양관장이.'

패배의 기운이 악취와 함께 화장실을 가득 채웠다. 그 찰나, 화장실 벽에 박힌 나사가 보였다. 나사 머리에는 십자가 모양이 선명하게 새겨져 있었다. 그것은 콘스탄티누스가 막센티우스 황제와의 전투를 앞두고 십자가를 본 것과 같은 하늘의 계시였다.

'바로 저거닷'

그는 검지를 구부려 환자의 변을 파내려는 생각을 버렸다. 반대로 모든 힘을 모아 손가락을 빳빳하게 세우며 검지 손톱에 힘을 줘서 돌덩이처럼 굳어진 대변에 줄을 긋기 시작했다. 한 번은 좌우로, 한 번은 위아래로. 처음에는 별 느낌 없었지만 그러기를 수차례, 점점 그 녀석의 몸통에 십자가가 새겨지는 것을 느낄 수 있었다. 제아무리 단단하지만 변은 기껏해야 변일뿐이었다. 양관장은 영화 <엑소시스트>에서 어린 소녀 레건을 악령으로부터 구하려는 카라스 신부가 되었다.

'하늘에 계신 우리 아버지여, 이름이 거룩히 여김을 받으시오며' 고등학교 이후로 교회를 다니지 않았던 그는 그다음이 생각이 나지 않았다.

'여하튼 죽어라 이 악마야.'

더욱더 검지 끝에 힘을 줘서 악령의 몸통에 있는 힘껏 십자가를 박아 넣었다.

"우웨액."

그 녀석의 몸통이 조금씩 갈라지자 악취는 더 심해졌고 양관장은 내상으로 헛구역질을 했다. 하지만 손가락으로 터지려는 둑을 막아 마을을 구했다는 네덜란드 소년처럼, 그는 끝까지 환자 항문에서 손가락을 빼지 않았다. 똥 덩어리에 서서히 균열이 가기 시작했다. 동시에 그의 얼굴은 농익은 토마토처럼 손대면 터질 듯 붉어졌고, 눈물과 콧물에 침까지 줄줄 흘렸다. 항문에 자극이

가해질 때마다 환자는 신음소리를 냈고, 양관장은 자신도 모르게 헛구역질을 했다.

"끅, 끅, 끙"

"우욱, 우우욱, 우웩."

화장실 안의 상황을 모르고 밖에서 남자 화장실에서 들려오는 두 남자의 이상한 소리만 들었다면 충분히 오해하고도 남을 상황이었다.

이제는 정태환 씨를 두고두고 괴롭히던 악령을 몸 밖으로 빼낼 시간이었다. 양관장은 십자가 모양 한가운데 깊숙이 마지막 일격을 가했다. 그 녀석은 몸을 꿈틀거렸지만, 양관장의 검지를 피할 수 없었다. '푸욱' 그의 손가락이 악령의 심장 깊게 박혔다. 그 녀석은 네 조각으로 갈라졌다. 그는 가장 먼저 3시부터 6시 사이의 한 덩어리를 공략했다. 검지를 구부리자, 손쉽게 덩어리가 무너져 내렸다. 양관장은 손가락을 갈고리 형태를 유지한 채 그대로 항문 밖으로 빼냈다.

"커어억."

어마어마하다고 할 수밖에 없는 악취에 환자도 양관장도 소리를 질렀다. 다시 한번 숨을 참고 녀석의 일부를 물속에 수장시켰다. 다음은 6시부터 9시였다. 두 번째 녀석을 제거하자 대장과 항문에서 꿀럭꿀럭 진동이 손가락으로 고스란히 전해졌다.

'이건 뭐지?'

환자가 일주일 넘게 변을 못 봤다고 레지던트 선생님이 스치

듯 말하던 게 떠올랐다. 그랬다. 환자의 몸에 있던 악령은 맨 앞에 있던 커다란 녀석 혼자가 아니었던 것이다. 그 녀석 뒤로 일주일 넘게 기다려왔던 후속 부대가 버티고 있었다. 큰일이었다. 잘못 빼냈다간 밀려 내려오는 녀석들이 그의 얼굴까지 덮칠 기세였다. 절반으로 줄어들었다고는 해도, 처음부터 그 녀석은 워낙 컸기에 남아 있는 절반을 정태환 씨 혼자서 쫓아내기에는 역부족이었다.

"환자분, 웩, 제가 한 번 더 꺼낼 테니까, 크으윽, 우웩. 그다음 부터는 변 보시면 돼요. 캐엑~"

내상을 입은 그는 연신 구역질을 해댔다. 그리고 마지막으로 오른손으로 사분의 삼을 꺼내는 동시에 왼손에 든 거즈로 환자 항문을 막고, 화장실 밖으로 뛰쳐나왔다. 그가 떠난 화장실에서 악령들의 비명소리가 그를 쫓아왔다.

"푸지직, 푸욱, 푸푸푹."

다행히 화장실 밖에는 아무도 없었다.

손가락을 항문에 꽂은 채로, 손톱으로 대변에 십자가를 박아 넣은 후, 4등분 낸 후 각개 격파하는 십자관장(十字灌腸)은 오로지 관장 마스터인 그만이 펼칠 수 있는 초필살기였다. 인류의 탄생과 함께 해온 대변과의 전투 역사상 처음 선보인 비기였다.

역시 명불허전(名不虛傳), 양관장(梁灌腸)이었다.

이야기는 다시 비뇨기과로 돌아간다.

비뇨기과에서 가장 많이 수술하는 부위는 전립선이다. 전립선은 대장과 붙어 있어, 전립선 수술 도중 대장에 자극이 가서 대변이 흘러나오는 경우가 흔했다. 그걸 방지하기 위해 전립선 수술이 예정된 모든 환자는 전날 밤에 관장을 한다. 주치의도 간호사도 하기 싫어하는 일은 모두 인턴이 해야 했고, 관장도 마찬가지였다. 모두들 더럽고 냄새나는 관장을 싫어했지만, 막힌 곳을 뚫어내는 관장은 그에게 묘한 쾌감을 주었고, 그런 점에서 비뇨기과는 그의 주 무대였다.

하루는 유난히 다음날 전립선 수술 예정인 환자가 많았다. 무려 11명이었다. 하지만 그가 누군가, '양관장의 관장법'이라는 비기를 쓴 것으로 모자라 십자관장(十字灌腸)이라는 전무후무한 초필살기까지 완성시킨 살아있는 관장의 전설, 양관장(梁灌腸)이었다. 그가 뚫지 못하는 항문도, 그에게 뚫리지 않는 변(便)도 이 세상에는 없었다.

그는 바나나만 한 50cc 주사기 11개에 모두 관장액을 채우고, 일회용 장갑, 젤, 거즈를 카트에 담아 홀로 전투에 나섰다.

(주사기를 항문에) '푹' 넣고,

(관장용 글리세린 액체를) '쭉' 짜고,

(주사기를) '쑥' 빼고

(거즈로 항문을) '탁' 막고

"대변을 참다가 10분 후 화장실 가시면 됩니다."

가 끝이었다.

'푹쭉쑥탁'은 쉬지 않고 이어졌다. 주사기 끝에 누런 황토 같은 대변이 묻어 나오기도 했지만, 그런 건 그에게 아무것도 아니었다. 양관장은 대수롭지 않게 손에 낀 장갑을 벗는 동시에 장갑을 뒤집어서 주사기를 감쌌다. 그는 냄새마저 봉인해 버리는 경지에 이른 것이었다.

11명의 환자 관장을 하는 데 딱 10분 걸렸다. 가히 관장계의 우사인 볼트였다. 신기록을 달성한 그는 뿌듯한 마음으로 일을 마치고 꿀잠을 잤다. 하지만 그가 '푹쭉쑥탁' 초식을 펼친 환자들은 그렇지 못했다. 그들은 악몽 같은 밤을 보냈다.

다음날 아침에 채혈을 하는데, 어젯밤 환자들이 그를 볼 때마다 하소연을 늘어놓았다.

"선생님, 화장실을 갔더니 어떻게 된 게 사람들이 길게 줄을 서 있지 뭐예요. 급해 죽겠는데, 바지에 쌀 뻔했어요."

"네?"

"화장실 자리가 없었어요."

'아차.'

그랬다. 그때만 하더라도 병원은 6인실이 대부분이었고, 6인실에는 화장실이 없었다. 한 층에 하나 있는 남자 화장실에는 변기가 총 4개뿐이었으니 11명의 환자가 관장을 하고 나서 동시에 화장실로 달려갔다고 생각하면…….

정말 끔찍했다. 중년의 아저씨들과 할아버지들이 항문을 틀어막은 채 식은땀을 뻘뻘 흘리며 화장실 앞에 줄 서 있는 모습이란…….

자만심에 도취된 그는 초식을 펼치는데 급급한 나머지 변기 개수까지는 고려하지 못했던 것이다. 그는 전투에서 끊임없이 승리했지만, 결국 전쟁에서 지고 말았다. 양관장은 자신을 받쳐주지 못한 P 대학병원을 말없이 쓸쓸히 떠났다. 비록 그는 떠났지만, 그가 남긴 '양관장(梁官匠)의 관장법(灌腸法)'은 지금도 모교에서 대를 거듭하며 이어져 내려오고 있다.

4부

누구나

죽는다

죽은 사람 심전도 찍기

"인턴쌤, 익스파이어(ex-pire: 더 이상 숨을 쉬지 않는, 즉 사망) 환자 심전도 있어요."

당시 나는 대학병원 의사 중에 가장 낮은 레벨에 속하던 인턴이었기에 인류를 괴롭히는 암이나 전염병과 싸울 일이 전혀 없었다. 대신 1년간 각 과를 돌면서 자신이 평생 쓸 무기를 골라야 했다. 메스(외과)를 선택했다면, 다음은 파헤칠 장기를 정한다. 뇌와 척수는 신경외과, 얼굴은 성형외과, 횡격막을 기준으로 그 위는 흉부외과, 아래로는 일반외과이다. 여성 생식기라면 산부인과, 남성생식기는 비뇨기과, 뼈와 근육이라면 정형외과 담당이다.

메스가 아니라면 포션, 그러니까 마법의 물약도 있었다. 각종 항생제와 수액으로 환자 몸에 침투한 나쁜 세균과 바이러스를 죽이고, 원기를 회복시킬 수 있다. 물약을 쓰는 대표적인 파트가 내과와 소아과이다. 메스와 물약도 싫다면 컴퓨터나 현미경을 고를 수도 있다. 컴퓨터로 하루에도 수천 장의 사진을 들여다보며 다른 그림 찾기를 하는 영상의학과, 현미경으로 수백 장의 조직을 들여다보며 암세포를 찾는 병리과도 있다.

인턴은 체험하는 동시에 일을 한다. 물약을 쓰는 내과답게 내과 인턴인 내가 주로 하는 일은 자르고 붙이는 일이 아니라 몸에 뭔가를 넣고 빼는 일이었다. 주사기로 피를 뽑고, 폴리로 소변을 빼고, 코에서 위까지 연결하는 L-tube를 꽂고, 똥을 환자 몸 밖으로 빠져나오게 하기 위해 관장을 했다. 특별히 힘들거나 어려운 일들은 아니었다. 10번, 20번만 하면 누구나 할 수 있었다. 문제는 압도적인 양과 근무시간이었다.

아침에는 한 시간에 30명 환자의 피를 뽑고, 하루 10번 이상의 관장과 드레싱이 있었다. 어떤 환자가 가슴이 아프다고 하면, 내과 레지던트는 환자를 보지도 않고 일단 심전도와 혈액 검사를 처방했고, 그러면 환자 피를 뽑고 심전도를 찍는 건 말단 인턴인 나의 일이었다. 7일 168시간 중에, 지금은 법으로 80시간으로 제한되었지만 그 당시에는 평균 120시간 넘게 일했다.

이러다 보니 인턴은 타인의 질병과 싸우는 게 아니라 자신의 본능과 치열한 사투를 벌였다. 신경외과 때는 파견 28일 중 27일 x24시간을 병원에서 보냈다. 아침 7시에 수술방에 들어가, 다음 날 밤 10시경에 수술방에서 나오는 게 일상이었다. 신경외과 수술방 창고에 초코파이를 숨겨두고 몰래 먹는 동기도 있었지만, 나는 피비린내와 살 타는 냄새를 맡으며 입에 뭔가를 집어넣고 싶지는 않았다. 39시간을 수술방에서 버티고 다음날 밤에 병원 후문에 24시간 하는 김밥천국에 가서 혼자 오므라이스와 짬뽕 라면에 김밥을 한 끼에 먹었다. 잘 수 있을 때 자고, 먹을 수 있을 때 먹어야 했다.

그런 인턴을 삼신(三神)이라고 불렀다. 먹는 데는 걸신(乞神), 자는 데는 귀신(鬼神), 일 못하는 등신(等神). 나도 그런 삼신 중에 하나였다. 수술방 구석에서 쪼그려 앉아 자는 건 기본이고, 환자 개복 부위를 벌리는 겸자를 잡고서도 졸았다. 먹다가도 졸고, 졸면서도 먹었다. 자는 데는 귀신이었지만, 전화벨이 울리면 즉시 사람이 되었다. 1년의 인턴 동안 수 만 번의 전화가 왔지만, 내 심장이 단 한 번도 멈추지 않은 것처럼, 전화를 받지 않은 적은 없었다.

인턴은 못 먹고 못 자고 못 쉬어서 몸이 힘들지, 위에서 시키는 대로만 하면 되기에 마음은 편했다. 하지만 익스파이어(ex-pire) 환자, 즉 죽은 사람의 심장이 완전히 멈춘 것을 확인하기 위해 심전도를 찍는 건 몸은 편하지만, 마음이 힘들었다.

눈을 떠 전화를 받긴 했으나, 낮인지 밤인지 알 수 없었다. 자는데 귀신인 인턴이 언제든지 수면에 빠져들 수 있도록 당직실에 있는 모든 창문에 암막 커튼이 쳐져 있어서 24시간 어둑어둑했다. 문을 열고 나가니, 형광등의 하얀 불빛이 눈으로 쏟아졌다. 눈이 부시다 못해 따가웠다. 방금 전까지만 해도 어둠 속에서 귀신으로 잠을 자다, 빛 속으로 걸어 나와 사람으로 변신하는 순간이었다. 어찔했다. 걸어서 10병동에 도착할 때는 완전한 사람이 되어 있었다.

"1026호실 정순녀 님이에요."

"네."

산전수전을 다 겪은 대학병원 간호사들은 풋내기 의사인 인턴에게 친절하지 않았다. 인턴을 호출하는 목소리는 천장에 걸린 형광등 마냥 차가웠다. 나는 덜컹거리는 심전도 기계를 밀며 1026호로 향했다. 1026호에 가까이 갈수록 심전도 카트 바퀴 소리가 병실에서 흘러나오는 울음에 묻혔다. 닫혀 있는 병실 문을 열고 안으로 들어갔다.

1인실이었다. 이미 주치의 선생님은 사망 선고를 하고 자리를 비운 듯 없었고, 대여섯 명의 가족들만이 반원형으로 환자 침대 주위에 몰려 있었다. 하얀 병실에는 울음만이 가득 차 있었다. 나는 그 울음을 뚫고 들어가야만 했다.

"실례하겠습니다."

병실 문을 닫으며, 내 귀도 닫았다.

인턴을 하면서 수백, 수천 장의 심전도를 찍었다. 가장 찍기 어려웠던 심전도는 PSVT라는 부정맥이 발생한 만 2살짜리 애기였다. 아이 주먹보다 더 큰 4개의 집게로 양쪽 팔목과 발목을 잡은 후, 츄파춥스만 한 뽁뽁이 6개 모두를 작은 가슴에 붙이려니 자리가 없었다. 낯선 차가운 금속이 몸에 닿자마자, 아이는 울면서 조그만 몸을 발버둥치기 시작했고, 간신히 달라붙은 뽁뽁이는 붙었다 떨어지기를 수차례 반복했다. 운 좋게 4개의 집게와 6개의 뽁뽁이가 제자리에 붙어 있어도 아이가 몸을 움직일 때마다 빨간 모눈종이 위에서 검은 선들이 마구 요동을 쳤다. 몇 번이나 출력 버튼을 눌렀으나 제대로 심전도가 나올 리 없었다. 아이는 울고, 우는 아이를 보며 보호자는 안절부절 못했다. 심전도가 잘 안 찍혀 나는 초조했고, 그런 나를 보며 소아과 레지던트는 발을 동동 굴렸다.

이에 반해 임종한 환자 심전도는 아주 찍기 쉽다. 죽은 사람은 움직일 수 없기에 심전도의 검은 선이 요동칠 리 없었다. 산 사람의 경우는 뽁뽁이를 오래 하면 피멍이 들어 나중에 환자나 보호자가 불평하기도 하는데, 그럴 가능성도 없었다.

나는 능숙한 솜씨로 4개의 집게를 팔과 다리에 붙이고, 6개의 전극을 나란히 가슴에 달았다. 단 번에 12개의 선이 그 어떤 미동도 없이 붉은 모눈종이 칸에 모두 검은 일직선으로 나왔다.

"좌악."

나는 기계에서 심전도를 뜯어내고는 우측 위에 <F/84 정순녀>라고 적었다. 맡은 일을 끝내자, 비로소 귀가 열렸다. 하얀 병실이 눈에 보이지 않는 울음으로 가득 차 떨고 있었다.

가족들의 영원히 이어질 것 같은 울음은 얕은 숨을 넘지 못했다. 길고 느린 울음 끝에 짧고 빠른 숨이 들어왔다. 산 자는 울기 위해 숨을 쉬어야 했고, 숨쉬기 위해 울어야 했다. 숨이 나간 곳으로 울음이 들어왔고, 울음이 나간 곳으로 숨이 들어왔다.

이 하얀 병실에서 어깨를 들썩이지 않는 자는 단 두 명이었으니 한 명은 숨을 쉬는 나였고, 다른 한 명은 숨을 쉬지 않는 고인이었다.

완전히 문을 닫지 못한 채 1026호를 빠져나왔다. 하얀 복도에서 한 치의 요동도 없이 검은 직선이 그어져 있는 심전도를 손에 쥔 채, 나를 위해 짧은 숨을 들이마시고, 고인을 위해 긴 숨을 내뱉었다.

"여기요."

10 병동 간호사에게 심전도를 건네고는 곧바로 당직실로 와서 누웠다. 당직실은 여전히 어두컴컴했다. 지금이 낮인지 밤인지, 이 어둠은 산 자를 위한 것인지 죽은 자를 위한 것인지 헷갈렸다. 다시 모자란 잠을 자기 위해 눈을 감았으나 쉬이 잠들지 못했고 심장이 쿵쾅거리는 소리만 들렸다. 정순녀 님의 심장은 멎었지만, 내 심장은 잘 뛰고 있었다. 그제야 미안함과 안도감을 동시에 품고 잠들 수 있었다.

그녀를 보자 구구단이 떠올랐다

그녀는 말이 없었다. 나는 하루에도 그녀에게 수차례나, "좀 괜찮아요?" "어때요" "참을 만해요?" 말을 건네었으나, 떠난 말은 돌아오지 않았다. 그녀는 고개를 끄덕이는 게 전부였다. "뭐 하고 싶은 거 있어요?"라는 교수님의 말에 귀를 닫을 수 없었던 그녀는 커다란 눈을 감는 것으로 대신했다.

40대 초반이었다. 키가 크고 모델처럼 몸이 늘씬했다. 단발에 검은 머리는 파마를 한 것도 아닌데 적당한 볼륨감에 세련미가 풍겼다. 피부는 창백했지만 깨끗하고, 하였다. 무엇보다 눈이 크고 선명했다. 그녀는 아름다웠다. 암(癌)만 아니었다면, 눈이 부셨을 것이다.

한국 사람이었고, 프랑스에서 예술을 했다고 했다. 결혼한 적도, 출산한 적도 없었다. 그녀는 자신에 대해 일절 말하지 않았기에, 모든 건 보호자인 언니에게서 주워들은 것이었다. 그녀가 했다는 예술이, 그림인지, 조각인지, 음악인지, 체조인지…… 묻지 않았다.

그녀를 보자, 소피 마르소가 떠올랐다. 소피 마르소는 내 구구단 스승이었다. 초등학교 2학년 때 우리 모두는 구구단을 처음부터 끝까지 하나도 틀리지 않고 외워야 했다. 아이들이 선생님 앞에서 하나둘씩 테스트를 통과하자, 나름 우등생이었던 나는 초조했다. 급한 마음에 화장실에 갈 때도 책받침을 손에 들고 갔다. "이일은 이, 이이는 사, 이삼은 육, 이사 팔." 나는 소피 마르소의 얼굴을 보며 구구단을 외웠다. 5단까지는 잘 외웠는데, 6단이 넘어가면 꼭 한 번씩 실수를 했다. 구구단을 틀릴 때마다 소피 마르소는 몸을 돌렸고, 나는 그녀의 등에 적힌 구구단을 보았다. 구구단을 통과할 때까지 그녀의 얼굴 앞에서 100번은 구구단을 외고, 수십 번이나 그녀를 돌려세웠다.

"선생님, 환자가 알아들을 수 없는 말을 해요."

병동에서 전화가 왔다. 하루 종일 언니에게 몇 마디 남짓할 뿐, 병원에서 침묵을 지키던 그녀가 갑자기 알 수 없는 말을 혼자서 중얼거린다고 했다. 입을 다물고 있던 그녀가 말을 하니 기뻐할 만도 했지만, 의사인 나는 또 한 번 좌절했다. 우리의 시도가 실패했기 때문이다.

'결국…… 다시 모르핀(가장 널리 쓰이는 마약성 진통제)으로 가야 하나?'

"네, 일단 케타민(강력한 진통 작용 및 마취 작용을 하는 약)을 멈춰주세요."

그녀는 말기 암으로 상당히 많은 양의 모르핀을 투여하고 있었지만 계속 아파했다. 통증 조절을 위해 아침 회진 후에 교수님과 머리를 맞대고 짜낸 대안이 케타민이었다. 우리는 케타민이 그녀의 고통도 줄이고, 투여되는 모르핀 양도 낮출 수 있기를 희망했다. 하지만 기대했던 효과는 나타나지 않고, 원하지 않던 부작용인 환각이 나타난 것이다.

막다른 골목이었다. 우리 집에는 갓 태어나 아직 두 발로 서 본 적이 없는 아이가 있었고, 병원에는 이제 다시는 두 발로 서지 못할 환자가 있었다. 아이는 바닥을 기며 바둥거렸고, 환자는 침대에 묻혀 꿈틀거렸다. 집에서 딸아이 주희를 보며 방긋 웃다가, 병원에 와서 환자를 보며 속으로 울상을 지었다. 집에서는 생명이 피고, 병원에서는 삶이 져가고 있었다.

며칠 전, 병동에서 전화가 왔다.
"선생님, 환자분 지혈이 안 돼요. 계속 피가 새어 나와요."
"제가 뭘 할 수 있겠어요? 원래 보시던 산부인과 교수님께 협진 낼게요."

그녀는 자궁경부암이었다.
자궁경부. 질의 끝이자 자궁의 시작이다. 500원 동전만 한 분홍빛 도넛 모양으로 가운데에는 빨대 두께의 작은 구멍이 뚫려있다. 자궁경부는 자신의 존재 이유를 증명해야 하는 정자가 뚫어야 하는 입구이자, 꿈을 이룬 정자가 아이가 되어 세상에 나오기 위해 통과해야 하는 마지막 관문이다. 모든 정자가 꿈을 이루는데 실패하면, 짝을 만날 기대를 하며 한껏 달라올랐던 난자가 싸늘히 식어 나온다. 운이 나쁘면 정자 대신 세균이 들어와 골반염이 생기고, 바이러스가 들어와 자궁경부암을 일으키기도 한다.

건강 검진을 하면서 무수히 많은 자궁경부를 보았지만, 자궁경부암은 낯설었다. 의대생 때 실습도 돌고, 레지던트 때 산부인과 파견도 나가 산부인과 주치의를 몇 달간 했지만 내가 본 건 주로 생명이 태어나는 제왕절개이거나, 더 이상 쓸모 없어진 자궁을 제거하는 자궁적출술이 대부분이었다.

자궁경부암은 이미 그녀의 자궁경부뿐만 아니라, 자궁과 골반을 모두 헤집어 놓은 것으로는 모자라 게걸스럽게 피를 삼켰다. 걸신들린 암은 겉으로는 끊임없이 피를 들이마셨지만, 속으로는 삼킨 피를 감당하지 못해 다시 게워냈다. 그녀의 자궁경부 한가운데서 암세포가 죽어 나가면서 커다란 궤양이 생겼고, 궤양에서는 피가 줄줄 샜다.

'환자분, 자궁경부에 심한 궤양으로 출혈이 지속되는 상태입니다. 다른 지혈 방법이 없는 상태로, 질내 패킹 하였으며 저희 쪽에서 수시로 패드 교체하겠습니다.'

산부인과의 답변은 짤막했다. 호스피스를 맡고 있는 내가 특별한 방법이 없는 것처럼, 산부인과 의사도 다른 방도가 없었다. 산부인과 의사는 피가 새지 못하도록 최대한 막고, 나는 몸 밖으로 나간 피를 채워야 했다. 암은 내가 환자에게 넣어준 피를 일단 삼키고 도로 뱉어냈다. 그녀는 몸이, 나는 마음이 피폐해져 갔지만, 암은 결코 지치지 않았다. 그녀가 죽어야 암은 멈출 것이었다.

더 나빠질 미래만 남은 그녀는 고통스러운 현재조차 벗어날 수 없었다. 그녀가 눈을 감고 있든, 뜨고 있든 암은 그녀의 자궁을 넘어 복부를 헤집어 놓고 있었다. 하지만 그녀는 나에게 아프다고 말하지 않았다. 참고 또 참았다. 고통이 그녀의 의지를 넘어 입 밖으로 새어 나오면, 옆에 있던 언니는 의사인 나에게 동생이 힘들어한다고 전했고, 나는 진통제의 양을 늘리는 게 전부였다.

그녀는 살아있는 가족을 위해 울지 않았고, 죽어가는 자신을 위해 웃지 않았다. 침묵을 지키던 그녀에게 케타민이 들어가자, 무의식이 입을 열었다. 하지만 간호사도, 나도, 언니도 알아듣지 못했다. 프랑스어였기 때문이다. 그녀는 죽음만이 남아 있는 한국이 아니라, 삶이 있던 프랑스를 꿈꾸고 있었던 것인지도 모른다. 그녀의 말은 사람에게 내려앉지 못하고 혼자 하얀 병실 허공을 맴돌다 사라졌다.

그녀가 약에서 깨어나자, 다시 죽음이 찾아왔고 프랑스는 사라졌다. 현실로 돌아온 그녀는 예전처럼 입을 다물었다. 그녀는 그런 경험을 두 번 다시 하고 싶지 않다며 언니를 통해 전해왔다. 케타민이 실패로 돌아가자 나와 교수님은 그녀의 고통을 조금이라도 덜기 위해, 마취 상태로 재우는 걸 고려했다. 불행인지 다행인지 얼마 안가 그녀의 의식이 쳐지기 시작했고, 결국 의식을 잃은 지 몇 시간 만에 그녀의 미간에 진 주름이 펴졌다.

그녀는 병원 정문으로 햇살을 받으며 두 발로 걸어 나가는 대신, 햇볕이 들지 않는 지하 장례식장으로 내려갔다. 나는 외래 날짜를 예약하는 대신, 과거 차트를 뒤져가며 빈칸을 채워야 했다.

⑺ 직접 사인: 신부전
⑷ ⑺의 원인: 저혈량 쇼크
⑶ ⑷의 원인: 자궁경부암

환자인 그녀는 죽고, 보호자인 언니는 울고, 의사인 나는 사망진단서를 썼다. 사망 진단서는 환자의 이름으로 시작해서, 의사인 내 이름을 서명하는 것으로 끝이 났다. 마지막으로 서명을 하기 전, 구구단이 떠올랐다.

'이이는 사, 이삼은 육, 이사 팔, 이오 십……'
나는 구구단을 끝내 다 외우지 못하고 중간에 멈추었다.

12시 10분 전이었다. 나는 병실에 들어갈 때마다 항상 시계를 보는 습관이 있어 그 사건이 일어난 시간을 정확히 기억한다.

새로 입원한 311호실 3번 환자를 과장님과 같이 보러 가는 길이었다. 오전 6시에 일어나 아침도 못 먹고 일하던 나는 12시가 가까워지자 허기가 졌다. 당시 파견 나갔던 의료원은 내가 경험했던 병원 식당 중에서 가장 맛있는 곳이었고, 지금도 그 기록은 깨어지지 않고 있다. 구내식당에서는 도저히 상상할 수도 없는, 브런치 카페에서나 나오는 토마토 모짜렐라 카프카제 샐러드가 나오고, 디저트로 계란빵까지 선보였다. 신환을 진찰하고 빨리 컴퓨터로 처방을 넣고, 지하 1층 끝에 있는 식당에서 점심을 먹을 생각에 발걸음이 바빴다.

"선생님, 옆에 환자가 너무 조용해요."

신환을 보고 나가려는 나를 붙잡은 건 311호실 2번 환자의 간병인 아주머니였다. 보라색 반팔 상의를 입은 60대 간병인은 1번 침대와 2번 침대 사이에 보호자 침대에 앉은 채로 지나가는 나와 과장님을 불렀다.

1번 침대는 50대 김경희 씨였다. 김경희 씨 자리는 커튼으로 빙 둘러쳐져 있어, 환자가 보이지 않았다.

"김경희 씨."

이름을 불렀으나, 주름진 커튼 안에서는 아무런 소리도 들리지 않고, 어떤 움직임도 없었다.

'자나?'

대수롭지 않게 커튼을 걷었다.

"김경……"

김경희 씨의 얼굴을 마주한 나는 그녀의 이름을 끝까지 부르지 못했다.

남북을 가르는 휴전선에서 10km 떨어진 OO 의료원에서 근무 할 때였다. 의료원은 지방자치 단체가 세우는 경우가 많은데, 그 의료원은 독특하게도 미 해병사단이 건립했다. 의료원은 행정 구역 상 시(市)에 있었으나 군(郡)에 가까웠고, 다른 의료원이 그러하듯 보호자가 없는 환자가 많았다.

나는 소화기 내과로 파견 나갔는데, 입원 환자 절반이 알코올 중독자였다. 밤이면 알코올 금단 증상을 겪는 환자들이 지르는 비명이 병실을 벗어나 복도에 울려 퍼졌다. 그 소리를 들을 때마다 나는 몸서리치며 내과에 온 건지, 정신과에 온 건지 헷갈렸다.

알코올 중독자는 대부분 50대 이상의 남자로 간이 망가져서 왔다. 멀쩡하게 두 발로 병원으로 걸어 들어오는 일은 적었고, 주로 119에 실려 응급실로 왔다. 간은 더 이상 술을 분해하지 못하고 딱딱해져 있었고(간경화), 간으로 들어가지 못한 피가 갈 길을 잃고 배에 찼다(복수). 고인 물이 썩 듯, 고인 복수에 염증이 생겨서 열이 났고(자발성 복막염), 딱딱해진 간으로 들어가지 못하는 피가 결국 식도를 뚫고 나와 환자가 피를 토하기도 했다(위식도 정맥류 출혈). 간이 분해하지 못한 암모니아가 뇌로 가면 환자는 의식을 잃었다(간성혼수). 술이 소화 효소를 분비하는 췌장을 파괴해, 췌장에 있던 소화 효소가 음식 대신 장기를 녹이면, 말 그대로 장기가 녹는 극심한 고통에 환자는 배를 붙잡고 바닥에 뒹굴며 앰뷸런스에 실려 왔다(알코올성 췌장염).

병원에 입원해서 술을 끊으면 환자들 중 일부는 알코올 금단 증상인 알코올성 섬망이 생겼다. 환자는 온몸을 벌벌 떨며 식은땀을 흘리고, 마구잡이로 소리를 질러댔다. 의사인 나는 귀를 틀어막고 환자 손발을 침대에 묶은 채, 불곰마저 재울 정도의 신경안정제를 들이부어야 했다.

이름도 다르고 사는 곳도 달랐지만 그렇게 입원한 아저씨들은 형제처럼 비슷한 모습이었다. 밥 대신 술만 먹으니 영양실조를 피해 갈 수 없었다. 머리카락이 없거나 있더라도 가늘었고, 충혈된 눈은 붉었고, 몸은 황달로 누랬다. 알코올 중독자는 결코 이를 닦지 않기에 이는 썩을 만큼 썩어서 몇 개 남아있지 않았다. 영화 <반지의 제왕>에 나오는 스미골이었다. 스미골이 절대 반지에 영혼을 빼앗겼다면, 술은 그들의 영혼을 지배하고 있었다.

며칠간 입원을 하고, 술 대신 수액을 맞으며 밥을 먹으면 퀭했던 얼굴에는 살이 차올랐다. 몸이 회복되면 정신병원에 입원하여 치료를 받아야 했으나, 의사는 권고만 할 수 있을 뿐 강제할 수 없었다. 상태가 호전되어 퇴원을 한 환자는 짧게는 보름, 길게는 몇 달 후에 다시 술을 먹고 몸이 망가져 재입원을 했다.

술로 몸이 무너지면 병원에 왔고, 몸이 살아나 병원을 나가면 다시 술을 찾았다. 가끔은 퇴원하기도 전에 술을 찾아 문제가 되었다. 병원 내 편의점에서는 술을 팔지 않았기에, 어떤 이는 하얀 환자복을 입은 채로 수액대를 끌고 병원 밖 슈퍼에서 술을 사서 길에서 마셔 대기도 했다. 그나마 정신이 남아 있는 사람은 투명한 소주를 사서 물병에 몰래 담아와 병실에서 마셨다. 하지만 술 냄새는 속일 수 없었고, 그럴 때마다 병원에서 한바탕 난리가 났다.

술은 무서웠다. 술은 돈을 먹고, 시간을 마시고, 끝으로 생명과 영혼을 삼켰다. 그들의 삶은 오로지 술밖에 없었다. 술을 마시기 위해 잠에서 깨고, 술에 취해 잠들었다. 하루 종일 집안에서 손만 까딱할 뿐이었다. 그러니 가족이 온전할 리 없었다. 손이 술병을 쥐면 자신이 울었고, 손이 주먹을 쥐면 가족이 울었다.

자식은 아비를 욕하며 집을 나갔고, 아내는 눈물을 흘리며 남편을 버렸다. 남아 있는 건, 그것도 자기 배에서 나온 자식이라고 감싸는 어머니뿐이었다. 순리대로라면 80대 노모가 먼저 세상과 하직해야 했으나, 50대 아들이 80대 노모에게 가장 큰 불효를 저지르기도 했다.

소화기 내과 입원 환자에 절반을 차지하는 알코올 중독자 가운데 유일하게 여자가 있었다. 311호실 1번 침대에 있는 김경희 씨였다. 암흑 같은 검은 머리에, 영양실조로 살이 빠져 곳곳이 웅덩이 마냥 움푹움푹 파인 얼굴에는 오래된 그늘이 자리 잡고 있었다. 자선 단체에 나오는 굶주리는 아이들처럼 피골은 상접한데 배만 볼록했고, 유난히 큰 두 눈은 금방이라도 튀어나올 듯했다. 그녀는 알코올 중독자였지만, 다른 사람과 달리 간이 나빠서 온 게 아니었다. 특이하게 그녀는 숨이 차서 왔다. 얼굴이 창백하다 못해 약간 푸른빛을 띤 것도 그 때문이었다. 병원에 와서도 숨이 차서 그런지, 술을 못 마셔서 그런지 도통 말이 없었다.

　　술은 그녀의 간이 아니라, 심장을 풀어헤쳐버렸다. 확장성 심근병증. 펌프인 심장이 겉으로는 커졌지만, 오히려 탄력이 떨어져 제 기능을 못하는 병이었다. 심장에 100의 피가 차면, 보통 사람은 한 번 수축할 때 60을 짜주는데 그녀의 심장은 20도 짜내지 못했다. 펌프가 제대로 작동을 못하니, 항상 숨이 차고 다리가 부었다. 한계를 넘어서 늘어나 버린 고무줄은 다시 탄력을 회복하지 못하듯, 그녀의 심장이 그랬다. 언제든지 부정맥으로 심장이 멎을 수 있었다. 5년 생존율은 20% 전후. 말기 암과 같았다. 근본적 치료는 심장 이식뿐이었으나, 알코올 중독에 가족도 없는 그녀에게 산 사람의 귀한 심장이 갈 리 전무했다. 강심제를 쓰고, 몸에 고인 물을 빼주는 이뇨제를 썼다. 입원하고 약을 쓰자 몸이 가벼워지고, 숨도 덜 찼다. 의사인 나도 환자인 김경희 씨도 이번에도 예전처럼 무사히 넘어가는가 싶었다.

"김경……"

김경희 씨의 얼굴은 빛이 들어오지 않는 심해처럼 시퍼렜다. 커튼 속에 가려져 있던 그녀는 내 목소리에 대답은커녕 그 어떤 소리도 들을 수도 없는 상태였다. 크게 떠진 눈은 튀어나올 듯 아무것도 없는 허공을 쳐다보고 있었고, 크게 벌어진 입안은 검었다. 아무도 없는 외로움에, 가슴을 쥐어짜는 고통, 죽음에 대한 두려움이 그대로 얼굴에 박힌 채 굳어 있었다. 그 누구도 그녀를 깊은 심해에서 꺼내 올 수 없었다. 죽음을 목격한 적은 많았지만, 낯설고 섬뜩한 모습이었다. 의사이기 이전에 사람으로서 그 모습에 나는 가위에 눌린 것처럼 몸이 굳었다.

"헉!"

나를 불러 세웠던 간병인이 짧은 비명을 질렀다. 그 비명 소리에 나는 가위에서 벗어나, 공포에 질린 사람에서 다시 냉정한 의사가 되었다. 즉시 침대로 올라가 그녀 옆에 무릎을 꿇고 그녀의 완전히 풀어져 버린 심장을 눌렀다. 손에 닿은 김경희 씨의 몸이 서늘하다 못해 차가웠다.

"하나, 둘, 셋, 넷, 다섯, 여섯.."

몸에 배긴 심폐소생술을 하며, 입으로는 숫자를 세었다. 얼마 지나지 않아 이마에서부터 나온 땀이 턱을 타고 흘러 그녀의 내려앉은 멍든 가슴에 떨어졌다.

'도대체 몇 시간이 지났지?'

'마지막으로 멀쩡했던 게 언제지?'

'부정맥이었을까?'

'심전도 모니터링이라도 해둘 걸 그랬나?'

'누가 옆에 있기라도 했었으면……'

얼마 지나지 않아 간호사가 가지고 온 기관 튜브를 몇 개 안 남은 이빨 사이를 피해 검은 목구멍으로 집어넣었다. 악취가 올라왔다. 10분, 20분, 30분이 흘렀다. 머리는 처음부터 가능성이 없다는 것을 알았지만, 몸은 멈출 수 없었다.

세상에 나올 때는 자신이 울고, 세상을 떠날 때는 남이 운다.

태어날 때 스스로 울지 못하면, 살아도 산 게 아니고,

죽을 때 남이 울어주지 않으면, 죽어도 죽은 게 아니었다.

그녀는 그렇게 병원에서 혼자 죽었다. 나는 의사로서 그녀를 살리지 못했고, 사람으로서 죽어가는 그녀 옆에 있어 주지도 못했다. 죽어도 죽은 게 아닌 그녀는 가끔 마지막 모습으로 나를 찾아온다. 여전히 퀭한 두 눈을 부릅뜨고, 검은 입을 벌린 채. 그 후로 나는 회진을 돌며, 환자 이름을 부르며 하얀 커튼을 걷기 직전에 가끔 그녀가 떠오르며 손이 떨리고 심장이 두근거린다. 커튼을 걷어 환자가 나를 보고 웃을 때야 비로소 악몽에서 벗어난다.

술은 무서웠다. 술은 돈을 먹고, 시간을
마시고, 끝으로 생명과 영혼을 삼켰다.

명절 효자

대학병원 응급실에서 맞이하는 설이었다. 우리나라 제2의 대도시인 부산(釜山)은 그 이름답게 산이 많았고, 대학병원도 산 아래 달동네 끝자락에 있었다. 시간이 흐를수록 동네는 쇠락해 갔는데, 이상하게도 대학병원만 커져갔다.

명절 연휴 3일 가운데 첫날이었다. 밤이 왔고, 한 환자가 접수되었다.

[김순자, f/83, C.C: general weakness]

(여자, 83세, 주 호소: 전신 쇠약)

응급 구조사가 작성한 종이를 보자마자 응급실 인턴인 나는 한숨부터 내쉬었다. 대학병원 응급실에서 인턴은 환자를 치료하지 않는다. 대신 분류를 한다. 똑같이 가슴이 아픈 환자가 와도, 폐 문제이면 호흡기내과로, 심장이 이상하면 심장내과로, 불안해서 그렇다면 정신과로 연결하는 게 대학병원 응급실 인턴의 역할이었다.

많은 경험과 그 경험을 바탕으로 한 직관이 필요한 일을, 의사 중에 가장 경험이 적고 직관 따위는 찾아볼 수 없는, 의사가 된 지 1년도 채 안 된 풋내기인 인턴이 맡고 있었다.

　　전신 쇠약이라……. 고령이라 그럴 수도 있고, 몸에 심각한 이상이 있을 수도 있다. 전신 쇠약은 진단에 앞서 어느 과에서 봐야 하는지 그때나 지금이나 참 어렵다. 만약 내가 몸에 힘이 없다고 나보다 2~3년 선배인 신경과 레지던트에게 환자를 노티, 즉 봐달라고 보고하면 보나 마나 "신경학적 문제 있어요? 내과 문제 아니에요?" 할 것이었다. 그렇다고 내과에 노티 하면 "혈액 검사 이상 있어요? 신경과적 문제 아니에요?" 따지고 들게 분명했다. 결국 나는 다 자기과 문제가 아니라는 레지던트들 사이에서 이러지도 저러지도 못해 발만 동동 구를 얼마 후의 내 모습이 눈에 보였다. 거기다 바쁘신 신경과 레지던트가 응급실로 내려와서 환자를 봐줬는데, 그 환자가 나중에 빈혈이나 심장 질환 등의 내과 문제로 밝혀지면 나는 의식이 처질 때까지 탈탈 털릴 운명이었다. 만약 내과 레지던트가 환자를 봤는데 신경과 문제로 판명나면 나는 내과 레지던트에게 차라리 한 대 맞는 게 나을 정도의 비난과 꾸중을 감내해야 할 것이다.

　　83세 할머니의 전신 쇠약으로 조만간 내가 마주하게 될 상황을 생각하니 몸에 힘이 쭉 빠지고 정신이 흐릿해졌다. 할머니가 아니라, 내가 전신 쇠약에 걸릴 판이었다.

나는 어쨌든 환자를 보러 갔다. 하얀 백발에 몸이 줄어든 것 같은 작은 할머니였다. 침대에 누워있었으나, 의식은 있었다. 신경학적 이상도 없었다. 아프다기보다는 기력이 없어 보였다. 할머니 옆에는 환자와 다르게 혈기 왕성한 50대 아들과 다른 보호자가 있었다.

"어머니가 몸이 쇠약해져서 그런데, 여기서 할 수 있는 모든 검사 다 해 주시고, 그리고 힘이 나게 영양제도 하나 놔주세요."

기운 없이 누워있는 할머니와 정반대로 아들은 들뜬 목소리에 의욕이 넘쳤다. 할머니 뺨은 축 처지고 늘어졌으나, 아저씨 뺨은 붉고 탱탱했다. 할머니의 목소리는 귀 기울여도 들리지 않을 정도로 작았지만, 아들의 목소리는 응급실을 쩌렁쩌렁 울렸다.

평소에는 부모에게 연락 한 번 안 하다가, 모처럼 명절이라고 고향에 내려와서는 늙은 부모를 보고 가슴 아파하며 그동안 하지 않던 효도를 하루 만에 몰아서 하려고 다른 날 다 놔두고 명절에 그것도 꼭 대학병원 응급실로 데려온다는 '명절(ⁿ) 효자'였다.

그건 일종의 쇼였다.

정치인들이 평소에는 얼씬도 않다가 선거철에만 전통 시장을 찾아 어묵을 먹는 것 같은 그런 광경이었다.

아들인 보호자가 그동안 미뤄왔던 효자 노릇을 명절에 하기 위해, 고령의 할머니는 가는 혈관이 터져라 피검사를 하고, 엑스레이를 찍고, 결과가 나올 때까지 몇 시간이나 좁은 응급실 침대에 누워있어야 했다. 인턴인 나는 예상대로 까칠하기로 유명한 신경과와 내과 레지던트, 둘 다에게 "저 환자가 어디를 봐서 우리 과 환자냐?"라며 이리 치이고 저리 치였다. 그러는 가운데 응급실 환자는 조금 더 밀렸다. 그 효자 아들 덕분에 할머니는 명절날, 집이 아니라 응급실 눈부신 형광등 아래에서 잠을 설쳐가며 밤을 보내야 했다. 그렇게 아들의 효도는 하루 만에 끝이 났고, 다음 효도는 추석이나 장례식장에서 이루어질 예정이었다.

코로나로 운이 좋은 줄 알았다

코로나 선별 진료소에는 코로나가 의심되어 오기보다는 코로나가 무서워서 온다. 주말에 장례식장이나 결혼식장에 다녀왔는데 확진자가 나온 건 아니지만 그냥 찝찝하거나, 친구가 열이 나는데 혹시나 몰라서, 기숙사나 군대 그것도 아니면 병원 들어가는데 코로나 음성 확인서가 필요해서 방문한다.

100명 중 90명은 불안해서 오고, 7명은 단순 감기고, 1~3명은 검사가 반드시 필요한 경우이다. 선별 진료소에서 내가 가장 많이 하는 말은 "의학적으로는 굳이 검사 안 하셔도 되는데, 그래도 불안해서 오셨으니까 너무 걱정 마시고 검사만 할게요."지만, 그것도 여유로울 때다. 줄 끝이 보이지 않으면, 사람들이 쓴 기록지를 힐끔 보고, "네, 검사받으시면 됩니다."가 전부다.

날이 흐려서 그런지 환자가 띄엄띄엄 온다. 몇 번이나 방호복을 새로 입었다가 벗어야 했다. 그냥 한 번에 우르르 오면 좋으련만 그건 나의 희망사항일 뿐이었다.

휠체어에 할머니가 앉아 계셨다. 해를 가리는 모자를 쓰고 있어서 얼굴을 볼 수 없었다. 옆에는 아들로 보이는 보호자가 있었다.

"김선숙 할머니, 오늘 어떻게 오셨어요?"

"오늘 요양원 가려고 서류 떼러 왔는데, 병원 입구에서 열이 난다고 해서 여기로 가라고 해서 왔어요."

옆에 서 있던 아들이 대신 대답했다. 문진 기록지부터 보았다. 83세. 38.5도. 나이를 뒤집어 놓은 체온이 심상치가 않았다. 고령에 고온. 가장 흔한 폐렴과 요로 감염부터 패혈증까지 생각해야 할 질환은 많았다. 아들인 보호자는 대수롭지 않게 말했지만, 의사인 나는 자못 심각해졌다. 거기다 우리 병원을 다닌 적이 단한 번도 없었기에, 모든 것을 처음부터 시작해야 한다.

아들에게 평소 앓고 있는 질환, 먹고 있는 약, 수술하거나 입원한 적을 물었더니, 아들이 다시 어머니에게 되물었다. 아들은 어머니를 잘 몰랐다. 따로 먹는 약은 없고, 어머니가 식사도 잘 못해서 요양원에 가실 예정이라고 했다.

나는 안색을 살피기 위해 할머니 얼굴을 가리고 있던 검은 캡 모자를 벗겼다. 하얀 백발에 코 주변이 움푹 들어간 할머니는 고개를 약간 든 채, 눈을 감고 있었다. 야윈 몸이 휠체어에 푹 파묻혀 있었다.

때깔, 그러니까 딱 봤을 때 직관적으로 느껴지는 환자의 전반적인 상태가 나빴다. 그것도 몹시나.

"할머니, 눈 떠 보세요."

할머니는 작은 눈을 떴으나 나를 쳐다보지 못하고 두리번거렸다.

"할머니와 같이 사세요?"

아들에게 물었다.

"아니요. 혼자 사세요. 일주일 전에는 괜찮았는데."

일주일 전? 저 상태로 혼자? 나는 치솟아 오르는 화를 꾹꾹 눌러가며 아들에게 물었다.

"할머니 지금 상태가 많이 안 좋아 보입니다. 일주일 전에 보셨을 때랑, 지금이랑 어때요?"

일주일 전에는 부축을 하고 걸을 수 있었다고 아들이 대답했다. 부축을 해야 겨우 걷는데, 일주일 동안 집에 혼자서 제대로 생활했을 리 만무했다. 안 그래도 마스크에 방호복까지 입고 있는데 뜨거운 사우나에 들어온 것처럼 갑갑했다. 아들은 옆에서 계속 잘 못 드셔서 그런 거라고 했지만, 그럴 리 없었다. 몸이 안 좋아서 못 드시는 것이었지, 못 드셔서 몸이 안 좋아진 게 아니었다.

"할머니 어디 아프세요?"

할머니는 다리도 아프다고 했다가 숨도 갑갑하다고 했다가 집에 가자는 둥 횡설수설했다. 말할 때마다 검은 입안에 몇 개 없는 누런 치아가 흔들거렸다.

"일단 열이 나니 코로나 검사하고, 가슴이 갑갑하다고 하니 가슴 사진도 같이 찍고 필요하면 추가 검사도 할 수 있습니다."

엑스레이가 나왔다. 검게 나와야 할 공기 대신에 폐에는 주먹만 한 하얀 염증이 보였다. 폐뿐만이 아니었다. 심장은 이미 탄력을 잃고 늘어져 있었다. 심한 폐렴과 심부전. 폐암일 가능성도 배제할 수 없었다. 당장 입원이 필요했다. 나는 보호자에게 어머니의 가슴 사진을 보여주며 설명했다.

듣고 있던 중년의 아들은 계속해서 일주일 전에는 괜찮았는데, 일주일 만에 이렇게 될 수도 있냐고 되물었다. 그럴 리 없다. 일주일 전에 부축해서 걸을 정도였으니, 그 당시에도 정상이 아니었다. 아들이 계속해서 되풀이하는 "일주일 전에 괜찮았다."라는 말이 자꾸 "자신은 어머니를 방치하지 않았다."라는 변명처럼 들렸다.

아들의 설명은 이어졌다. 일주일 전에도 코로나 검사를 했다고 하였다. 보건소에서는 의사가 진찰 없이 코로나 검사만 하니까 할머니 상태를 알 수도, 궁금해하지도 않았을 것이다. 일단 야외 컨테이너에 설치되어 있는 임시 격리 병상에 입원시키고 코로나 검사 결과가 나올 때까지 대기하기로 했다.

나는 복잡한 감정에 휩싸였다. 때깔만 보고 단 번에 할머니의 상태가 안 좋은 걸 알아차리고, 즉시 폐렴을 진단을 내리고 적절한 조치를 취하였기에 의사로서 성취감과 보람을 느꼈다. 동시에 요양원에 가셨다면 할머니는 어떻게 되셨을까 두려웠고, 어머니가 저런 상태가 될 때까지 놔둔 아들이 미웠다.

그래도 운이 좋았다. 코로나가 아니었다면, 병원 앞에서 체온을 잴 일도 없었고, 선별 진료소로 올 일도 없었다. 누가 운이 좋았는지 모르겠다. 코로나 덕분에 폐렴 치료를 빨리 받을 수 있었던 할머니? 코로나가 아니었다면 중환자를 받을 뻔한 요양원? 어머니를 잃을 뻔한 아들?

그날 밤 코로나 검사 결과는 음성으로 나왔다. 폐 CT와 뇌 CT를 동시에 촬영하였다. 폐 CT 상 폐렴은 예상했던 만큼 심했고, 머리에는 오래전에 꽤나 큰 중풍을 맞은 흔적이 있었다. 뇌에 저 정도 병변이 있다면 분명히 후유증이 남았을 텐데 보호자인 아들은 전혀 모르고 있었다. 할머니는 방치 아닌 방치가 되어 있었다.

월요일 아침 출근하여 내과로 입원한 김선숙 할머니 기록을 확인했다. 주말 내내 잠을 자지 않고 월요일 아침 8시까지 횡설수설했다고 적혀 있었다. 그렇게 끊임없이 중얼거리시던 그녀는 내가 출근하기 직전 갑자기 숨이 멎었다. 보호자는 외아들뿐이었으며, 입원 당시 유일한 보호자인 아들이 처음부터 심폐소생술 및 중환자 입실을 거부하여 병원 내에 코드 블루도 뜨지 않았다. 할머니는 자신에게 다가온 죽음을 알고, 이번에 잠들면 다시 눈 뜨지 못할까 끝까지 깨어 있으려고 밤새 횡설수설한 건지도 몰랐다.

할머니를 보자마자 상태가 좋지 않은 걸 알아차리고 적절한 조치를 취한 것에 나름 뿌듯해했다. 하지만 다 소용없었다. 코로나로 운이 좋은 줄 알았다. 나만의 착각이었다.

은하수에 별빛 하나

지리산 아래 산청에는 밤이면 하늘에 별들이 몰려왔다. 여름부터 늦가을까지는 모인 별들이 은빛 강물이 되어 검은 밤하늘을 가로 지르며 흘렀다. 내 고향 김해에서는 은하수를 볼 수 없었다. 초등학교 6학년 때, 캠핑을 가서 은하수를 처음 보았다. 저녁에 폭우가 쏟아지더니, 밤이 되자 하늘에서 이번에는 비 대신 별이 쏟아졌다. 나는 견우와 직녀성 사이로 흐르는 은하수를 난생처음 보았다. 가슴이 두근거리고, 하늘이 들썩였다. 막 사춘기에 접어든 나는 사랑을 하면, 이런 느낌일 거라고 막연히 생각했다. 나는 그 후로 별과 사랑에 빠졌다. 쌍안경도 사고, 별자리 판도 사고, 책도 샀다. 비가 오면 별을 볼 수 없어 슬펐고, 유성우가 내리는 날이면 밤새 별비를 기다렸다.

그러다 공중 보건의로 3년간 산청에 살게 되었다. 산청은 가로등보다 별빛이 많은 동네였다. 그렇게 좋아하던 별과 은하수를 매일 볼 수 있게 되자 오히려 사랑이 식었다. 쌍안경에 회색 먼지가 쌓여갔다. 그렇게 바라던 은하수와 별이 일상이 된 이후, 더 이상 별을 보지 않고 땅을 보고 살았다.

산청에서 맞는 두 번째 가을, 그것도 추석 셋째 날이었다. 넓은 평야가 푸른 바다까지 펼쳐진 내 고향 김해에서는 논에 누런 벼가 여물어갔고, 지리산 아래 산골 마을 산청에서는 높고 파란 하늘 아래 노란 감들이 익어가고 있었다. 아침 9시가 되자, 산골 응급실에 환자가 쏟아졌다. 이제 고향을 떠나, 일터로 돌아가야 하는 사람들이었다. 사연은 가지 각색이었다. 누구는 명절 음식을 잔뜩 먹고 탈이 났고, 어떤 이는 요리를 하다 손을 베어 왔다. 심지어는 아이가 차를 타고 집에 가는 몇 시간 동안 아프지 않게 해 달라는 보호자까지 있었다.

한 시간 만에 20명의 환자를 보며, 도중에 상처까지 봉합하고 나서 10시가 되자 거짓말처럼 환자가 뚝 끊겼다. 떠날 사람은 다 떠나고, 남을 사람만 남았다. 산골 마을 산청은 다음 설까지 적막할 것이었다.

1시간 동안 폭풍 진료를 했던 나는 당직실에서 빈둥거리며 혼자만의 명절을 즐겼다. 멍하니 텔레비전을 보다 졸고 뒹굴뒹굴했다. 그렇게 밤이 왔다. 지리산이 품고 있는 산청은 산이 깊은 만큼 밤도 깊었다. 환자라고는 밤새 많아봐야 10명, 적으면 5명이었다. 당직을 서면서 나는 질병과 싸우기보다, 잠과 싸워야 했다. 거기다 추석이 끝나는 일요일 밤이라 더욱 한가로웠다.

하루 종일 병원 안에서만 있으려니 갑갑했다. 저녁을 먹고 쉬다, 바람도 쐴 겸 밖으로 나왔다. 막 만월이 지난 보름달이 산 위로 간신히 떠올랐고, 별들이 보였다. 오랜만이었다. 견우성과 직녀성 사이로 은하수도 얼핏 보였다. 마침 앰뷸런스가 밤하늘에 별

사이를 비집고 왔다. 사이렌도 틀지 않고, 붉은 경광등도 켜지 않은 채로. 응급은 아니었다. 나는 마음을 놓았다.

"무슨 환자에요?"

"50대 여자 환자로 고속도로 톨게이트 직원인데 운전하고 가다가 어디에 부딪힌 듯, 차 밖으로 몸이 튀어져 나가 있는 것을 발견했는데, 현장에서 즉사했습니다."

앰뷸런스 뒷문이 열리고, 카트가 내려왔다. 하얀 시트가 머리에서 발끝까지 덮여 있었으나, 어렴풋이 사람 형태를 띠고 있었다. 얼굴 부위가 붉은 피로 젖어 있었다. 당시만해도 나는 인턴도 안한 풋내기 의사였기에 너무나 확실하고 선명한 죽음이 무서웠다. 나도 모르게 뒷걸음질 쳤다. 하필이면 나에게 이런 일이 닥치다니. 덜덜 떨리는 엄지손가락과 검지 손가락으로 하얀 시트를 살며시 잡았다. 빳빳한 흰 천이 부들부들 떨렸다.

"후우, 후우, 후우."

숨을 몇 번 크게 들이마시다, 꾹 참고 시트를 환자 가슴까지 단 번에 걷어냈다.

파마를 한 검은 머리카락이 붉은 피와 콘크리트인지 부서진 뼈인지 알 수 없는 회색 조각에 뒤엉킨 채 얼굴 전체를 뒤덮고 있었다. 머리 일부가 삽으로 퍼낸 것 마냥 없었다. 굳이 청진기를 귀에 꽂을 필요도 없었다.

다리마저 벌벌 떨렸다. 나는 간신히 시트를 다시 덮었다.

"환자, 사고, 그러니까 사망 시간은 언제예요?"

말조차 더듬거렸다.

"한 시간 전요."

"아니, 그럼 한 시간 동안 도대체 뭐 한 거예요?"

나는 애꿎은 구급 대원에게 화를 내고는 응급실 문을 닫고 들어와 의자에 몸을 구겨 넣었다. 충격 속에서 겨우 남아 있는 이성의 끈을 간신히 붙잡은 채 할 일을 해야 했다.

사망 장소: 도로

직접 사인: 뇌출혈

사망의 종류: 외인사

사고 종류: 운수(교통)

들은 것을 바탕으로 <시체 검안서>의 하얀 칸들을 검게 채웠다. 의사인 내가 죽음을 확인했으니, 누구인지 확인하는 것은 가족들의 몫이었다. 20대 아들과 딸이 왔고, 남편은 없었다. 겨우 시체 검안서를 쓰고 난 후, 아무것도 하지 못하고 멍하니 있던 나는 가족들이 왔다는 말에 정신을 차려 응급실 밖으로 나갔다. 남매는 이미 연락을 받은 듯 둘은 흐느끼며 서로를 부축하며 천천히 카트로 다가왔다.

두 번 다시 시신을 보기 싫었던 나는 두 남매를 바라보며, 하얀 시트를 걷었다.

"으허헝."

형태를 띠지 않은 울음과 비명이 검은 밤하늘로 울려 퍼졌다. 아들과 딸을 맞은 어머니는 꿈쩍도 하지 않았지만, 어머니를 본 아들과 딸은 추락하듯 땅에 주저앉았다. 비릿한 피비린내로 머리가 어지러웠으나, 바닥에 쓰러진 남매의 모습을 보자 나는 정신을 추스르고 의사가 되었다.

　'피 묻은 시신 얼굴을 닦고, 검은 머리를 가지런히 정리하고, 뭉개진 뇌를 쓸어 담고서 붕대라도 감아둘걸⋯⋯. 죽은 사람 마지막 모습을 살아 있는 자는 평생 기억한다는데, 내가 몹쓸 짓을 했구나.'

　평생 남을 충격은 나 한 명으로 족했다. 내가 좀 더 경험이 많았거나, 배려가 많았다면, 두 남매의 슬픔을 조금은 덜 수 있었을 텐데 그러지 못했다.

　한 사람이 죽었다. 두 남매는 바닥에 주저앉아 울었고, 나는 갑갑한 마음에 이를 깨물고 고개를 들어 올려 한숨을 내쉬었다. 밤하늘에는 노란 달빛 속에 흐르는 은빛 은하수가 있었다. 검은 밤하늘에 바람이 불더니, 무수히 많은 별이 모인 은하수 중에 별 하나가 부르르 떨었다. 별이 새로 태어난 건지, 원래 있던 별이 울고 있는 건지 알 수 없었다.

할머니들의 거짓말

그곳은 오지 중에 오지였다. 통닭집이 없어 2마리 이상을 시켜야 옆 면에서 배달이 왔고, 짜장면이라도 먹으려면 배달은 어림도 없고 차를 타고 나가야 했다. 인구는 천 명으로 지리산 아래 동네 산청, 그 산청에서도 인구가 가장 적은 생비량면이었다. 인구 천 명 가운데, 유일한 의사가 그 해 의사 면허를 딴 27살의 나였다. 가고 싶어서 간 곳은 아니었다. 공중 보건의로 군 복무를 대신하는데 경상남도 내에서 돌고 돌아 산청으로 가게 된 것이다.

보건지소에는 하루 종일 평균 10명 남짓 환자가 왔고, 최저 기록은 2명이었다. 그러던 어느 날, 하루 5번 밖에 없는 버스 중에 첫 차를 타고 오신 수 십 명의 할머니와 할아버지들이 아침 8시부터 보건지소 앞에서 줄을 서서 기다리고 있었다. 아침 9시가 되어 보건지소 문이 열리는 순간, 평소에 다리를 절뚝이던 할머니와 할아버지가 회춘이라도 한 듯 맹렬한 속도로 문으로 돌진해 왔다. 나는 그 해 처음이자 마지막으로 어르신들의 얼굴 주름 속 깊이 숨겨둔 삶에 대한 열정을 보았다.

그날은 독감 예방 접종 첫날이었다. 보건지소에서 하도 주사를 많이 맞아 엉덩이에 굳은살이 배긴 김묘선 할머니는

"내가 이리 살아서 뭐 하겠노? 콱 하고 죽어뿌야지."

라는 말을 입에 달고 사셨지만, 이날만은 독감 주사를 먼저 맞겠다는 강력한 의지가 눈에서 부글부글 끓어올랐다. 김묘선 할머니뿐만이 아니었다.

허리가 다 내려앉아, 등이 활처럼 휘어 지팡이를 쥐고 다니시면서

"이리 허리가 아파가 사는 기 사는 기 아니다."

라며 매번 힘들어하셨던 정화순 할머니도 뛰어오셨다.

그 외에도 보건지소에는 사람들로 넘쳐 났다. 매달 당뇨약을 타가는 송말녀 할머니도 있고, 처음 본 얼굴이라 차트를 보니 매년 독감 예방 접종할 때만 빠지지 않고 보건지소에 오시는 박지순 할머니도 있었다.

그랬다. 다들 입으로는

"콱 죽어 뿌야지. 요래 살아가 뭐 하겠노!"

하면서도 속으로는 아프지 않고 오래 살고 싶어 하셨다. 독감 주사는 선착순이어서 늦게 오면 못 맞을 수도 있기에, 다들 아침 7시 50분 첫차를 타고 와서 보건지소 앞에서 기다리고 있었던 것이다.

마지막으로 주사를 맞은 정은화 할머니가 "아이고 무릎이야." 하면서 자리에서 일어나 보건지소를 나가는 뒷모습에 평소에 무릎이 안 좋아 고생하시는, 이제는 할머니가 된 나의 어머니가 떠올랐다.

외할머니는 내가 초등학교 2학년 때 돌아가시고, 할머니께서는 초등학교 3학년 때 세상을 하직하셨다. 두 분 모두 나란히 일흔을 채우지 못하시고, 예순아홉에 세상을 떠나셨다. 두 할머니의 영향인 듯, 어머니께서는 예전부터 69살이 되면 그만 사실 거라는 말씀을 입에 달고 사셨다.

한 번은 형과 내가 부모님께 설날에 세배를 하며

"아버님, 건강하게 오래 사십시오."

라고 하자 아버지께서는

"그래, 한~ 백 살까지 건강하게 살라꼬, 요새도 좋은 거 묵고 다닌다. 이러다가 너거들보다 더 오래 살지도 모르겠다. 하하하."

단순 농담이 아니라 진심이 묻어 나오는 말씀에 나와 형의 가슴이 철컹 내려앉았다. 옆에 듣고 계시던 어머니께서는 아버지 옆구리를 쿡 찌르시며

"징그러운 소리 하지 마라. 누구 고생시킬라꼬, 내가 먼저 죽으면 귀신이 돼서 니 바로 데리고 갈기다. 오래 살아서 자식들한테 무슨 폐를 기칠라꼬…… 아이고~ 귀신은 뭐하노. 이노무 손 안델꼬가꼬."

연신 한숨을 쏟아 내셨다.

그 후로 세월이 흘러 54년생이신 어머니가 올해로 68이신데, 몇 년 전부터 69살까지 살겠다는 이야기를 더 이상 하지 않으신다. 어머니도 막상 나이가 드니, 더 오래 살고 싶으신가 보다.

나는 할머니들이 입에 달고 사는 "이대로 콱 죽어 뿌야지, 이

리 살아서 뭐 하겠노."라는 말을 믿지 않는다. 그리고 "어머니, 부디 건강하게 오래 사십시오."

보호자가 전화를 받지 않았다

환자 휴대폰으로 아내에 이어 딸에게 전화를 했으나, 신호만 갈 뿐이었다. 병원 직원이 수십 차례 전화를 했으나 가족 중 누구도 연락이 되지 않았다. 전화를 하는 동안에도 시간은 묵묵히 흘렀다. 환자가 병원에 온 지 10분이 곧 지나고, 금방 30분이 되었다. 설령 아내나 딸이 전화를 받았다고 하더라고 결과는 마찬가지였을 것이다.

"심정지 환자입니다. 신고를 받고 출동했을 때 이미 심장이 멎은 상태로 심폐 소생술을 시행했으나, 맥박이 잡히지 않습니다."

흉부 압박을 하면서 카트를 밀며 들어온 119 대원의 말은 빠르고, 높았다. 그는 말을 하면서도 심장 마사지를 멈추지 않았다. 그 말에 덩달아 의료진의 심장이 긴장으로 두근거렸다.

긴박한 의료진과는 다르게 환자는 카트 위에서 축 늘어져 있었다. 50대 중반에 배가 약간 나온 평범한 남자였다. 고혈압 외에 특별한 과거력이 없는 남자가 이렇게 갑작스럽게 심장이 멎어서 오면 심장 문제일 확률이 높았다. 그중에서도 심근 경색이.

심장은 피를 온몸으로 보내고, 보낸 피는 다시 심장으로 돌아온다. 피가 쉬지 않고 통과하는 심장에 막상 자신이 쓸 피가 부족해 펌프가 멎은 상황이 심근 경색이었다. 심장은 자신이 짜내는 피가 아닌, 오로지 자신만이 쓸 피를 따로 공급받는데 심장에 혈액을 공급하는 빨대 두께의 혈관이 바로 관상동맥이다. 이 관상동맥이 좁아지면 협심증이고, 막히면 심근 경색이며, 심할 경우 심장이 순식간에 멈춰 서 버린다.

심장이 정지하면 의료진은 심폐소생술을 통해 몸 밖에서 심장을 압박하여 순환을 돕지만, 그 양은 평소 심장이 공급하던 양의 1/3 정도에 지나지 않는다. 심장이 멎는 순간부터 1분마다 생존율은 10%씩 감소한다. 5분이 지나면 심장과 뇌는 돌이킬 수 없는 손상을 받고, 10분이 지나면 생존 확률은 10% 미만이다.

정준호 아저씨가 병원에 온 지 이미 15분이 지났다. 모든 수단과 방법을 동원했지만, 멈춰버린 그의 심장은 다시 뛸 줄 몰랐다. 응급의학과 레지던트 2년 차인 김재호 선생님은 고개를 설레설레 저었다. 응급의학과 의사에게 심폐소생술은 많을 때는 하루 2~3번이었고, 적어도 일주일에 몇 번은 겪는 일이었다. 운이 좋으면 살고, 운이 나쁘면 죽었다. 119가 신고를 받고 출동하여 환자를 태우고 병원에 도착하기까지 15분, 병원에서 15분, 최소 30분 이상 멈춰있던 정준호 씨의 심장이 다시 꿈틀거릴 가능성은 지극히 낮았다.

응급실에 있는 의사뿐만 아니라 간호사까지 모두 정준호 씨에게 달라붙어 있는 15분 동안, 배가 아픈 환자와 머리가 깨진 환자가 새로 왔고, 인턴 선생님들이 해야 하는 각종 시술과 검사들이 밀려갔다. 응급의학과 김재호 선생은 결정을 내려야 했다.

"이제 인턴 선생님은 다른 환자 보러 가고, 이제부터는 PK 선생님(실습 나온 의대생)들이 심폐 소생술 하세요."

응급의학과에 실습을 나온 의대생은 나를 포함해서 재훈이와 정수, 지혜까지 총 4명이었다. 우리는 본과 3학년 학생으로, 모형으로는 심폐 소생술을 수차례 연습을 한 적이 있지만 사람에게는 처음이었다. 심폐 소생술을 처음으로 하는 실습 17조 4명의 눈빛에는 긴장과 함께 의지가 충만했다. 아저씨의 가슴에는 이미 퍼런 멍이 들어있었고, 갈비뼈와 연골이 나간 듯 처음부터 우두둑 소리가 났다. 하지만 아랑곳하지 않았다. 혹시나 심장이 다시 뛸지도 모른다는 희망을 품었다.

"하나, 둘, 셋, 넷, 다섯…… 이백."

남자 3명이서 정준호 씨 가슴에 올라가 두 손으로 1분에 100회의 속도로 2분간 200번을 쥐어짜고 나서 손을 바꿨다. 다른 한 사람이 멜론 크기의 암부 백으로 정준호 씨 폐에 공기를 불어 넣을 때마다 기관에 꽂힌 튜브에 피가 튀었다.

우리가 심폐 소생술을 한 지 10분이 지났다. 처음 알았다. 심폐소생술이 이렇게 힘들다는 것을. 우리 넷 모두 팔을 부들부들 떨었다. 네 명 모두의 몸이 후끈 달아오르고 땀이 비 오듯 흘러내렸지만, 우리 밑에 있는 정준호 아저씨의 몸은 점점 차갑게 식어갔다.

응급의학과 선생님과 인턴 선생님이 힐끔 심전도 모니터를 보고 가면서 물었다.

"반응 없죠?"

하늘과 같은 인턴 선생님과 레지던트 선생님들 앞에서 우리는 고개만 끄떡였다.

30분이 지났다. 환자를 살려보겠다는 의지는 이미 사라지고 육체적 피로가 몰려들었다.

'도대체 언제까지 해야 되는 거지?'

다시 응급의학과 레지던트 선생님이 왔다.

"가족들이 새벽 기도 가서 연락이 안 된다네요. 언제 올지 모르니, PK 선생님들 살살하세요. 살살."

'살살?'

심폐 소생술이 처음이었던 우리는 살살이 뜻하는 바를 알지 못했다. 1분에 100회로 시행하는 심장 마사지 속도를 늦추라는 건지, 5~6cm 눌러야 하는 심장을 2~3cm로 누르라는 건지 아무도 말해주지 않았고 우리는 묻지 않았다. 나와 동기들은 서로를 쳐다보았을 뿐 모두 말이 없었고 다시 이전처럼 최선을 다해 심폐소생술을 했다.

응급의학과 선생님은 아예 커튼을 치고 나갔다. 이제 커튼 안에는 죽은 정준호 씨와 의대생 4명뿐이었다.

'살살'과 함께 이해할 수 없는 한 단어가 우리에게 남았다.

'새벽 기도?'

원무과 직원은 데스크에서 쉬지 않고 가족들에게 전화를 하고, 우리가 응급실 침대에서 두 손 모아 한 남자의 멈춘 심장을 쥐어짜는 동안, 모녀는 교회에서 두 손 모아 기도를 하고 있었다. 교회에서 아내와 딸이 남편이자 아버지가 건강하고 하는 일이 모두 잘 되라고 신에게 비는 그 순간, 무음인 보호자 휴대폰에는 수십 통의 부재중 전화가 찍혔고, 남자의 몸은 싸늘하게 식어갔다.

한 시간이 지났다.

우리는 이미 한계에 도달했다. 누가 가장 순수하고 강한 감정은 사랑이 아니라 분노라고 했던가. 우리는 악에 받쳐 끓어오르는 분노로 심폐소생술을 계속했다. 이미 가능성이 없는데도 멈추라고 지시하지 않는 응급의학과 레지던트, 남편과 아버지가 죽었음에도 오기는커녕 전화조차 받지 않는 가족, 가족의 기도를 들으면서도 아무런 대답이 없는 신을 원망했다. 분노가 아니었다면 그토록 힘든 심폐소생술을 한 시간이나 지속할 수 없었을 것이다.

한 시간하고 30분이 지났을 때였다. 누군가 말했다.

"보호자가 연락이 되어 이제 곧 온답니다."

열심히 하라는 뜻이었다. 하지만 우리는 처음부터 끝까지 최선을 다하고 있었다. 그래도 끝이 얼마 안 남았다는 말에 조금은 힘이 났다.

"보호자들 왔어요."

하얀 커튼이 열리며 새벽 기도를 마친 아내와 딸이 당황한 얼굴로 들어왔다. 레지던트인 김재호 선생님은 상황을 설명하고는 사망선고를 했다.

"2XXX년 0월 00일 07시 21분, 정준호 님 사망하셨습니다."

비로소 우리는 5시 40분부터 100분간 이어진 움직임을 멈췄고, 아내와 딸이 이제 우리를 대신해 어깨를 들썩이며 응급실이 떠나도록 울음을 터뜨렸다.

사람을 살리기 위한 심폐소생술(cardio-pulmonary resuscitation)의 약자인 CPR(시피알) 앞에 SHOW를 붙인 SHOWPR, 일명 쇼피알이었다. 소생 가능성이 완전히 없는 환자에게 가족들이 올 때까지 하는 보여주기 위한 심폐소생술이었다.

뒤늦게 가족의 사망 소식을 듣고 두려움과 슬픔에 잠긴 보호자가 왔을 때, 의사 마음이 편할 리 없다. 죽은 환자를 살릴 수는 없었으니 살아있는 가족이 임종을 지키지 못했다는 죄책감이라도 덜어줘야 했다. 죽은 사람보다 산 사람을, 세상을 떠난 자보다 이 땅에 남은 사람을, 기억될 사람보다 기억할 사람을 위해서였다.

이번에도 마찬가지였다. 김재호 선생님은 유가족이 온 후에야 길었던 심폐소생술을 멈추고 사망선고를 했다. 늦게 도착한 모녀와 그 모녀가 믿는 신의 슬픔을 조금이라도 덜어주기 위해서.

사망 진단서를 쓰는 김재호 선생님의 손이 '사망 일시'란에서 잠깐 멈추었다.

'심장이 멎은 시간을 쓸까, 심폐소생술을 시작한 시간을 쓸까, 그것도 아니면 보호자가 온 순간을 쓸까.'

잠시 망설인 그는 이번에도 역시나 환자가 병원에 온 시각이 아니라, 보호자가 온 그 시각에 환자가 사망했다고 기록하고 서명을 했다.

의사가 사망 진단서를 쓰는 그 시각, 100분 동안 단 한순간도 쉬지 않고 심폐 소생술을 하며 오지 않는 가족과 신을 원망했던 의대생 네 명은 응급실 한구석 의자에서 널브러져 의식을 잃고 잠들었다. 그 네 명은 몇 년이 지나 의사가 되고 나서야 자신들이 왜 그렇게 오래 심폐소생술을 했는지 알게 되었다. 그것이 죽음 앞에서 의사가 할 수 있는 마지막 노력이라는 것을.

살기 위해서가 아니라, 죽지 않기 위해서

"중환자실, 코드 블루. 중환자실, 코드 블루."
'역시나, 불길한 예감은 틀린 적이 없어.'
환자의 심장이 멎었다는 코드 블루 방송을 듣고 내과 의사인 아내는 뛰면서 속으로 생각했다. 의사인 아내는 그 환자를 살리기 위해서가 아니라, 죽지 않도록 하기 위해 하얀 병원 복도를 뛰어갔다. 전속력으로 중환자실에 도착한 그녀는 심폐소생술을 하기도 전에 숨이 차 올라 구역질이 치밀어 올랐다.

"다 해주세요."
이틀 전 김정분 할머니가 울면서 말했다. 임근수 할아버지는 뇌 속 신경 전달 물질 이상으로 손발이 떨리고 몸이 굳어지는 파킨슨병에다, 4년 전 인체에서 가장 큰 뼈인 허벅지 대퇴부 골절로 아예 일어서지 못했다. 멀쩡한 사람도 하루 종일 누워있기만 하면 미쳐버리는데, 고령에 파킨슨 병까지 있었으니 치매는 더 이상 심해질 수 없을 때까지 악화되었다. 대화는 고사하고 하루 종일 하는 말이라고는 "아파, 아파"가 전부였다. 거기다 콩팥까지 손상되어 일주일에 세 번씩 투석을 받았다.

할머니는 몇 년간 할아버지를 간병하면서 단 한 번도 웃지 않았다. 아픈 할아버지를 두고 웃는 것도, 맛있는 음식을 먹는 것도 미안해했다. 거기다 젊은 사람도 하기 힘든 간병을 여든에 가까운 할머니가 혼자 하려니 힘에 부쳤다. 오랜 투병으로 살이 빠졌다고 하지만 할아버지는 할머니보다 무거웠다. 와상 환자는 2시간마다 몸을 한 번씩 돌려주고 틈틈이 등과 엉덩이를 씻고 닦아줘야 하는데 할머니 마음만큼 할머니 몸이 따라주지 못했다. 할머니가 남편의 몸을 돌릴 때마다 할머니 입안에 틀니는 삐걱거리며 할아버지 몸과 같이 틀어졌다. 어느 순간 할아버지 엉덩이와 양쪽 허벅지에는 욕창이 생기더니 손바닥만큼 커졌다. 하얀 엉덩이뼈까지 드러낸 욕창에서는 살이 썩어 검게 변했고 심한 악취가 났다.

고령. 완전 와상. 파킨슨 병. 치매. 말기 신부전으로 투석. 커다란 욕창. 환자로서는 나쁜 조건을 모두 갖추고 있었다. 각종 세균이 할아버지 몸을 가만두지 않았다. 폐렴, 요로 감염, 욕창 감염이 끊이질 않았다. 항생제를 끊기가 무섭게 다시 감염이 생겼고, 항생제가 투여된 날이 투여되지 않은 날보다 많았다. 결국 할아버지 몸에서 항생제에 내성을 띠는 슈퍼 박테리아 중에서도 끝판 대장으로 꼽히는 카바페넴 내성 장구균(CRE, Cabapenem Resistant Enterobacteriaceae)까지 나왔다.

이번에는 폐렴이었다. 검어야 할 폐가 염증으로 하얬다. 95% 이상 나와야 할 산소포화도가 90% 이하로 떨어지면서 기계에서 붉은 등과 함께 경고음이 울렸다. 내과 의사인 아내는 김정분 할머니에게 설명을 했다. 슈퍼 박테리아, 항생제, 중환자실 입실, 기관삽관, 기계호흡, 승압제, 심폐소생술, 중심정맥관 삽관. 단어 하나하나가 할머니에게는 한 번도 가본 적 없는 저 먼 외국처럼 낯설어 덜컥 겁부터 났다. 할머니가 겨우 붙잡은 말은 "다시 눈을 뜨지 못할 가능성이 높다."와 의사가 끝으로 질문한 "어디까지 하시겠어요?" 였다.

　　김정분 할머니는 할아버지를 보았다. 각종 줄이 몸에 연결되어 있고, 화면에는 빨갛고 하늘색이고 녹색인 숫자들이 깜빡였다. 그 가운데 남편은 고요히 잠들어 있는 것 같다. 할머니가 몸을 흔들어 깨우면, 언제라도 눈을 떠서 예전처럼 혼자서 "아파, 아파." 할 것 같았다. 의사가 이번에는 힘들 거라고 하지만, 왠지 우리 남편만은 아니라고 믿고 싶었다. 지금까지 몇 번이나 요로 감염, 폐렴, 패혈증을 잘 버텨왔기에 이번에도 희망을 가졌다.

　　거기다 할머니는 의사가 말한 그 '어디까지'의 깊이와 끝을 알 수 없었다. 살리자는 건지, 죽도록 놔두자는 건지, 무엇을 해야 하는지 또 무엇을 하지 말아야 하는지, 그래도 되는 건지, 그러면 안 되는 건지. 할머니가 바라는 건 그저 할아버지가 죽지 않는 것이었다.

　　"할 수 있는 거 다 해 주세요."

　　그 말이 할머니에게는 최선이었으나 담당 의사에게는 최악에 가까웠다.

"혹시나 마음이 바뀌시면 말씀해 주세요. 그럼 중환자실로 가겠습니다."

보호자가 결정을 했으니, 그다음은 의사 차례였다. 수십 개의 오더가 들어가고, 몸에는 수많은 관들이 연결되었다. 의사와 간호사는 쉬지 않고 부지런히 뭔가를 했으나, 마음속으로는 희망을 품지 않았다.

그날 밤, 할머니의 간절한 바람과 의료진의 노력을 외면한 채 할아버지는 심장이 멎었고 '코드 블루'가 떴다. 의료진들이 우르르 몰려왔다.

"우두둑, 우두둑."

숨만 쉬기에도 벅찼던 할아버지의 가슴은 의사가 두 손으로 심장을 누르는 힘을 온전히 받아내지 못했다. 심폐소생술 한 회가 끝나기도 전에 무수히 많은 갈비뼈와 연골이 부서져 나갔다. 불행인지 다행인지 멈추었던 심장은 다시 뛰었다.

죽다 살아난 할아버지를 본 할머니는 입을 다물지 못했다. 입에는 생전 처음 보는 굵은 관이 꽂혀 있었고, 그 외에도 수십 개의 선과 줄들이 복잡하게 얽히고설켜 있었다. 그것만으로 끝이 아니었다. 움푹 내려앉은 가슴은 손바닥보다 큰 파란 멍이 들어 있었다. 할머니는 할아버지의 이런 모습을 단 한 번도 상상한 적이 없었다.

의사는 가쁜 숨을 내쉬며 김정분 할머니에게 설명을 했다.

"심장이 한 번 멎었고, 심폐소생술을 했습니다. 기적적으로 간신히 돌아오기는 했지만, 조만간 다시 심장이 멎을 겁니다. 다시 심장이 멎으시면 심폐소생술을 하시겠습니까? 할아버지를 편히 보내드리는 게 나을 듯합니다."

할아버지의 부서져 내린 가슴을 보고 있던 할머니의 마음 또한 내려앉았다. 의사가 한 '기적'이란 말에 할머니는 그동안 자신이 할아버지를 위해 살아왔다고 여겼지만, 할아버지가 할머니를 위해 죽지 않고 버텨왔다는 생각이 문득 들었다.

할머니는 할아버지가 계속 살아있을 것이라 믿었지만, 사실 할아버지에게는 매 순간이 고비였다. 임근수 할아버지는 서지도 앉지도 못하고, 몸을 돌릴 수도 없는 상태로 몇 년간 병실에 누워서 하얀 천장을 바라보았다. 감옥보다 더 좁은 하얀 침대 위에 갇힌 채, 자신의 살을 갉아먹는 세균과 맞서 싸웠다. 몸을 조금이라도 움직이면, 부러진 이후 붙지 못한 허벅지 뼈가 날카로운 창처럼 살을 찔렀고, 썩은 엉덩이와 등에서 참을 수 없는 악취가 풍겼다. 몸에서 흘러나오는 소변과 대변이 매번 엉덩이와 사타구니를 적셨지만 할아버지는 모욕과 수치를 참아내고 있었다. 이번에는 심장까지 멎었지만, 자신이 죽으면 혼자 남게 될 할머니가 걱정이 되어 으스러진 가슴에 퍼런 멍을 안고서, 편한 죽음을 놔두고 고통스러운 삶으로 돌아온 것이었다. 그게 할아버지가 평생 사랑했던 할머니를 위한 마지막 노력이었다.

할머니는 그 모든 수치와 굴욕을 참고 견딘 할아버지가 대견하고 사랑스럽고 안타깝고, 미안했다.

"다시 심장이 멎으면, 또 심폐소생술 하실 건가요?"

김정분 할머니는 눈물을 흘리며 고개를 가로저었다.

그날 밤을 넘기지 못하고 임근수 할아버지의 심장이 멎었으나 이번에는 <코드 블루>가 뜨지 않았다. 할아버지 몸에 달려 있는 각종 기계들이 붉은빛을 깜빡였지만, 이번에는 경고음이 들리지 않았다. 비로소 임근수 할아버지는 고요한 적막 속에 조용히 숨을 거두었다. 고통스러운 삶 끝에 평생 사랑했던 할머니 옆에서 편안한 죽음을 맞았다.

38주 임산부가 눈물을 흘렸다

운전대를 잡은 남자의 두 손이 덜덜덜 떨렸다. 차가 오래되어 진동이 심해 그런 것은 아니었다. 방금 아내에게서 걸려온 전화 때문이었다.

"여보, 나 태동이 줄어서 산부인과 병원에 왔어."

그녀는 38주였다. 이번이 두 번째 출산으로 배 속에 들어있는 사내아이가 언제라도 세상을 향해 나올 수 있었다. 어제만 해도 아이가 엄마의 배를 빵 차서, 깜짝 놀란 엄마가 잠에서 깼다. 그렇게 부지런히 엄마 뱃속에서 뒹굴던 아이의 태동, 움직임이 감소한 것이었다. 산부인과 의사는 아니었지만, 그녀 또한 의사였기에 태동이 준 것이 무얼 뜻하는지 알았다. 단순히 아이가 깊은 잠을 자고 있을 수도, 상상조차 하기 싫은 끔찍한 일일 수도 있었다.

그녀는 남편에게 전화를 했다. 마침 남편은 퇴근하는 길로, 운전 중에 전화를 받았다. 남편도 의사라, 태동이 없다는 아내의 말에 심장이 쿵쾅거렸다. 부부는 동갑으로 마흔이었다. 오랫동안 기다리고 노력한 아이였다. 첫째를 낳고, 여러 번의 시도 끝에 무려 8년 만에 생긴 둘째였다. 남편은 몇 주 전 스튜디오에서 찍었던 만삭 사진이 떠올랐다. 아내 배 위에 두 손을 모아 하트를 만들었다. 추억으로 간직하기 위해 찍은 사진이 잊어야만 하는 기억이 될지도 몰랐다.

'침착해. 침착해야만 해.' 산부인과로 차를 몰고 가며 남자는 수없이 혼잣말을 했지만 효과가 없었다. 의사로서 다른 사람의 죽음을 수십 차례나 겪은 그였지만, 몸이 부들부들 떨리는 것을 막을 수 없었다.

그가 병원에 도착했을 때, 첫째 딸은 혼자서 조용히 대기실에서 엄마 핸드폰을 들고 앉아 있었다. 얼마 안 있어 아내가 옆구리에 손을 얹고 뒤뚱거리며 천천히 검사실 밖으로 걸어 나왔다. 눈이 붉게 물들어 있었다. 아내를 보자 남편 눈도 뜨거워졌다.

"괜찮아?"

묻긴 했지만 이어질 아내의 대답이 두려웠다.

"보통 NST를 30분 하는데, 30분 더 해서 거의 한 시간 동안 NST를 했어."

태아 심박수를 측정하는 NST 검사를 그렇게 오래 한다니 이상했다. '설마.' 남자 가슴이 철렁 내려앉았다. 아내와 남편은 손을 꼭 마주 잡고 담당 의사가 이름을 부르기를 기다렸다. 두 사람은 모두 약속이나 한 듯 아무 말이 없었다. 부부는 한 손은 서로 맞잡고, 다른 한 손은 둘째가 들어있는 배를 감싸며 아이가 어제처럼 힘차게 움직이기를 빌고 또 빌었다.

"오윤정 씨."

진료실에서 아내의 이름을 불렀다. 아내보다 약간 나이가 많아 보이는 여자 의사였다. 단발에 이목구비가 뚜렷했고 목소리나 성격도 시원시원했다.

"NST는 괜찮아요. 산모가 태동이 없는 것 같다고 걱정을 하셔서, 일부러 30분 더 하라고 했어요."

부부는 움켜진 두 손을 꽉 쥐었다.

"일단 초음파 보러 들어오세요."

초음파실은 깜깜했다. 몸이 무거운 아내가 얼굴을 찌푸리며 겨우 침대에 누웠다.

"쿵쾅쿵쾅 쿵쾅쿵쾅"

산부인과 의사가 산모의 배에 초음파를 갖다 대자마자 아이의 힘찬 심장소리가 어두운 초음파실을 가득 채웠다. 그 소리를 듣자마자, 남편과 아내의 얼굴에 누가 먼저라고 할 것 없이 기쁨과 안도의 눈물이 주르륵 흘렀다. 부부가 밝은 진료실로 나오자, 산부인과 의사는 그들이 울고 있는 것을 알아차렸다.

"산모님, 왜 우세요? 혹시 부부 싸움했어요?"

"네?"

산모뿐 아니라, 남편이 황당한 표정을 지었다.

"아니요. 혹시나 아이가 잘못되었을까 해서요."

"괜찮아요. 걱정 안 하셔도 돼요. 대개 산모가 울면 10명 중에 9명은 부부 싸움 때문이거든요. 울면서, 아이를 낳아야 되니 마니, 선생님 어떻게 해야 하나요? 이래요."

"아. 네."

부부는 눈물을 머금은 채 웃었다. 의사인 부부는 대부분의 산모가 유산이나 배 속 아이에게 생긴 문제로 울 거라고 생각했다. 산부인과에서 산모가 우는 가장 흔한 이유가 산모가 아프거나 아이가 이상해서가 아니라 부부 싸움이라니. 단 한 번도 생각하지 못한 이유였다.

눈물을 흘리며 침묵 속에 진료실로 들어갔던 부부는 웃으면서 진료실을 나오며 말했다.

"그나저나, 여보 산부인과 의사는 진짜 못할 짓이다. 산모에, 아기에, 거기다 부부 상담까지 해야 하니⋯⋯."

"그러게 말이야. 난 절대 산부인과 의사는 못하겠어."

그렇게 부부가 울다 웃은 8일 후, 둘째가 건강하게 태어났다. 출생 전부터 아빠와 엄마를 울렸던 아이는 앞으로도 무수히 부모를 울리고 또 미소 짓게 만들 예정이다.

에필로그

21살에 의대에 입학해서 마흔 살에 둘째 아이의 아빠가 되는 20년 동안 의사로서 겪었던 이야기가 마무리되었다. 운이 좋았다. 3년 전, 크리스마스이브에 브런치에 올린 첫 글인 '첫 경험, 그리고 실수들'이 포털 메인에 걸리며 8만 명이 넘는 사람들이 내 글을 읽어 주신 덕분에 이렇게 글을 계속 쓸 수 있었다. 물론 그 첫 경험이 연애가 아니라, '기도 삽관'이라는, 의사로서 가장 기본인 시술에 관한 것이었다. 제목에 낚인 분들에게 사과한다. 글을 쓴 나도 나지만, 메인에 올린 포털 사이트도 공범이다.

수많은 교수님과 의사 선생님들의 가르침 아래 의사가 될 수 있었다. 그 가운데 딱 한 분을 뽑아 감사드리고 싶은 분이 세브란스 가정의학과 심재용 교수님이다.

교수님께서는 "모른다고 하지 말고 항상 공부하고 찾아서 해 보라."라고 말씀하셨다. 그 가르침 덕에 의학뿐 아니라 삶의 난관에 부딪칠 때마다 혼자 힘으로 해결해 나갈 수 있었다. 교수님에게 고기 대신 고기 잡는 법을 배웠다. 지금 돌이켜 보면 딱 하나가 아쉽다. 교수님께서 나를 처음 지도해 주신 2013년도에 구글 검색해서 찾아보라고 말씀하지 마시고, 대신 구글 주식을 사라고 말씀해 주셨다면 지금쯤 나는 더 이상 힘들게 고기를 잡지 않아도 되었다.

심재용 교수님에게 의학을 배웠다면, 최연 편집장님에게는 글을 배웠다. 내가 그에게 출판 계약서를 내밀며 이런 조건을 따질 때, 그는 나에게 시집을 전하며, 계약서를 내민 내 손이 길을 잃고 허공에서 방황하게 만들었다. 그는 내가 쓴 글을 나보다 더 아껴주고 다듬어 주었다. 그를 만난 덕분에 수능을 친 이후, 20년 만에 처음으로 시를 읽었다. 내 글에 부족했던 감성을 '훅' 하고 불어넣어 준 사람이 그였다. 가끔은 그를 조금 더 빨리 만났으면 어땠을까라는 생각을 한다. (여보, 오해 하지 마. 이거 고백 아냐. 내가 사랑한 사람은 당신뿐이야.)

마지막으로 책에 누구보다 많이 등장하시는 나의 어머니다. 당신께서는 두 자식을 키우기 위해 파출부, 식당, 김치 공장, 인삼 공장, 간병, 청소까지 안 해 본 일이 없으셨다. 나를 낳아주었을 뿐만 아니라, 사랑으로 키워 주신 것으로는 부족하셨는지, 내가 쓸 거리가 고갈될 때마다 항상 훌륭한 소재가 되어 주신다.

책이 나오면 아들에게 책을 보내달라고 하지 않고 퇴행성 관절염으로 아픈 다리를 끌고 굳이 서점에 들르신다. 인기가 없어 서점이 가져다 놓지도 않은 아들 책을 "왜 그 좋은 책이 없냐?"라며 역정을 내시며 책을 주문하신다. 며칠 후 다시 서점에 가서 책을 사신 후, 꼭 한 권을 직원 몰래 잘 보이는 곳에 올려 두신다.

내가 부푼 기대를 안고 책을 내고 나서 얼마 안 가 역시나 실망할 때마다 "빵구도 자주 끼다 보면 언젠가 똥이 나온다. 니도 계속 책 내다보면 대박 날 끼다."며 응원해 주신다.

내가 세상에서 제일 좋아하는 건 책이다. 나에게는 환자 모두가 한 권의 더할 나위 없이 소중한 책이다. 그 책들은 나에게 교훈을 주고, 깨달음을 주기도 하며, 가끔은 욕설로 부족했는지 멱살을 잡기도 하며, 나를 울고 또 웃게 만든다. 환자분들 모두에게 고맙고, 한편으로는 의사로서 좀 더 잘 하지 못한 것 같아 항상 미안하다. 이 책을 나의 환자들에게 바친다.

2021년 끝나지 않는
코로나 가운데……
빛나는 의사, 양성관 마침.

너의 아픔 나의 슬픔   초판 1쇄 발행   2021.12.01

지은이   양성관
펴낸이   최대석
기획   최연
편집   최연, 이선아
디자인1   김진영, 이수연
디자인2   박정현
마케팅   김영아

펴낸곳   행복우물
등록번호   제307-2007-14호
등록일   2006년 10월 27일
주소   경기도 가평군 가평읍 경반안로 115
전화   031)581-0491
팩스   031)581-0492
홈페이지   www.happypress.co.kr
이메일   contents@happypress.co.kr
ISBN   979-11-91384-15-4 (03810)
정가   14,500원

이 책의 국립중앙도서관 출판예정도서목록(CIP)은
서지정보유통시스템 홈페이지(http://
seoji.nl.go.kr와 국가자료공동목록시스템(http://
nl.go.kr/kolisnet)에서 이용하실 수 있습니다.

꾸준히 사랑받는 ────────────────────

 ──────── **에세이/시 시리즈**

1. 옷을 입었으나 갈 곳이 없다 _ 이제

2. 아날로그를 그리다 _ 유림

3. 사랑이라서 그렇다 _ 금나래

4. 여백을 채우는 사랑_ 윤소희

5. 슬픔이 너에게 닿지 않게 _ 영민

6. 모두가 문맹이길 바란 적이 있다 _ 이제

 ──────── **여행 에세이 시리즈**

1. 겁없이 살아 본 미국 _ 박민경

2. 삶의 쉼표가 필요할 때 _ 꼬맹이여행자

3. 아날로그를 그리다 _ 유림

4. 낙타의 관절은 두 번 꺾인다 _ 에피

5. 길은 여전히 꿈을 꾼다 _ 정수현

6. 내 인생의 거품을 위하여 _ 이승예

7. 레몬 블루 몰타 _ 김우진

──────────────────────────────── **콜렉션**

+ + +

"손가락 사이로 미끄러지는 빛은 우리의 마음을 헤쳐 놓기에 충분했고, 하얗게 비치는 당신의 눈을 보며 나는, 얼룩같은 다짐을 했었다"
_ 이제, 〈옷을 입었으나 갈 곳이 없다〉 일부

"곁에 머물던 아름다움을 모두 잊어버리면서 까지 나는 아픔만 붙잡고 있었다. 사랑이라서 그렇다."
_ 금나래, 〈사랑이라서 그렇다〉 일부

"'사랑'을 입에 담지 말 것. 그리고 문장 밖으로 나오지 말 것."
_ 윤소희, 〈여백을 채우는 사랑〉 일부

"구름 없이 파란 하늘, 어제 목욕한 강아지, 커피잔에 남은 얼룩, 정확하게 반으로 자른 두부의 단면, 그저 늘어놓았을 뿐인데, 걸음마다 꽃이 피었다."
_ 에피, 〈낙타의 관절은 두 번 꺾인다〉 일부

+ + +

김경미의 반가음식 이야기

〈여성조선〉 칼럼에 인기리에 연재된 반가음식 이야기 출시

김경미 선생이 공개하는 반가의 전통 레시피

하나. 균형잡힌 전통 다이어트 식단

둘. 아이에게 좋은 상차림

셋. 몸을 활성화시켜주는 상차림

넷. 제철 식단과 별미음식

전통음식 연구가이자 대통령상 수상 김치명인인 김경미 선생은 우리 전통음식의 한 종류인 '반가음식'을 계승하고 우리 전통문화의 멋을 알리고자 힘쓰고 있다. 대학과 민간연구소에서 전통음식 연구에 평생을 전념했다. 김경미 선생은 국민훈장 목련장을 수상한 바 있는 반가음식의 대가이신 故 강인희 교수의 제자이다.

[Instagram] banga_food_lab

——————————————— **요리 실용**

뉴욕 사진 갤러리 최다운

라이선스를 통해 가져온 세계적 거장들의 사진을 즐길 수 있는 기회! 깊이 있는 작품들과 영감에 관한 이야기들

:

존 시르, 마쿠스 브루네티, 위도 웝스, 제프리 밀스테인, 머레이 프레데릭스, 티나 바니, 오사무 제임스 나카가와, 다나 릭셴버그, 수전 메이젤라스, 리처드 애버든, 로버트 메이플소프, 안셀 애덤스, 어윈 블루멘펠드, 해리 캘러한, 아론 시스킨드

내 인생을 빛내줄 사진 수업 유림

사진 입문자들을 위한 기본기부터 구도, 아이디어, 여행 사진 노하우, 스마트폰 사진까지. 좋은 사진을 찍고자 하는 사람이라면 누구에게나 도움이 될 수 있는 사진 지식과 노하우를 담았다.

행복우물출판사 도서 안내

● NEW & HOT
○ 사랑이라서 그렇다 / 금나래
"내어주는 것은 사랑한다는 말, 너를 내 안에 담고 있다는 말이다"
2017 Asia Contemporary Art Show Hong Kong,
2016 컬쳐프로젝트 탐앤탐스 등에서 사랑받아온 금나래 작가의 신작

○ 여백을 채우는 사랑 / 윤소희
"여백을 남기고, 또 그 여백을 채우는 사랑. 그 사랑과 함께라면
빈틈 많은 나 자신도 온전히 좋아하며 살아갈 수 있을 것 같다."
'채우고 싶은 마음과 비우고 싶은 마음'을 담은 사랑의 언어들

● BOOK LIST
○ 리플렉션: 리더의 비밀노트 / 김성엽 ○ 음식에서 삶을
짓다 / 윤현희 ○ 삶의 쉼표가 필요할 때 / 꼬맹이여행자 ○
벌거벗은 겨울나무 / 김애라 ○ 청춘서간 / 이경교 ○ 가짜세상
가짜 뉴스 / 유성식 ○ 야 너도 대표 될 수 있어 / 박석훈 외 ○
아날로그를 그리다 / 유림 ○ 자본의 방식 / 유기선 ○ 겁없이
살아 본 미국 / 박민경 ○ 한 권으로 백 권 읽기 / 다니엘 최 ○
흉부외과 의사는 고독한 예술가다 / 김응수 ○ 나는 조선의
처녀다 / 다니엘 최 ○ 하나님의 선물—성탄의 기쁨 / 김호식,
김창주 ○ 해외투자 전문가 따라하기 / 황우성 외 ○ 꿈, 땀, 힘
/ 박인규 ○ 바람과 술래잡기하는 아이들 / 류현주 외 ○
어서와 주식투자는 처음이지 / 김태경 외 ○ 신의 속삭임 /
하용성 ○ 바디 밸런스 / 윤홍일 외 ○ 일은 삶이다 / 임영호
○ 일본의 침략근성 / 이승만 ○ 뇌의 혁명 / 김일식 ○ 멀어질
때 빛나는: 인도에서 / 유림

행복우물 출판사는 재능있는 작가들의 원고투고를
기다립니다
(원고투고) contents@happypress.co.kr